KB247786

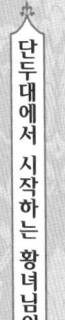

단두대에서 시작하는 황녀님의 전생 역전 스토리

티어문 제국이야기

단편집

TEARMOON
EMPIRE STORY
WRITTEN BY
NOZOMU MOCHITSUKI

모치츠키 노조무 지음

Giise 일러스트

TEARMOON EMPIRE STORY WORLD MAP

길덴
변경백령

미개척지

티어문 제국
TEARMOON EMPIRE

제도

신월지구

가누도스 항만국
GANUDOS
PORT COUNTRY

초기 제국 영토
(중앙 귀족 영지군)

갈레리아해(海)

정해의 숲

루돌폰
변경백작령

페르쟝 농업국
PERUGIAN
AGRICULTURAL COUNTRY

선크랜드 왕국
SUNKLAND KINGDOM

왕도

KINGDOM OF
CAVALRY

세인트 노엘
학원

노엘리쥬 호수

공도

왕도

성 베이르가 공국
PRINCIPALITY OF
SAINT VEIRGA

렘노 왕국
REMNO KINGDOM

경지

N

미개척지

Map by. 모험 황녀 벨

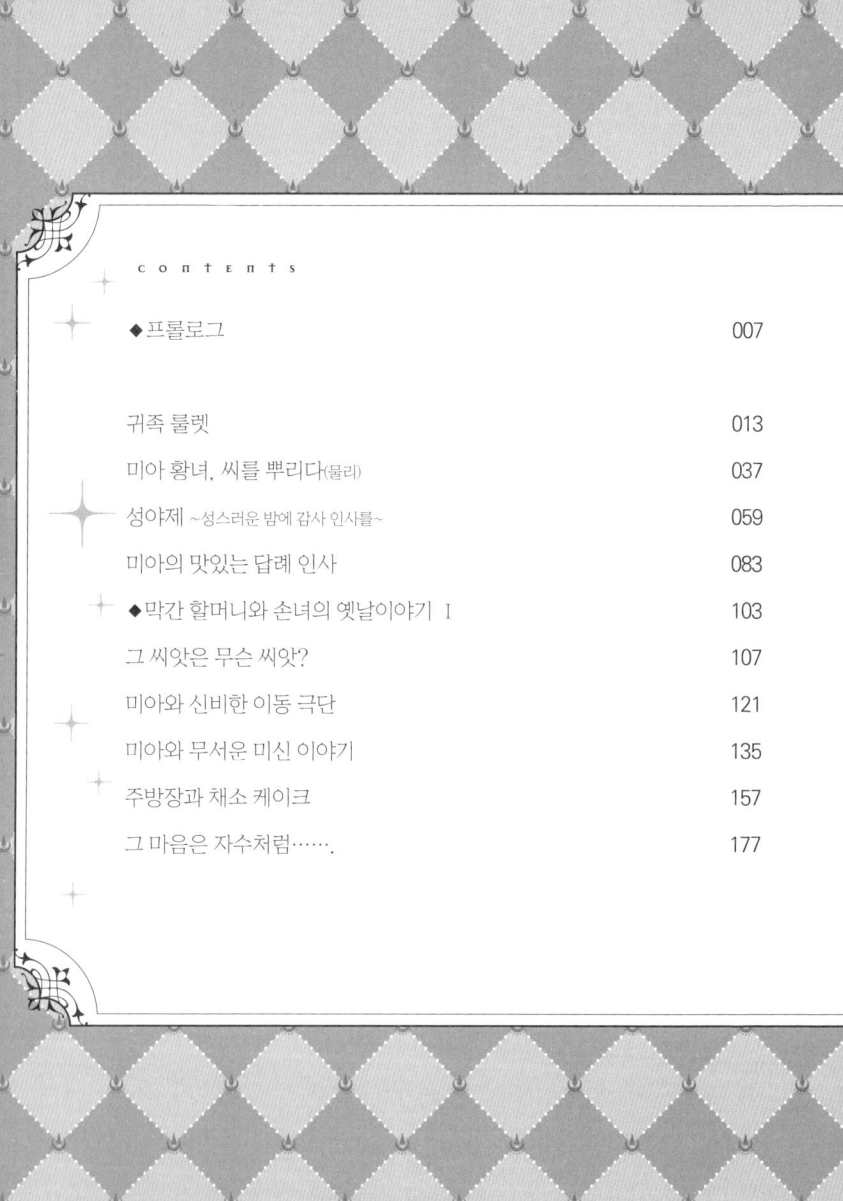

contents

커버 및 본문 일러스트_Gise

프롤로그

제국, 그리고 대륙의 황금기를 만들어낸 위인, 티어문 제국의 황제 미아 루나 티어문은 일찍 자고 일찍 일어나는 걸 신조로 삼은 인물로 알려져 있다.

"푹신한 침대에서 느긋하게 잘 수 있다는 게 얼마나 행복한 일인지……. 평화로울 때는 눈치채지 못하는 법이죠."

그녀는 항상 이렇게 말하며 틈만 나면 지금의 평화가 소중하다는 걸 아이들에게 가르치고, 민중들에게도 끊임없이 호소했다.

지금 자신이 지닌 것을 당연하다고 생각하지 마라. 그 행복을 유지하는 데 힘을 쏟아라…….

그 말은 황제의 자손들이 물려받아 오래오래 이어지는 평화의 초석이 되었다.

그날도…… 미아 황제는 여느 때처럼 일찍 침대에 누웠다.

"후우……. 우후후, 오늘도 무사히 침대에서 잘 수 있다니. 저는 정말 행복한 사람이에요."

평온한 마음으로 푹신한 침대에서 잘 수 있다는 걸 감사해하며 느긋하게 누웠다.

눈꺼풀을 감고 몇 초……. 그 눈이 번쩍 열리더니 어둑한 실내를 바라보았다.

작은 한숨.

"역시…… 혼자 쓰는 침실은 조금 어색하군요."

혼자…… 그렇다. 미아의 사랑하는 남편 아벨의 모습은 그곳에 없었다…….

그것이 어쩐지 무척 쓸쓸한 미아였다.

"그 사람, 잘 지내고 있을는지……. 후우……."

애틋한 한숨…….

딱히 싸워서 나가버린 건 아니다.

그는 현재 아들과 손자들을 데리고 선크랜드 왕국에 가 있었다.

선크랜드의 천칭왕 시온과 아벨의 우정은 아직도 이어지고 있다. 학창 시절과 완전히 똑같지는 않아도, 검술을 연마하고 경쟁하는 선의의 라이벌 관계는 변하지 않았다.

그 관계는 미아의 자식들과 손주들에게까지 이어져 이렇게 몇 년에 한 번 서로의 나라에서 검술 시연회를 열게 되었다.

미아에게 말하라면,

"세인트 노엘의 학생회 남자들끼리 노는 것 같군요."

라는 느낌이기는 하지만.

아무튼, 그들이 여행을 떠난 지 벌써 사흘.

미아는 참으로 쓸쓸함을 느끼고 있었다.

특히 오늘은…… 어쩌다 보니 읽은 책이 후려 느낌의 엔딩이 나는 바람에 더욱 혼자 자는 게 쓸쓸했다.

…………쓸쓸?

뭐, 어쨌거나.

참고로 안느는 미아의 손녀들을 재우느라 바쁠 것이다. 그녀

또한 이 자리에는 없었다.

안느는 메이드들을 통솔하는 메이드장인 것만이 아니라 손주들의 교육도 짊어지고 있다. 변함없이 유능하고 충성스럽다.

"……아니 뭐? 이제 와서 혼자 자는 건 아무렇지도 않지만요……."

그렇게 종알거리는, 이미 손주가 있는 나이의 황제 미아 루나 티어문이다. 그렇다. 그녀의 치세가 시작된 지도 벌써 20년은 더 시간이 흘렀다.

새삼 혼자 자는 게 무서…… 쓸쓸할 리가 없다.

미아가 다시 눈을 감고 잠시 후……. 새근새근 숨소리를 내기 시작…… 한 바로 그때였다.

덜컹……. 어딘가에서 소리가 들렸다…….

──어라? 무슨 소리죠……? 무언가 방 안에서 들린 듯한 느낌이 드는데요…….

게슴츠레하게 눈을 뜨자……!

창문에서 들어오는 달빛을 받아 작은 그림자 같은 것이…… 벽에서 기어 오는 게 보였다!

그림자는 엉금, 엉금, 바닥 위를 기어 오더니 벌떡 일어나서…… 천천히 미아에게 다가왔다.

"히, 히이이익!"

무심코 비명을 지를 뻔한 미아였지만…….

"미아, 할머니……? 미아 할머니세요?"

그 작은 그림자에서 귀여운 목소리가 들렸다.

"어? 그 목소리는…… 아아……. 누군가 했더니 벨이로군요."

눈에 힘을 주자 그곳에 서 있는 건 올해 3살이 된 손녀, 미아벨 루나 티어문이었다. 방 안을 두리번두리번 둘러본 벨은 미아의 얼굴을 보더니 방긋 웃었다.

순간 귀신이 나온 줄 알고 긴장했던 만큼 자기도 모르게 '후우……' 하며 안도의 숨을 내쉬는 미아 할머니였다.

"무슨 일이죠? 이런 시간에…… 자, 이리 오세요."

팡팡 침대를 두드리며 교묘하게 벨을 침대로 끌어들이는 미아. 순수한 벨은 뽈뽈뽈 달려오더니 침대에 털썩 앉았다.

"그래서, 무슨 일인가요?"

"있잖아요, 미아 할머니. ……소녀, 잠이 안 와요."

소녀…… 벨은 자신을 그렇게 부른다.

미아를 따라서…… 자신의 어머니, 패트리샨느를 따라서…… 소녀를 쓴다.

그게 미아에게는 조금 쓸쓸했다.

이 아이가 자신을 저라고 부르던…… 그 무렵……. 세인트 노엘 시절이 그리운 미아였다.

"왜 그러세요? 미아 할머니."

"벨도 참, 몇 번을 말해야 하나요? 할머니가 아니라……."

거기까지 말한 미아는 무심코 쓰게 웃었다.

"할머니가 아니라……?"

"아뇨, 아니에요. 벨. 아무튼 왜 이런 시간에…… 아니지, 당신 어떻게 여기까지 온 건가요?"

이곳은 이 나라의 최고 권력자, 황제 미아의 침실이다.

경비병이 지키고 있으며 이 나라에서 가장 들어오기 힘든 장소다. 그런데 어떻게…….

"후후후, 저는 낮에도 밤에도 이 성을 탐험해서……."

그 말을 듣고 미아는,

──아아, 역시 벨은 벨이로군요…….

이런 생각을 하며 먼 산을 바라보았지만…… 아무튼.

"그래서 샛길을 발견한 거군요……. 나중에 위치를 가르쳐 주실래요? 무슨 일이 있을 때를 위해 파악해두어야 하니……."

그렇게 말하며 미아는 몸을 일으켰다. 그 순간 벨이 불안하다는 듯 올려다보았다. 아마도 자기 방으로 돌려보낼 줄 아는 모양이었다.

"미아 할머니?"

눈을 위로 굴려서 올려다보는 벨을 향해 미아는 살며시 이불을 덮어 주고…….

"조금 더 여기에 머무르세요. 잠이 오지 않는 건 참 싫은 일이니까요."

부드럽게 웃었다.

"하지만, 그래요. 이대로 잡담을 나누는 것도……."

"저 미아 할머니의 옛날이야기를 듣고 싶어요!"

"어머, 후후후. 좋습니다. 그렇다면 잠들 때까지 제 옛날이야기를 들려드리죠."

그렇게 미아는 이야기하기 시작했다.

먼 과거의 따뜻했던 이야기들을.

Collection of short stories

귀족 룰렛

NOBLE GACHA

단행본 1권 TO북스
온라인스토어 특전 SS

티오나 감금 사건의 범인들을 처분하고 제국 귀족들의 무례를 사죄한 후.

라피나의 방에서 물러난 미아는 자신의 방으로 달려갔다.

마침 청소 중이었던 안느를 진심을 담아 치하한 미아는 그녀를 데리고 거리로 놀러 나왔다.

포상이라는 명목으로 맛집 탐방을 하기 위해서였다.

"역시 세인트 노엘이에요. 대단해요!"

호수 위에 떠 있는 섬, 세인트 노엘 섬에는 세인트 노엘 학원을 둘러싸듯 마을이 세워져 있다. 그건 마치 학원이라는 성 주위에서 발전한 성 아랫마을 같았다.

그곳은 라피나의 엄격한 심사를 통과한 자들만 살 수 있는 마을.

각국의 중요 인물이 모이는 학교이기 때문에 수상한 사람을 들일 수는 없다. 먹을 것에 독이라도 섞였다간 큰일이 난다. 따라서 정기적으로 각 가게에 몰래 공국 사람을 들여보내서 조사한다.

온갖 음모를 거절하는, 대륙에서 제일 안전한 낙원 같은 장소.

그곳이 바로 여기, 세인트 노엘 섬이었다.

하지만 세인트 노엘 섬의 마을 또한 마을이기에 치열한 매상 경쟁이 일어나는 장소이기도 했다.

입맛이 까다로운 귀족 자제를 상대해야 하다 보니, 오히려 평범한 도시보다 훨씬 고급품이 필요해지는 것이다.

어느새 이 섬은 대륙의 최첨단 및 최고품질의 물품이 모이는 장소로 변모했다.

그리고 당연하게도 여학생들에게 인기인 디저트 또한 유행의 최첨단을 달리는 게 갖춰져 있으니…….

"아아, 저것도 맛있을 것 같아요……. 어머, 사탕 공예! 완성도가 대단하군요. 안느, 저길 보세요!"

한껏 들뜬 미아를 보고 안느는 자연스럽게 흐뭇해졌다.

"미아 님, 천천히 가세요. 가게는 도망가지 않으니까요."

"가게는 도망가지 않아도 상품은 도망간다고요! 매진될지도 몰라요!"

그렇게 말한 미아가 달려가려던 그때였다.

"꺅!"

앞에서 걷던 소년과 부딪쳐서 작은 비명을 질렀다.

"이런, 죄송합니다……."

"앗, 저야말로 죄송합니다……. 어머? 당신은?"

"헉. 다, 당신은……, 미아 황녀 전하!"

소년은 미아를 보더니, 바닥에 머리를 박을 기세로 허리를 확 굽혔다.

"죄, 죄죄, 죄송합니다!"

"아뇨, 제가 앞을 제대로 보지 않은 게 잘못이죠. 으음, 란제스 자작가의 우로스 씨였던가요?"

미아는 그 소년을 알고 있었다.

우로스 란제스. 제국의 자작가의 장남.

그리고.

"다시금 사죄드립니다. 이번에는 저희 가문의 종자가 대단히 실례되는 일을……."

무도회 날 밤, 티오나를 감금한 범인 중 한 명의 주인이기도 했다.

"사죄는 이미 받았습니다. 지나간 일을 다시 들쑤실 필요는 없어요."

정확하게는 그 일을 떠올리고 싶지도 않은 미아였다.

라피나에게 사과하러 갔을 때의 그 긴장감을 잊기 위해 이렇게 디저트를 먹으러 나왔는데, 정말 분위기 파악을 못 한다며 혀를 찰 뻔했다.

"아, 그래요. 디저트. 우로스 씨, 당신의 가문에서 개발한 과자를 먹어보고 싶었어요."

사실 미아는 우로스라는 소년을 이전 시간축 때부터 알고 있었다.

제국의 예지이기 때문에 제국 귀족의 자제는 다 기억한다는 기특한 소리는 아니다. 아시다시피 미아는 딱히 뭘 꿰뚫어 보지도 못하고 지혜롭지도 못하다.

그럼 왜 기억하고 있냐. 그건 이 우로스가 매년 반드시 선물을 들고 인사하러 오는 소년이었기 때문이다.

심지어 그가 가져오는 선물은 전부 센스가 탁월했기 때문에 미아는 내심 눈치가 빠르다며 좋게 평가하고 있었다.

그런 그가 가져온 선물 중에서 미아가 제일 마음에 들어 한 것은 그의 본가인 란제스가에서 개발했다는 과자, 슈크림이었다.

아무래도 오래 보관하지는 못하는 건지, 따로 라피나의 허가를 받아 요리사를 세인트 노엘 학원 안으로 데려와서 만들게 했다.

"네? 과자…… 말씀이십니까? 아뇨, 저희 가문에서는 그런 건……."

"어머나, 그랬군요."

그걸 먹었던 건 좀 더 시간이 지난 뒤였던가……?

미아는 고개를 갸웃거리면서 우로스를 보았다.

"뭐, 됐습니다. 모처럼 학원에 계시니 열심히 하시길."

"네, 넵! 황녀 전하께 도움이 되도록 열심히 하겠습니다!"

힘차게 머리를 숙인 뒤에 발걸음을 돌려 학원 쪽으로 달려가는 우로스. 그 등을 지켜본 미아는 잘난 듯이 고개를 주억거렸다.

"음, 좋은 마음가짐이에요. 그럼 우리도 가죠, 안느."

그런 식으로 으스댔기 때문에 벌을 받은 걸까.

상점가를 돌아다니길 잠시……. 하늘이 회색으로 물들기 시작했다.

"미아 님, 하늘이……."

안느가 그렇게 말한 바로 그 순간. 굵은 무언가가 미아의 뺨에 툭 떨어졌다.

"어머? 비가 오는 건가요?"

중얼거리는 안느의 물음에 대답하듯 하늘이 굉음을 지르는 것과 동시에 번쩍거렸다.

"꺄악!"

갑작스러운 번개. 직후 양동이를 뒤집어버린 것처럼 굵은 비가 쏟아졌다.

두 사람은 허둥지둥 근처에 있는 가게로 달려갔다.

조금 골목 안으로 들어간 곳에 있는, 약간 쓸쓸한 분위기의 가게였다.

시각은 마침 3시를 가리킨 참이었다.

"하아, 정말 운이 없네……."

세인트 노엘 학원 근처의 뒷골목에는 작은 양과자점이 하나 있다.

쓸쓸하고 꾀죄죄한 인상을 주는 외벽에는 엉뚱하리만치 밝고 새것 티가 나는 간판이 걸려 있었다.

「양과자점 카타리나 공방」

가게의 주인, 카타리나 엔루트는 멍하니 바깥 풍경을 바라보았다.

쏟아지는 빗줄기. 꿉꿉하고 어두운 하늘에선 이따금 천둥이 쿠르릉쿠르릉 울었다.

가게 앞 길거리에는 전단지가 비에 맞아 엉망으로 구겨져 있었다.

그곳에는 귀여운 글씨로 이렇게 적혀 있었다.

『신장개업 카타리나 공방.

오늘 15시부터 신상품 슈크림 발매! 맛있는 차와 과자를 준비하고 기다리겠습니다. 부디 찾아와 주세요!』

그녀의 여동생이 열심히 써서 배포한 전단지였다.

그런 글자도 순식간에 젖어서 번지는 바람에 으스스한 모양으로 바뀌어버렸다.

"정말 운이 없어. 매번 이래."

이런 폭우에 손님이 올 리가 없다. 학원의 학생들은 다들 고귀한 신분이다. 이렇게 비가 쏟아지는 가운데 굳이 몸이 젖는 걸 감수하면서 오진 않을 것이다.

모처럼 준비한 신상품도 다음 날까지 버티지 못하는 음식이니 전부 버려야 한다.

의욕에 넘쳐서 산더미처럼 만든 슈크림을 보고 있자니 왠지 눈물이 나왔다.

"매번…… 이래."

부모님의 유품인 양과자점.

망하지 않도록 동생과 둘이 함께 열심히 지켜왔다. 하지만 점점 경영이 힘들어지고 손님의 발길이 멀어지고…….

기사회생을 위한 신장개업이었다.

동생과 함께 신메뉴도 고민하고……. 꼼꼼하게 준비했는데…….
이런 폭우라니.

동생은 손님을 부르러 갔지만 분명 헛수고일 것이다.

"어째서, 매번……."

그녀가 고개를 숙인 바로 그때. 가게의 문이 열렸다.

여기서 잠시 이전 시간축의 이야기를 하자면.

그건 흔한 불행 이야기이다. 정말 어디에나 굴러다니는, 귀족의 오만에 짓밟힌 평민의 이야기다.

티어문 제국이 혁명의 불길에 휩싸였을 때, 카타리나는 시골의 빈민굴에 있었다.

그녀가 부모님에게 물려받은 가게 '카타리나 공방'이 문을 닫은 지 이미 2년이 지났다.

그날……, 신장개업 날.

망해가는 가게를 빚까지 내가며 리폼하고, 새 메뉴를 고안해서 어떻게든 재건하겠다고 의욕에 넘쳤던 그 날…….

비를 피할 장소를 찾아 한 귀족 소년이 가게에 들어왔다.

우로스 란제스라고 이름을 밝힌 소년은 처음엔 가게를 꾀죄죄하네 어쩌네 하면서 매도했다.

하지만 카타리나는 그걸 웃는 얼굴로 흘려 넘기고 신메뉴를 내놓았다.

귀족이 마음에 들어 한다면 단골이 되어줄지도 모른다. 새 손님을 데려와 줄지도 모른다.

그렇게 기대했기 때문이다.

카타리나가 만들어낸 신상품은 실제로 무척 맛이 좋았다.

신상품을 먹은 우로스는 그 과자, '슈크림'을 크게 칭찬하면서 상황을 봐서 가게에 투자하도록 부모님에게 부탁해볼 수도 있다는 말까지 해주었다.

카타리나는 기뻤다.

귀족의 뒷배가 붙으면 가게는 번창한다. 빚도 갚고 동생도 호

강시켜줄 수 있다.

카타리나는 우로스의 마음에 들기 위해 열심히 비위를 맞췄고, 그러다 슈크림의 레시피를 털어놓고 말았다.

……그의 마음에 들기 위해 필사적이었기 때문이다.

우로스는 또 오겠다고 말하고 떠나갔다.

그 후……, 다시는 가게에 나타나지 않았다.

투자 이야기는 흐지부지해졌고, 가게의 매상은 여전히 하락세.

3년도 되지 않아 가게가 망한 뒤엔 가난한 생활을 보내다 동생도 쓰러져서 돌아오지 않는 사람이 되었다.

유일한 육친을 잃고 실의에 빠졌던 그녀는 한 가지 소문을 듣게 되었다.

세인트 노엘 학원에서 그녀가 개발한 슈크림이 크게 인기라는 소문이었다.

고생 끝에 학원에 숨어든 그녀는 그곳에서 목격하게 되었다.

자신과 동생이 열심히 개발한 슈크림을 득의양양한 얼굴로 귀족 학생들에게 제공하는 우로스의 모습을.

울면서 항의하는 카타리나에게 우로스는 말했다.

"딱히 파는 것도 아닌데 뭐 어때. 라이벌 가게를 만든 것도 아니잖아. 나는 그냥 사람들이 맛있는 걸 먹고 기뻐하는 걸 보려는 것뿐이야."

아무런 악의도 없이……, 카타리나가 얼마나 큰 고난에 빠졌는지 상상도 못 하고 우로스는 그렇게 말했다. 심지어 그 얼굴은 웃고 있었다.

카타리나의 마음은 뚝 꺾이고 말았다.

몇 년 뒤, 제국이 혁명의 불길에 타올라 우로스의 가문인 란제스가의 일족이 전부 처형되었다고 들었을 때도 별다른 반응은 보이지 않았다.

그저 작게 중얼거렸을 뿐이었다.

"아아, 난 정말 운이 없구나……."

그녀는 불행했다. 그건 의심할 여지가 없는 사실이다.

그럼 그녀의 불행은 어디에서 시작된 것인가.

그녀의 부모님이 그녀와 동생만 남기고 먼저 죽었을 때부터?

부모님이 남겨준 가게의 매상이 떨어지기 시작했을 때인가?

아니면 재건을 위해 가게를 신장개업했을 때일까?

명확하게 언제라고는 할 수 없다. 하지만 그녀의 불행이 확정된 순간은 분명……, 그 비 오는 날.

카타리나 공방의 문을 열고 들어온 귀족이 '꽝'이었기 때문에.

그렇다면 만약……, 만약 그녀가 돌린 귀족 돌림판이 꽝이 아니었다면 어떻게 되었을까…….

카타리나 공방의 문이 열리고 누군가가 들어왔다.

고개를 숙이고 있던 카타리나는 급히 얼굴을 들었다.

"앗, 어, 어서 오세요!"

눈꼬리에 맺혔던 눈물을 훔치고 손님을 향해 웃었다.

들어온 사람은 젊은 소녀 두 명이었다.

한 명은 메이드복을 입고 빨간 머리를 머리 양쪽에서 묶은 소녀였다. 아마 나이는 자신과 비슷한 정도인 것 같다고 예상했다.

그리고 그 옆에 있는 사람은…….

"어……."

카타리나는 작게 숨을 삼켰다.

비에 젖은 하얀 블레이저, 마찬가지로 순백의 플리츠스커트는 세인트 노엘 학원의 교복이다.

그건 즉…….

──귀족이다.

물을 머금고 차분한 빛을 흩뿌리는 백금색 머리카락. 투명하리만치 하얀 피부 위에 둥글게 맺힌 물방울이 섬세한 살결을 타고 또르륵 흘러내렸다.

나이는 동생과 비슷한 정도. 하지만 도저히 그 소녀가 같은 인간이라는 생각은 들지 않았다.

그만큼 아름다운 소녀였기 때문이다.

"몸을 닦을 게 있는지 물어보고 오겠습니다, 미아 님."

──미아 님……?

그 이름에 카타리나는 경악했다. 들어본 적 있는 이름이었기 때문이다.

올해 세인트 노엘 학원에 입학한 티어문 제국의 황녀 전하의 이름이 그런 이름이었지 않았나?

"저기, 죄송합니다. 혹시 뭔가 몸을 닦을 만한 걸 빌려주실 수 있을까요?"

"아, 네. 잠시 기다려주세요."

카타리나는 허둥지둥 요리실에서 아직 쓰지 않은 깨끗한 수건을 가져와 메이드에게 건넸다.

"이걸 사용하세요."

"와, 친절하셔라. 감사합니다."

그렇게 말하며 부드럽게 웃는 메이드. 카타리나도 덩달아 웃었다.

"밖에는 비가 내리는데 고생이셨죠? 지금 한 장 더 가져오겠습니다."

일단 가게 안쪽으로 가서 수건을 들고 돌아오자 미아라 불린 소녀가 블레이저를 벗고 있었다.

아래에 있는 블라우스는 거의 젖지 않았다. 비가 내린 지 그리 시간이 지나지 않았기 때문일 것이다.

──갈아입을 옷을 가져오는 게 좋을까? 하지만 귀족님께는 오히려 실례일지도?

이런 고민을 했던 카타리나는 살짝 안심했다.

"어휴, 하필이면 이런 타이밍에 비가 내릴 것까진 없었는데 말이에요."

머리카락을 메이드에게 맡기며 투덜거리는 소녀. 그걸 본 메이드 소녀가 쓴웃음을 지었다.

"어쩔 수 없죠, 미아 님. 날씨는 어떻게 조절할 수 없으니까요."

"하지만 아직 아무것도 못 먹었는걸요! 모처럼 달콤한 디저트를 먹으러 왔는데!"

"저, 저기……."

카타리나가 두 사람의 대화에 끼어들었다.

"그러시다면 저희 가게에서 드시지 않으시겠어요?"

"……네?"

"달콤한 과자가 있습니다. 오늘 신상품 발매일이라서요! 괜찮으시다면 부디!"

"……여기서요?"

미아는 다시금 가게 안을 둘러봤다.

──어쩐지 좀 묘하네요.

가게 안은 텅텅 비어서 참으로 한적한 분위기였다.

청소는 꼼꼼하게 잘 되어있지만 뭐라고 해야 하나, 화려한 맛이 없다고 해야 하나. 끌리는 게 없었다.

무엇보다 손님이 없었다.

──여기는 아마 인기가 별로 없는 가게겠군요.

대단히 실례되는 생각을 한 미아는 한숨을 쉬었다.

비를 피해서 들어와 놓고 아무것도 주문하지 않는 것도 양심이 따끔거리니, 차 정도는 마시려고 생각했었으나…….

──신상품이라. 음, 큰 기대는 못 할 것 같지만요…….

미아는 그래도 꾹 참고 사교적인 미소를 지었다.

"그럼 그 신상품을 하나씩 부탁해요."

하지만.

"아니, 이, 이건!"

미아는 점주가 내놓은 걸 보고 경악했다.

──이건 틀림없어요. 슈크림이에요!

미아는 예전에 우로스가 바쳤던 슈크림을 떠올렸다.

밀가루로 만든 얇은 반죽. 바삭바삭한 그것을 깨물면 안에서 달콤하고 진한 크림이 입안으로 확 쏟아진다.

그 짜릿한 단맛, 무심코 미소가 번지는 만족감을 떠올린 미아는…….

자신도 모르는 사이에 슈크림을 먹고 있었다.

"어머나!"

한입 먹어본 미아는 놀랐다.

──우로스에게 받은 것보다 더 맛있어요!

미아의 기억은 이전 시간축을 합쳐서 약 5년 전의 기억이다. 당연히 과거의 추억을 미화하는 보정이 걸려 있어도 이상하지 않은데…….

이 '신상품'은 그걸 가뿐하게 뛰어넘었다.

"미아 님, 이거 아주 맛있어요!"

바로 눈앞에서 깜짝 놀란 얼굴로 웃는 안느를 향해 미아도 미소를 돌려주었다.

"네. 정말…… 멋진 맛이에요."

미아는 생각에 잠겼다.

──하지만…… 이건 대체 어떻게 된 일인 거죠? 왜 이 가게에서 우로스의 가문에서 개발한 과자를 먹을 수 있는 걸까요?

'으음……' 하고 신음을 흘리며 슈크림을 입에 쏙 집어넣었다.

머리를 쓸 때는 달콤한 것을 먹는다. 만사의 기본이다.

"여기 더 주세요!"

엄숙한 목소리로 선언한 미아는 다시 생각에 잠겼다.

두 개째의 슈크림을 입에 넣고, 세 개째에 손을 뻗으려 한 그 때…….

"너무 많이 드셨어요, 미아 님……."

안느가 미아를 제지했다.

"어머, 안느. 날카롭군요."

"생각에 잠긴 척하면서 속이려고 하셔도 다 보이거든요!"

그런 대화도 주고받은 뒤, 미아는 마침내 한가지 결론에 도달했다.

──오호라, 그렇군요. 알았어요!

미아의 뇌리에 조금 전 마주쳤던 우로스의 모습이 떠올랐다. 그가 말하지 않았나. 그런 걸 개발하고 있지 않다고…….

──수수께끼는 전부 풀렸어요! 즉 우로스는 이 가게를 발견해서 여기의 점주를 자신의 가문에 포섭했던 거예요!

아쉽다! 살짝 어긋난 추리를 하는 미아였다.

하지만 어쩔 수 없는 일인지도 모른다.

미아에겐 레시피를 훔쳐서 자기 가문의 업적으로 삼겠다는 발상은 존재하지 않기 때문이다.

황녀인 미아의 경우 자신의 가문에서 개발했다는 건 즉 제국에서 개발했다는 것과 같은 뜻이다. 그런 걸 자랑해봤자 별다른 자랑거리가 될 리도 없다.

"점주, 하나 물어보고 싶은 게 있는데요. 이 가게에 우로스라는 이름의 귀족 소년이 온 적이 있었나요?"

"네? 아뇨, 최근엔 세인트 노엘 학생들은 안 오시는데요……."

점주의 대답을 들은 미아는 히죽 웃었다.

"그거 잘 됐군요……. 우후후, 아, 그건 그렇고 이 과자 정말 맛있어요."

"가, 감사합니다!"

"처음 보는 과자인데, 이건 어떻게 만드는 건가요?"

옆에서 안느가 잡담하듯 물었다.

"아, 이건 말이죠……."

신이 나서 설명하기 시작하려는 점주를 미아가 급히 막았다.

"거기까지. 당신, 그렇게 쉽게 레시피를 알려주면 안 됩니다. 안느도 함부로 물어보는 거 아니에요."

잘난 듯이 말하는 미아에게 안느와 점주가 동시에 머리를 숙였다.

"죄송합니다, 미아 님. 제가 괜한 소리를……."

"가, 감사합니다. 저도 좀 입이 가벼웠습니다……."

참으로 멀쩡한 소리를 한 미아였다. 그런데…….

왜, 어째서 미아가 이런 말을 한 것이냐.

그 이유는 바로…….

──이건 기회예요! 제가 유행의 최첨단을 달릴 빅 찬스라고요! 만에 하나 다른 귀족이 만드는 법을 알았다간 모처럼 생긴 기회가 날아가고 말 거예요.

참으로, 그……. 쪼잔한 생각이었다.

미아는 알고 있다. 이 슈크림이 세인트 노엘에서 크게 유행하는 미래를.

──만약 이 과자를……, 제가 선보인다면?

예를 들어 교실에서 슈크림 이야기를 하는 학생이 있다고 가정하자. 그 옆을 지나갈 때 의기양양한 얼굴로 이렇게 말하는 것이다.

"어머나, 당신도 먹었나요? 그거 제가 처음으로 발견했답니다."

유행하는 물건을 맨 처음 찾아냈다는 명예……. 그걸 남들에게 자랑할 때 느끼는 쾌감.

미아는 교실 유행의 최첨단을 달리는 자신을 상상하고 오싹오싹해졌다.

──그, 그건 정말 기분 좋을 거예요!

이전 시간축에서 미아 주위에는 늘 미아를 추종하는 여학생들이 있었다. 늘 칭송하는 말을 들었고 화제의 중심에 있었다는 자부심도 있다.

하지만, 그렇지만……. 유행의 최첨단에 섰던 적은 한 번도 없다.

드레스도 액세서리도 미아는 늘 유행에 민감한 학생의 뒤를 따라갔다.

손가락을 물고 그런 학생들을 바라보면서 '저런 식으로 인기인이 되어보고 싶어요. 동경을 받고 싶어요!'라는 생각을 했었다!

그 꿈이 설마 이런 식으로 이뤄지려 하다니!

참으로, 그……. 말하긴 좀 그렇지만. 하찮은 꿈이었다.

하지만 그런 건 일절 개의치 않는 미아는 의욕적으로 말했다.

"거기, 점주……, 그러니까."

"앗, 네. 카타리나입니다."

"카타리나 씨. 저는 이 가게가 무척 마음에 들었답니다. 특히 이 신상품……."

"슈크림 말이신가요?"

"네, 그래요……. 그 슈크림이 아주 마음에 들었어요. 그러니까."

"앗! 호, 혹시 전속으로 삼아주시는 건가요?!"

"……네?"

힘차게 물어보는 카타리나의 말에 미아는 눈을 동그랗게 떴다.

이 가게에 투자해서 카타리나를 전속 파티시에로 삼는 것.

이 과자는 자신의 전속 파티시에가 개발했다고 자랑하는 것. 그건 참으로 감미로운 유혹이다. ……하지만.

──그건 곤란해요.

미아는 냉정하게 고개를 저었다.

과자점을 전속으로 삼는 것, 투자하는 것. 그건 틀림없는 돈 낭비다.

분노하는 루드비히의 얼굴이 미아의 뇌리에 떠올랐다.

얼마나 집요한 잔소리를 들을지 모른다. 여태까지 쌓아 올린 신뢰도 전부 엉망이 될지도 모른다.

그럴 수는 없다. 그런 위험부담은 질 수 없다.

──돈은 낭비하지 않지만, 그래도 제가 유행의 최첨단에 설 수 있는 방법……. 그래요!

미아는 하늘의 계시를 받았다!

"아쉽지만 당신을 전속으로 삼을 수는 없어요."

미아의 말에 카타리나는 실망했다.

──하지만 마음에 들었다고 하셨다니 단골이 되어줄지도 몰라.

그건 충분히 행복이다. 행운이라고 어떻게든 스스로를 타일러 봤다.

그래도 영 기분이 가라앉았다.

상대는 대제국의 황녀님이다. 막대한 돈과 권력을 지닌 사람. 카타리나의 가게 하나쯤은 그럴 마음만 있다면 충분히 구제해줄 수 있는 인물이다.

그런 사람이 마음에 들었다고 말해주었다.

그런데……, 그것뿐이라니…….

──아아, 역시 나는 운이 없어.

그런 생각이 들었기 때문에……, 그래서.

"대신이라고 할 정도는 아니지만, 당신 세인트 노엘 학원 안에서 그 슈크림을 팔아볼 생각은 없나요?"

"……네?"

갑작스러운 제안에 카타리나는 어안이 벙벙해졌다. 그러거나 말거나 미아는 말을 이어 나갔다.

"물론 라피나 님의 허락을 받아야 하지만, 아마 괜찮을 겁니다. 그다음은 당신에게 달려있어요."

"저에게……, 달렸다고요……?"

미아의 곧은 눈동자가 카타리나를 응시하자 몸이 작게 떨렸다.

늘 자신은 운이 없다고 생각했다.

최대한 큰 행운을 손에 넣었다고 해도 기껏해야 단골손님이 생기는 정도를 상상했다.

하지만……. 눈앞의 소녀, 미아는 그런 카타리나를 부정하듯 말했다.

당신에게 달렸다고. 당신의 선택에 달렸다고.

카타리나는 뒤늦게나마 떠올렸다.

제국의 황녀, 미아 루나 티어문의 이명. '제국의 예지'라는 거창한 이름을.

아직 어린 소녀에게 붙은 거창한 별명을 들었을 때 카타리나는 쓴웃음을 지었으나…….

생각해 보면 카타리나를 전속 파티시에로 삼는 건 무척 쉬울 것이다.

하지만 미아는……, 그걸 좋게 보지 않았다.

카타리나가 행운에 안주하는 걸 용서하지 않았다.

──나에게 달렸다……. 그래, 행복해질 수 있을지 없을지는 나에게 달린 거야.

카타리나는 작게 숨을 내뱉은 뒤 얼굴을 들었다.

그곳에 운명을 한탄하고 불행을 저주하는 나약한 여성의 얼굴은 없었다.

그저, 운명을 자신의 손으로 쟁취하겠노라고 결의한 여성의 얼굴이 있었다.

"미아 황녀 전하, 마음 써주셔서 감사합니다. 부디 잘 부탁드립니다."

카타리나의 대답을 들은 미아는 만족스럽게 고개를 끄덕였다.

그건 흔히 볼 수 없는 행복한 이야기다.

대제국의 황녀와 만나, 기회를 자신의 선택과 노력으로 살려서 행복을 붙잡은 여성의 이야기다.

귀족 돌림판에서 티어문 제국의 황녀라는 최고의 경품에 당첨된 카타리나. 그녀가 누리는 영광의 나날은 그날 운 좋게 대제국의 황녀와 인맥을 만든 것에서 시작되었다.

……사람들은 그렇게 말할 것이다.

하지만 카타리나는 생각한다.

정말 그럴까?

확실히 만남은 소중하다. 그런 축복받은 기회를 만난 것 자체는 행운이 맞다.

하지만 운명을 개척한 것은 그게 아니라……, 오히려.

──불행을 한탄하기만 할 뿐이었던 내 사고방식이 바뀌었으니까.

누군가가 무언가를 해주지 않으니까 불행해.

인생은 전부 운에 달렸어. 내가 무슨 일을 해도 헛수고야…….

그런 식으로 도망치지 않게 되었기 때문에.

노력이 늘 보답받는다는 보장은 없다.

모든 일은 마음가짐에 달려있다는 건 이상론이라는 것도 안다.

끔찍한 불행은 언제든, 누구에게든 찾아온다.

하지만, 그렇지만……. 카타리나의 가슴에는 늘 그날 들은 그 말이 있었다.

문을 열고 들어온 소녀. 그녀가 해준 말.

"모든 것은 나에게 달렸어."

운명을 개척하는 건 운이 아니라 자기 자신이다.

그날 제국의 예지는 그렇게 말했다.

오늘도 카타리나는 그 말을 가슴에 품고 양과자를 만든다.

"어서 오세요!"

"안녕하세요. 참나, 유행하는 건 좋지만 이렇게 사람이 많아질 줄은 몰랐어요."

그날도 카타리나의 운명을 바꾼 **요란한** 소녀가 과자를 먹으러 찾아왔다.

"어머나! 또 신상품을 개발했군요. 안느, 이거 하나씩 시켜서 반씩 맛보는 건 어때요?"

생글생글 기쁨의 미소를 지으며…….

──우후후. 예상했던 대로 크게 번성했어요. 아아, 유행의 최첨단이에요…….

미아는 혼잡한 가게를 둘러보며 얼굴을 찡그리는 척하면서 속으로는 히죽히죽 웃었다.

──저는 이 가게가 인기를 끌기 전부터 눈독을 들여놨답니다. 라피나 님께 소개한 사람도 바로 저예요. 그렇게 말했을 때 사람

들이 보여준 표정은 정말 짜릿했어요.

주위의 존경과 주목을 모으는 쾌감에 자연스럽게 얼굴이 밝아진 미아.

"어머나! 또 신상품을 개발했군요. 안느, 이거 하나씩 시켜서 반씩 맛보는 건 어때요?"

이 신상품으로 가게가 한층 주목받게 되고, 그걸 발굴한 자신은 한층 더 많은 존경의 시선을 받게 될 것이 분명하다.

거기에 새 과자의 맛에 거는 기대심도 더해지자 미아는 자꾸 웃음이 비집고 나오는 걸 느꼈다.

Collection of short stories

미아 황녀, 씨를 뿌리다(물리)

PRINCESS MIA SOWS SEEDS (PHYSICS)

단행본 1권
전자판 특전 SS

"루드비히 님, 미아 황녀 전하께서 보내셨습니다."

"그래, 고맙다."

미아가 보낸 것을 보고 루드비히는 눈살을 찌푸렸다.

——이번 달에도 보내셨나.

미아는 세인트 노엘 학원에 간 뒤로 매달 큰 금액을 보내오게 되었다.

그것은 그녀에게 지급되는 생활비의 거의 절반이었다.

별다른 지시 없이 보내는 그것을 자신을 신뢰하는 증거라고 받아들인 루드비히는 유익하게 쓰기로 했다. 빈곤 지역을 구제할 때 쓰거나, 미아의 제안으로 설립하게 된 병원 경영에 이용하는 등 그 용도는 다양하다.

본래 예산에 없는 수입원, 원래는 서민의 세금이자 재정 자체는 달라지는 게 없으나 언제든 자유롭게 움직일 수 있는 돈이 있다는 건 무척 고마운 일이다.

"매번 미아 황녀 전하께 감사하기 그지없지만……, 괜찮으신 건가?"

자꾸만 의문을 품게 되는 루드비히였다.

확실히 세인트 노엘 학원에 있는 한 생활이 힘들어지는 일은 없다.

식사는 꼬박꼬박 기숙사에서 나올 테니 마을에 놀러 나가서 먹지만 않는다면 돈을 쓸 필요가 없다. 생활할 방도 있다. 교재도 학원에서 준비해주니 거기에도 돈이 들지 않는다.

살기만 한다면 일절 돈을 쓰지 않을 수 있는 장소이다.

하지만 미아는 대국의 황녀이다. 제국의 위신을 등에 짊어지고 있다. 만약 그녀가 변변찮고 초라한 생활을 보내고 있다면 그건 그대로 제국의 수치가 된다.

때로는 다과회를 열어서 다른 나라의 왕족·귀족들과 교류할 필요가 있고, 무도회 등에도 적극적으로 참가할 필요가 있다. 그런 교류에 사용하는 돈은 반쯤 외교비 같은 것이니, 본래대로라면 절약할 수 있는 것이 아니냐…….

"뭐, 그분이시라면 그런 점도 제대로 계산하고 계실 테지만……."

그런 루드비히의 마음과는 반대로.

"괜한 돈은 쓸 수 없어요!"

미아는 열심히 절약했다.

부탁하지도 않았는데 아버지인 황제가 보내는 대량의 돈을 꼬박꼬박 루드비히에게 보냈고, 자신의 수중에 남긴 것도 최대한 쓰지 않고 저금해두었다.

지난달에 받은 돈으로 다음 달에도 생활할 수 있지 않을까. 뭐 그런 참으로 궁상맞은 짓을 하고 있기도 했다.

어떻게 돈을 쓰지 않으면서 제국의 위신을 유지할 것인가를 스스로에게 물으며 아슬아슬한 라인을 파악한다. 그것은 평민인 안느는 못 하는 일이다.

제국의 예지, 미아 루나 티어문의 기술이라고 할 수 있을 것이다!

그런 미아가 머리를 부여잡고 있는 건 루드비히도 걱정했던 다과회였다.

이런 다과회는 말할 것도 없이 초대한 쪽이 금전을 전부 부담하여 자리를 만든다. 고급 찻잎을 사서 맛있는 과자를 준비하는 것은 전부 초대한 쪽이다.

물론 손님도 선물 정도는 가져갈 필요가 있으나, 그 정도라면 허용범위 내라고 할 수 있다.

미아도 초대를 받으면 생글생글 기뻐하며 선물을 들고 갈 수 있다.

그렇다고 계속 초대만 받을 수도 없다.

언젠가는 제국의 위신을 보여주기 위해서 호화로운 다과회를 열어 학우들을 초대할 필요가 있다.

하지만…….

"어떻게 해야 할까요…….."

그날도 미아는 자신의 침대 위를 굴러다니며 안느에게 받은 메모를 멍하니 바라보고 있었다.

데굴. 한 바퀴 굴러서 엎드린 자세로 다리를 까딱까딱. 불만을 드러내며 메모를 노려보았다.

"정말 어떻게 해야 할까요…….."

메모에 적힌 것. 그것은 지난번에 참가한 다과회의 금액을 안느의 협력하에 계산해본 내역이었다.

다과회 도중에 '이 홍차는 참 맛있군요. 어느 찻잎을 사용하는 거죠?'라거나.

'이 과자의 맛이 참 뛰어나요. 다음에 아바마마께 보내드리고 싶은데, 어디서 살 수 있을까요?' 등등.

대화 흐름 속에서 자연스럽게 캐물어 봤고, 그 합계가…….

"제가 매달 받는 돈의 7할이 넘는다니……. 아무리 그래도 허영이 너무 심한 게 아닌가요?"

어쨌거나 대제국의 황녀인 미아이다. 그런 미아의 한 달 생활비의 7할이 넘는 돈이 한 번에 날아가는 다과회라니, 아무리 그래도 돈이 너무 많이 들어간다.

하지만 놀랍게도 이 학원에선 이 정도 규모의 다과회는 드문 일이 아니었다.

그렇다. 미아도 어렴풋하게나마 눈치채고 있었다.

이곳의 다과회는…… 각국의 명예와 자존심이 부딪치는 전쟁터라는 것을.

웃는 얼굴로 담소를 나누면서도 뒤에서는 각국의 귀한 아가씨들이 서로의 자존심이라는 칼날을 휘두르며 피로 피를 씻어내는 항쟁을 거듭하고 있다.

그런 경쟁에 참여하면 어떻게 되는가.

——모처럼 절약해서 모아둔 돈이 순식간에 날아가 버릴 거예요!

예를 들어, 미아가 한 달 치 생활비를 이용해 다과회를 열었다고 치자. 그러면 거기에 참가했으며 또한 승부욕이 강한 어느 나라의 영애가 이번에는 두 달 치 생활비를 써서 다과회를 열 것이다.

미아는 제국의 위신을 지키기 위해 그보다 더 큰 규모의 다과회를 열 필요가 생긴다.

──끝이 없잖아요.

한도가 없는 비용 확장은 마치 군비경쟁과도 같은 양상을 보였다. 상대의 기마병을 상회하는 수의 기마병을 양성하고 상대보다 고도로 훈련된 병사를 육성하는 대신 아가씨들은 찻잎이 얼마나 고급스러운지, 과자가 얼마나 고가인지로 경쟁하고 다기가 얼마나 훌륭한지 치열하게 다투는 것이다.

"위신을 지키면서도 무익한 싸움에서 벗어나는, 어떠한 패러다임 시프트가 필요해요."

그런 고민을 하면서 침대 위에서 끙끙 앓고 있던 미아. 그때.

"실례합니다, 미아 님. 지금 라피나 님의 사자가 다과회 초청을 알렸습니다."

"라피나 님께서요?

안으로 들어온 안느를 일별한 미아는 의욕 없는 대답을 돌려주었다.

솔직히 미아는 내키지 않았다. 하지만 그렇다고 함부로 거절할 수도 없다.

"음, 그래요. 적진 시찰 겸 다녀오도록 할까요?"

마침 고민하던 사항도 사항이었기 때문에 호기심이 자극되었다.

미아는 느릿느릿 일어나 드레스로 갈아입었다.

참고로 점심때까지 잠옷용 옷을 입고 있었다는 건 미아와 안느, 둘만의 비밀이다.

"어서 오세요, 미아 님."

라피나의 다과회는 학원 외곽에 있는 화원, 통칭 '비밀의 화원'에서 이뤄졌다.

라피나가 초대한 사람만이 들어갈 수 있는 그 장소에 미아는 처음으로 발을 들여놓았다.

이전 시간축에서부터 계속 오고 싶어 했던 미아는 들어가자마자 감도는 꽃향기에 순간 황홀해졌다.

──근사한 곳이에요. 이런 장소는 제도의 백월 궁전에도 없었는데요.

그곳은 시야 가득 연홍색 꽃으로 뒤덮인 상소.

강하고 고귀한 향기를 발하는 그 꽃은 프린세스 로즈라는 이름의 희귀한 꽃으로, 키우는 것이 몹시 어렵다고 한다.

"어떤가요? 마음에 들어요?"

화원 중앙에 설치된 탁자에서 우아한 미소를 짓고 있는 라피나.

미아는 새삼 그녀에게 시선을 보내며 스커트 자락을 살짝 들어 올렸다.

"라피나 님. 초대해주셔서 대단히 영광입니다."

사랑스럽게 웃는 미아였으나, 그 미소가 중간에 굳어버렸다.

"……어머? 오늘 다과회에 다른 손님은……."

"오늘은 당신뿐이에요, 미아 님."

"······네?"

굳어버린 미소가 움찔움찔 경련했다.

미아의 등을 타고 아주아주 차가운······ 식은땀이 주르륵 흘러내렸다.

"저, 저뿐, 이라고요?"

"그래요. 우리는 얼마 전에 친구가 되었잖아요? 그러니 천천히 대화를 나누고 싶어서 불렀답니다."

생긋 미소 짓는 라피나.

그 미소를 보며 미아의 소심한 심장이 바들바들 떨렸다.

미아가 조심조심 탁자에 다가가자 바로 차를 든 메이드가 다가왔다.

"오늘은 안느 양은 함께 오지 않았나요?"

"네, 네. 다른 분도 계신 줄 알았거든요."

기본적으로 다과회에는 안느를 데려가지 않고 있다. 예전에 다과회에 동석시켰을 때, 주최자인 귀족 영애가 여기 있으면 안 되는 사람을 보는 듯한 눈으로 안느를 쳐다본 적이 있었기 때문이다.

그걸 알아차린 건지, 라피나는 묘한 얼굴로 고개를 끄덕였다.

"그건 정말 면목이 없군요. 확실히 자신의 심복을 홀대하는 걸 보는 건 불쾌한 일이니까요."

그 후 라피나는 다시금 미소 지으며 노래하듯 말했다.

"하지만 덕분에 미아 님과 단둘이 대화할 수 있게 되었네요. 우후후, 기대되라."

──끄, 끄, 끄, 끔찍해요! 라피나 님과 단둘이라니, 어디서 단두대가 내려올지 모른다고요!

미아는 부글부글 끓어오르는 마음의 소리를 가까스로 삼키며 '오호호' 하고 웃으며 얼버무렸다.

그 후 눈앞에 나온 찻잔에 시선을 내렸다.

──흐음, 찻잔은 공국산이군요. 상당한 돈이 들어갔어요.

미아의 관찰력이 빛났다.

다음으로 미아는 찻잔에 담긴 홍차에 시선을 주었다.

그리고는……, 조금 고개를 갸웃거렸다.

──차의 색이 핑크?

"입에 맞으면 좋겠는데요……."

그렇게 말하는 라피나의 권유를 받아 미아는 차를 마셔보았다.

입안에 퍼지는 기분 좋은 열, 코를 타고 빠져나가는 화려한 풍미에는 상쾌한 허브 향기와 달콤한 꽃향기가 섞여 있었다.

"이건……. 무척 맛있군요."

빈말이 아니라 자연스럽게 감상이 흘러나왔다.

그 말을 듣고 라피나가 기뻐하며 표정을 풀었다.

"그래요. 그거 다행이에요."

"향기가 아주 독특한데요. 이건 어디의 찻잎을 사용한 거죠?"

그렇게 묻자, 라피나는 마치 장난을 꾸미는 어린아이처럼 천진난만한 미소를 지었다.

"그건 몇 개의 향초와 꽃을 블렌딩해서 만든 오리지널 허브티인데요……. 기억 속에 있는 향기가 섞여 있지 않았나요?"

그러면서 주위를 둘러보았다.

라피나의 시선을 쫓아간 미아는 불현듯 깨달았다.

"꽃향기……. 혹시 이 화원의 꽃인가요?"

"정답. 역시 미아 님, 향기에 민감하군요."

쿡쿡 웃은 뒤, 라피나는 애정을 담아 주위에 있는 꽃에 손을 뻗었다.

"사실 이 꽃은 제가 키우고 있답니다."

"어머나, 그랬군요. 라피나 님께선 원예가 취미셨군요."

"네. 꽃만이 아니라 다양한 향초도, 과일도 키우고 있죠. 그래서 다과회를 열어 손님에게 내놓는 거죠."

"라피나 님께서 키우신 것을……."

그때……, 미아의 뇌리에 계시가 번뜩였다.

──그래요! 라피나 님처럼 저도 원예를 취미로 삼으면 되는 거예요.

자신이 키워낸 찻잎으로 손님을 접대한다.

그건 생각에 따라서는 취향을 강요하는 셈이다.

라피나처럼 어디에 내놓아도 부끄럽지 않은 뛰어난 품질의 찻잎을 만들어낼 수 있다면 모를까, 엉성한 향초로 만든 홍차에 질이 나쁜 과일로 만든 케이크를 내놓기라도 했다간 초대받은 쪽에서도 몹시 불편할 것이다.

하지만……. 그 오만함은 티어문 제국의 위신에 흠을 내지 않는다.

　오히려 제국 황녀에게 어울리는 행동이라고 할 수 있으리라.

　──철이 없다는 생각은 하겠지만, 적어도 구두쇠라고 생각하진 않을 거예요. 제가 보기에도 천재적인 발상이에요!

　"과일은 설탕절임으로 만들어 케이크에 사용하거나, 과즙을 짜서 굳힌 것을 내놓은 적도 있었죠. 식물을 키우는 걸 좋아해서."

　"무척 멋진 취미세요."

　라피나의 이야기에 맞춰주면서도 미아는 방긋방긋 웃었다.

　다음 날, 미아는 바로 향초를 조사하기 시작했다.

　다행히 세인트 노엘 학원은 대륙 최고봉의 '지식이 모이는 장소'이다. 식물학 서적도 풍부하게 갖추고 있기에 원하는 정보는 바로 손에 넣을 수 있었다.

　미아는 그 책을 꼼꼼히 읽어나갔다.

　차로 우려낼 수 있는 향초와 꽃, 케이크에 쓸 수 있는 과일뿐만이 아니라 먹을 수 있는 나물이며 버섯까지. 책에는 다양한 정보가 실려있었다.

　"이건 제법 심오하군요……."

　미아는 무심코 신음했다.

　혁명군에게서 도망칠 때 심한 굶주림에 시달린 적이 있었다. 따라서 숲속에서 먹을 것을 찾을 수 있다는 건 바라마지않는 지식이다.

　"물고기를 낚거나 토끼를 사냥해서 먹는 건 어려울 것 같다고 생각했는데, 나물은 맹점이었어요."

문득 미아의 뇌리에 제도에 있는 주방장의 얼굴이 떠올랐다.

"여름방학 때 돌아가면 물어볼까요……. 황월 토마토 요리법도 잘 알고 있었으니, 나물을 맛있게 먹는 방법도 알고 있지 않을까요?"

게다가 미아를 가장 감탄하게 만든 것, 그것은…….

"현월무의 영구증식법?! 이런 게 가능하다면 기근은 단숨에 해결되지 않나요? 이건 꼭 조사해야겠어요!"

"으으음, 이쪽이었지?"

사흘 뒤, 안느는 미아의 명령을 받아 섬에 있는 마을로 나왔다.

이 섬은 세인트 노엘 학원을 중심으로 둔 학원도시다. 마을 사람 각자에게도 생활이 있지만 그건 전부 학원을 중심으로 돌아간다고 해도 과언이 아니다.

상점에서 내놓는 것은 학원 학생들이 필요로 하는 것들이고, 그다음으로 상점을 경영하는 사람이나 학원에서 일하는 직원을 위한 것들이다.

이 섬의 산업구조의 중심에는 늘 학원이 있다.

그런 섬이기 때문에 소위 농민이라 불리는 직업의 사람은 존재하지 않았다. 채소나 과일 등은 전부 섬 밖에서 들여오기 때문에 굳이 섬 안에서 키울 이유가 없기 때문이다.

하지만 원예가 취미인 귀족은 의외로 많다. 학원 내에는 원예 클럽도 존재하고, 꽃을 귀애하고 싶어 하는 귀족 영애도 적지 않다.

그런 고로 안느는 대부분의 원예용품을 입수할 수 있는 서쪽 구역에 발을 들여놓았다.

　"미아 님, 가드닝을 취미로 삼는다고 하셨지."

　안느는 미아가 지시한 사항을 떠올리며 중얼거렸다.

　그러고 보면 얼마 전, 라피나의 다과회에 초대받았을 때였다.

　『무척 근사한 화원이었답니다. 당신도 꼭 와 달라고 말씀하셨으니, 다음에는 같이 가요!』

　"싱글벙글 웃으면서 그런 말씀을 하셨지. 라피나 님의 영향을 받으신 거구나. 우후후."

　여느 때는 제국의 예지라는 이름에 걸맞게 어른 못지않은……, 아니, 어지간한 어른은 결코 미치지 못할 정도로 빼어난 지혜를 보여주는 미아지만 이렇게 그 나이답게 연상의 멋진 언니에게 영향을 받는 모습을 보면 어쩐지 조금 웃음이 나오는 안느였다.

　"흠, 흠. 프린세스 로즈랑, 이건 향초인가? 그리고…… 어?"

　미아가 준 메모를 보고 고개를 작게 기울였다.

　"어, 이건…… 어머니도 키우는 그거잖아? 그, 먹을 수 있다고 하던……."

　안느가 상상하는 귀족의 원예란 아름다운 꽃이나 좋은 향기가 나는 향초를 키우는 우아한 취미다. 멋진 향기가 날 것 같은, 고상한 취미다.

　하지만 미아의 메모에는 그것만이 아니라 굳이 따지라면 흙냄새가 나는 것, 채소 종류까지 잔뜩 들어있었다. 심지어 농민이 키우는 본격적인 것들이다.

이 섬에서의 수요를 고려했을 때 입수할 수 있을지 다소 불안해졌다.

"게다가 현월무 하나? 그리고 이 바닥이 깊은 도자기 그릇은 대체……."

순간 안느의 뇌리에 무의 잎사귀가 달린 쪽을 잘라내 물에 담가서 자라는 잎사귀를 요리에 사용하던 어머니의 모습이 떠올랐다.

그건 안느의 할머니에게 배운 생활의 지혜라고 했다.

"후후후, 설마. 그래서야 제국의 예지가 할머니의 지혜가 되어 버리잖아."

참으로 날카로운 안느였다.

"분명 미아 님께서는 뭔가 생각이 있으신 거겠지."

설마 그 미아 님이 할머니의 지혜 같은 꾀로 제국의 존망이 걸린 문제의 해결책을 도출하려고 한다는 것은…… 꿈에도 상상하지 못하는 안느였다.

"미아 님, 택배가 온 모양입니다."

"고마워요, 안느. 그럼 가죠."

세인트 노엘 학원에는 원예가 취미인 학생들이 쓸 수 있도록 각자 화단을 마련해주었다. 정원 한구석에 있는 그곳은 해가 잘 들어서 쾌적한 장소다.

미아는 원예용으로 더러워져도 괜찮은 반소매 블라우스와 반바지로 갈아입은 후 의기양양하게 밖으로 나왔다.

이미 안느가 수배한 택배가 도착해 있었다.

새 원예용 삽, 물뿌리개, 전정용 가위, 그리고 각종 씨앗이다.

"죄송합니다. 채소 씨앗은 섬 안에서는 손에 넣을 수 없었습니다. 입수하려면 돈이 들어간다고 해요."

"음, 역시 그랬군요."

미아는 '흐음' 하고 고개를 끄덕였다.

채소도 자신이 직접 키우면 다과회만이 아니라 오찬회 등에도 사용할 수 있었다며 조금 아쉬워하는 미아였다.

하지만 아무리 미아라고 해도 채소를 쉽게 키울 수 있다고 생각하진 않는다. 오히려 메인은······.

"그런데 안느, 현월무는 입수했나요?"

"아, 네. 그쪽은 괜찮았는데요······, 후후후."

작은 목소리로 웃는 안느를 보고 미아는 고개를 갸웃거렸다.

"어머, 왜 그러는 거죠? 뭔가 즐거운 일이라도 있었나요?"

"앗, 아뇨. 실은 옛날에 제 할머니가 무 잎사귀는 보통 썰어서 먹지만, 이 부분을 물에 담가두면 잎사귀가 자라서······."

안느는 할머니의 지혜를 들려주었다.

"할머니의 생활의 지혜란다! 하며 웃으셨던 게 생각나서요. 죄송합니다, 똑같이 생각하면 무척 실례라는 건 알지만 저도 모르게 그만."

"그, 그랬군요."

미아는 조금 경직된 얼굴로 그 이야기를 들었다.

제국을 구할 대발견이 '서민 사이에는 널리 알려진 할머니의 지혜였다!'는 이야기를 들은 충격은 제법 컸다.

"그런데 현월무를 뭐에 쓰시려는 건가요?."

"흐어? 아, 그, 그래요. 그게……, 아, 맞다. 벌꿀에 절여두려
고요!"

미아는 며칠 전에 읽은 책에서 무 잎사귀 무한증식 항목 바로
옆에 적혀있던 서술을 떠올렸다.

"벌꿀에요? 그거 맛있을까요?"

"맛있는지는 모르지만, 월광벌이 모아오는 문 허니에 무를 절
여두면 감기약이 된다고 하더군요. 그래서 시험 삼아 만들어보
려고……."

무 벌꿀 절임……. 그것도 굳이 따지라면 할머니의 생활의 지
혜라고 할 수 있겠지만…….

"미아 님……."

안느는 미아를 물끄러미 바라본 후.

"역시 미아 님이세요! 무척 박식하시군요."

존경 어린 시선을 보냈다.

아무래도 안느의 할머니는 생활의 지혜에 그렇게 자세하지 않
은, 신세대 할머니였던 모양이다.

그렇게 궁지에서 벗어난 미아는 다시금 화단 쪽을 보았다.

"그래서 이 씨앗을 심으려고 하는데요……. 안느, 방법은 알고
있나요?"

"으음, 아마 이렇게 손가락으로 흙에 구멍을 뚫어서……."

화단에 쪼그려 앉아 흙에 구멍을 송송 뚫고 거기에 씨앗을 뿌

리는 안느.

그 옆으로 가 미아도 흙에 손가락을 넣었다. 평범한 귀족 영애였다면 거부감이 있을 법하지만, 지하 감옥 생활을 경험한 미아에게는 여유로웠다.

직접 해 보자 흙의 감촉이 묘하게 기분 좋아서 어쩐지 중독될 것 같은 미아였다.

"이거 왠지 조금 즐거운데요? 할바마마께서 정원 가꾸기에 몰두하셨을 때 뭐가 즐거운 건지 의아했는데……."

미아의 할아버지, 선대 황제의 취미는 프린세스 로즈를 키우는 것이었다. 절묘하게도 라피나와 같은 취미를 지닌 셈이다. 참고로 꽃을 다듬는 것과 씨앗에서부터 식물을 키워내는 것은 살짝 다르다. 미아의 할아버지는 흙에 손가락을 찌르며 기뻐하는, '고상'한 취미를 가졌던 건 절대로 아니지만…….

그런 건 조금도 모른 채 '피는 속일 수 없군요!'라며 할아버지에게 친근감을 느끼는 미아였다.

즐거운 씨뿌리기를 마친 후, 미아는 문득 고개를 갸웃거렸다.

"그러고 보면 안느, 프린세스 로즈는 어디에 있나요? 지금까지 심은 씨앗은 전부 향초잖아요?"

"앗, 네. 실은 그 꽃은 씨앗에서부터 키워내는 건 무척 어렵다고 해서, 일단 이걸……."

그렇게 말하며 안느는 화단 구석에 놓여 있던 화분을 들고 돌아왔다.

"우선 이걸로 꽃을 피워보는 것부터 시작해보는 게 어떻냐고 했습니다."

그건 아직 꽃이 피지 않은 묘목이었다. 매끈매끈한 잎사귀가 붙어있고, 싱싱한 줄기는 곧 꽃을 틔워도 이상하지 않을 정도로 굵었다.

"1년 정도 열심히 돌보면 꽃이 핀다고 합니다."

"흐음, 그렇군요. 어떻게 하면 되는 거죠?"

"꼬박꼬박 물을 주고, 벌레가 끓기 쉽기 때문에 잘 돌봐주는 게 필요한 모양이에요."

"뭐야, 그런 건가요? 쉽네요!"

매일 물을 주는 것 정도는 아주 간단하고, 벌레가 먹으러 오는 건 방 안에 두면 그만이다. 그렇게 하면 들어오지 못할 테니까.

"그럼 물을 떠 오겠습니다."

그렇게 말하며 물을 뜨러 떠나는 안느를 배웅한 후, 미아는 프린세스 로즈 화분을 들어 올렸다.

"후후훗, 이제 다과회 문제는 단숨에 해결…… 아주 간단하네요."

미아는 마치 보물이라도 바라보는 것처럼 그 묘목을 바라보고……, 그 매끈매끈한 잎사귀를 바라보고……, 잎사귀 끝이 조금 파여 있는 걸 발견했다…….

"어머? 이건……."

안느의 말을 오해했다.

벌레가 끓기 쉽다는 말을, 영락없이 나비가 날아와 꿀을 빠는 걸 가리키는 건 줄 알았다.

몰랐다. 이런 기름기가 도는 잎사귀에는 그 나비나 나방의 유충인…… 애벌레가 끓기 쉽다는 사실을.

별생각 없이 잎사귀를 들춘 미아는 거기에 달라붙어 있던 둥글둥글하고 굵직한 애벌레를 보고 딱딱하게 굳어버렸다.

꿈틀꿈틀 움직이는 그것은 이 세상의 존재로 보이지 않을 만큼 징그러운 모습이었으며…….

무슨 생각을 한 건지, 그게 미아의 가느다란 손가락을 타고 손으로 꿈틀꿈틀, 꿈틀꿈틀 타고 올라왔다…….

"히익!"

미아의 백옥 같은 피부에 소름이 쫙 돋았다.

"히이이이이이익! 싫어어어어어어어어! 아, 아아, 누, 누가! 앗, 아아, 그래요, 안느! 지금이 바로 당신의 충성심을 보여줄 때예요! 이, 이, 이 벌레, 떼, 떼 주세요! 히이이이이익! 오, 올라왔어! 올라왔다고요! 안느, 살려줘요, 안느으으!"

울상이 되어 필사적으로 충성스러운 메이드를 부르는 미아. 하지만 시간이 지나도 안느는 나타나지 않았다.

그제야 미아는 깨달았다.

안느는 방금 전에 물을 뜨러 가버렸다는 것을!

지금쯤 건물 뒤편에 있을 테니까 목소리가 닿지 않는다…….

"히이이이이익! 안느, 안느으으!"

태평하게 꾸물꾸물 팔을 타고 기어오르는 애벌레의 파괴력에 미아의 의식은 스르륵 아득해지고 말았다.

"어디서 들은 이야기인데, 벌레를 먹는 꽃이 있다고 하더군요."

화단에서 기절하고 며칠 뒤, 미아가 조용히 말했다.

"네? 그런가요?"

"그래요. 꿀을 빨러 온 벌레를 이렇게, 덥석 잡아먹는다고 해요. 그걸 프린세스 로즈 바로 옆에 심으면 알아서 벌레를 먹어주지 않을까요?"

"하지만 미아 님, 벌레라면 제가……."

"아뇨, 안느에게 그런 괴로운 일을 시킬 수는 없어요!"

"미아 님……."

자신을 배려해주는 다정한 주인의 마음에 감동의 눈빛을 보내는 안느.

──안느가 소름 돋는 일을 겪게 되는 것도 싫고, 게다가 그런 징그러운 벌레를 만진 손으로 제 시중을 드는 것도 좀……. 모르는 사이에 옷에 붙어있거나 해서 그게 침대에 묻기라도 한다면…… 히이이이익!

무시무시한 망상이 폭발해버린 미아였다.

그런 고로 미아는 바로 학원의 도서관을 사용해 식충식물이라는 것을 발견.

돈을 좀 사용해서 그 희귀한 씨앗을 손에 넣은…… 것까지는 좋았으나.

"미아 황녀 전하께서 키우시는 꽃 봤어?"

"알아! 그 으스스한 꽃말이지. 접근하는 벌레를 먹어버린다고…… 무시무시해."

이렇게 유명해지고 말했다. 게다가 시험 삼아 만든 무 벌꿀 절임이 감기약으로서 무척 뛰어난 효과를 발휘했기 때문에 미아 황녀는 마녀인 게 아니냐는 소문이 퍼질 뻔했다.

자칫 이단심문 루트를 열어버릴 뻔한 미아였지만, 그런 의혹도 라피나의 한마디 덕분에 순식간에 사라졌다.

"식충식물은 남쪽 나라에서는 유명하죠. 현월무 벌꿀 절임은 예로부터 전해 내려온 민간요법이고요. 역시 미아 님. 무척 박식하군요."

그로 인해 이번에는 '제국의 예지'라는 건 '할머니의 지혜'가 아니냐는 다른 의혹이 생겨난 건지 생겨나지 않은 건지.

아무튼 미아의 약초학 지식이 1 올라갔다! 잘됐네!

티어문 제국
이야기

Collection of short stories

성야제
~성스러운 밤에 감사 인사를~

HOLY NIGHT FESTIVAL
WORDS OF GRATITUDE ON THIS HOLY NIGHT

단행본 2권 TO북스
온라인스토어 특전 SS

【성야제 당일, 여덟 번의 종소리(AM 8:00)】

"으…… 으응……."

그날, 미아 루나 티어문은 기숙사 방에서 기분 좋은 아침을 맞았다.

침대 위에서 몸을 웅크려 푹신한 이불에 얼굴을 비비적거린 뒤 흐아암 크게 하품을 한 번.

그 후 미아는 천천히 몸을 일으켰다.

"앗, 안녕히 주무셨어요. 미아 님."

옆에 있던 안느의 목소리에 미아는 한 번 더 흐아아암 하품을 흘렸다.

"잘 잤나요, 안느. 좋은 아침이군요."

끙차 기지개를 켠 다음 미아는 밖을 보았다.

맑게 갠 파란 하늘에는 구름 한 점 없었다.

"맑아서 다행이죠, 미아 님. 오늘 밤이 무척 기대됩니다."

생글생글 웃는 안느를 보며 미아는 쓰게 웃었다.

"그래요. 저도 기대되네요."

1년의 마지막 달. 즉 12월의 첫날은 중앙 정교회에서 가장 중요시하는 제전인 '성야제' 날이다.

먼 옛날 유일신이 이 지상에 강림하여 사람들에게 희망의 등불을 주었다는 전승. 그것을 기념하는 이 행사는 중앙 정교회가 구축한 종교권이라면 어느 곳에서든 성대하게 축하한다.

　그리고 성녀 라피나가 있는 장소인 세인트 노엘 섬에서도 당연하게도 이날을 축하할 준비를 진행했다. 한층 활발해지는 마을과 노점 준비를 하는 상인들을 보면 자연스럽게 가슴이 설레기 마련이었다.

　지난 며칠간 어딘가 들떠 있는 안느를 보며 미아는 흐뭇함을 느꼈다.

　──뭐, 익숙하지 않으면 이 분위기에선 확실히 침착할 수가 없겠죠.

　참고로 미아는 아주 침착했다.

　이미 성야제를 몇 번이나 경험해봤기 때문이다.

　그 침착함은 베테랑의 경지였다.

　확실히 축제의 분위기는 즐겁고, 학원 성당에서 치르는 미사는 환상적인 분위기다. 하지만 익숙해지면 별것 아니다.

　──딱히 구체적으로 즐거운 일이 있는 것도 아니니까요…….

【성야제 당일, 아홉 번의 종소리(AM 9:00)】

　드레스로 갈아입은 미아는 식당에 나타났다. 아침, 점심, 저녁 세 끼를 꼬박 먹고 낮잠을 자기 전에는 간식도 든든하게 먹는다. 건강 우량아인 미아였다.

"흠……."

식당의 분위기를 본 미아는 어딘가 어수선함을 느끼고 다시 쓰게 웃었다.

──다들 들떠있는 모양이군요. 후후, 의외로 어리다니까요.

비어있는 테이블에 앉자 바로 주변에 있는 여학생들의 대화가 귀에 들어왔다.

"그런데 오늘 밤은 어떻게 하실 건가요? 괜찮다면 저희와 같이 대화하지 않으실래요?"

"아, 죄송해요. 사실 오늘 밤은, 그…… 그이에게 밖에서 이야기하자는 권유를 받아서……."

"어머나! 파렴치해라!"

뭐 이런 잔뜩 들뜬 대화가…….

오늘 밤은 성당 미사에 이어 밤새 연회가 열릴 예정이었다.

연회는 그랜드 홀에서 열리지만, 정원으로 나가도 되고 마을로 놀러 나가도 되고 기숙사로 돌아가 자도 되고.

이 섬 안에 있는 한은 상당한 자유가 보장된다.

물론 몹쓸 짓을 저지르는 건 안 되고, 치안 유지를 위해 여느 때처럼 경비병이 섬 안을 순찰하지만……. 그래도 평소에 비하면 교칙이 상당히 느슨해지는 날이었다. 학생들이 들뜨는 것도 이해할 수 있지만…….

──후후, 과연 그렇게 멋진 밤이 될까요?

그 광경을 미아는 역시나 식은 눈으로 바라보고 있었다.

그렇다. 사실 미아는 이 성야제에 별로 좋은 추억이 없었다.

이전 시간축. 아무에게도 말하지 않은, 조금 쓸쓸한 이야기였다.

"오늘은 성야제예요!"

세인트 노엘 학원의 겨울의 대형 이벤트인 성야제를 앞에 두고 미아는 불타올랐다. 활활 타올랐다!

미아는 성대한 축제가 열리는 이날을 안 자고 놀 수 있는 날로 인식하고 있었다.

따라서…….

"오늘에야말로 시온 왕자님과 밤새 러브러브하고 말겠어요. 지금까지는 타이밍이 잘 맞지 않았지만, 오늘은 특별한 날. 오늘에야말로!"

기합이 잔뜩 들어가 있었다.

그렇게 미아는 연회석을 일찍 떠나 방으로 돌아왔다.

연회장을 나설 때 연신 시온에게 눈짓도 보냈다.

──시온 왕자님은 언제 오실까요? 여자 기숙사에 몰래 들어오는 건 무리여도 누군가에게 부탁해서 불러내는 정도는 가능하겠죠. 아니, 시온 왕자님이라면 몰래 들어올 수도 있으려나요?

친구와 약속이 있다는 미아의 메이드는 외출해서 자리에 없었다.

참으로 딱 좋았다.

──우후후, 빨리 왔으면 좋겠네요.

그렇게 미아는 기다렸다. 기다리고, 기다리고, 또 기다렸다…….

결국 시온은커녕 미아를 찾아온 사람은 아무도 없었다.

아니, 정확하게는 없었던 건 아니지만 미아가 전부 돌려보내고 말았다. 밖에 나간 사이에 시온이 오면 큰일이니까.

다음 날 아침…… 어느새 침대에서 잠들어버렸던 미아는 짹짹 우는 새 소리에 눈을 떴다.

조금 쓸쓸한 아침에 풀이 죽어버린 미아였다.

……뭐 자업자득이라면 자업자득이기는 하지만…….

그런 추억이 머리를 스쳐서 도저히 성야제를 적극적으로 즐길 마음이 들지 않는 미아였다.

──흐흥, 뭐 특별한 날이라고 해도 평소와 별로 다르지 않으니까요……. 기대했다가 배신당하는 건 바보나 하는 짓이죠.

지나친 기대는 하지 않고, 지극히 평범한 하루로서 오늘을 보낸다.

해탈의 경지에 도달해버린 미아였다.

【성야제 당일, 제2, 세 번의 종소리(PM 3:00)】

이미 수업 기간은 끝났으므로 오전에는 방에서 빈둥거리던 미아였지만 점심시간이 지난 후 그제야 움직이기 시작했다.

"으음, 조금 출출한 느낌……?"

방을 청소하던 안느에게 말을 걸었다.

"앗, 그렇다면 뭔가 사 오겠습니다."

학원 주방은 오늘 밤의 연회 음식을 만들어야 하므로 몹시 바쁘다. 무언가 간식을 달라고 말할 수 있는 분위기가 아니다. 따라서 안느는 마을로 나가 먹을 것을 사 오겠다며 일어났는데…….

"아, 밖에 나갈 거라면 저도 가겠어요."

미아도 신이 난 얼굴로 일어났다.

해탈의 경지에 도달한 미아이긴 했지만, 그건 그거.

3시의 간식 타임에 마음이 두근거리는 건 평소와 다름없는 일이었다.

그렇게 안느와 함께 방에서 나온 미아. 문득 그 코가 뭐라 말할 수 없는 맛있는 냄새를 포착했다.

"어머……? 이 냄새는……?"

"네? 앗, 미아 님?"

휘청휘청 홀린 듯이 식당으로 향하는 미아.

문을 열자 넓은 식당이 대단히 떠들썩했다.

중앙에 놓인 직사각형의 긴 테이블 위에는 완성된 각종 요리가 놓여있었다.

그중 갓 구워서 대단히 맛있는 냄새를 풍기는 마카롱을 본 미아는 조용히 손을 뻗어 입 안에 쏙 집어넣었다!

"아앗, 미아 님! 몰래 드시면 어떡해요. 출출하신 거라면 무언가 만들어드리겠습니다."

그걸 기민하게 발견한 건지 식당의 직원 언니가 튀어왔다.

"어머? 몰래 먹다니 누가 들으면 오해하겠어요. 그냥 독은 없는지 확인한 거랍니다."

미아는 천연덕스러운 얼굴로 대답했다.

"티어문 제국의 황녀 전하께 독을 확인해달라고 부탁하는 건 더욱 말이 안 됩니다! 아니, 세인트 노엘 학원에서는 독이 들어가는 것 자체가 불가능하니까요."

"어머, 그런가요? 하지만 만약 제가 마음을 먹는다면 쉽게 독을 넣을 수 있을 텐데……."

"여기에 들어올 수 있는 건 신뢰할 수 있는 분뿐입니다. 미아 님."

직원이 기가 막힌다는 얼굴로 말했다.

참고로 여기서 미아의 평판은 나쁘지 않았다. 틈만 나면 미아가 선물을 넣어주기 때문에 인심 좋은 황녀 전하, 아랫사람들을 배려할 줄 아는 사람이라는 인식이다.

그래서 이 정도의 장난은 웃으면서 넘어가 준다.

미아에게서 용돈을 받을 때마다 인맥 관리에 힘을 쏟은 안느의 공적이었다.

"게다가 지금 만든 건 종자분들에게 대접하는 요리입니다. 학생분들에게 드리는 요리는 더 엄격하게 관리하죠."

"어머, 그런가요?"

미아는 작게 고개를 갸웃거렸다.

──흐음……. 그렇다면 제가 요리들 사이에 몰래 수제 버섯 요리를 끼워 넣거나 하는 건 어려울 것 같네요……. 뭐, 안 할 거지만요…….

"게다가 애초에 세인트 노엘 섬에 독극물을 반입하는 건 도저히 불가능한 일이랍니다."

"흐음, 그렇군요."

"아, 그리고 보면 상인에게 그런 이야기를 들었습니다."

이 섬의 경비 상황에 관심이 없는 미아 대신 안느가 말했다.

마을 상인들과도 교류를 돈독히 쌓은 안느였다.

인맥은 완전히 뒷전으로 미뤄버린 미아와는 다르게 안느는 성의 상인이나 학원의 직원들과 긴밀히 연락을 주고받고 있었다.

미아의 오른팔로서 제대로 일하는 중이다.

"흠흠, 그래요……."

미아는 설명을 잘 듣는 척하면서 다시 접시로 살그머니 손을 뻗었다. 하지만.

"감사합니다, 미아 황녀 전하. 열심히 독 확인을 도와주셨다고 라피나 님께 보고 올리겠습니다."

"오, 오호호, 대단한 일은 아니니까 보고할 필요는 없답니다."

생긋 웃는 식당 직원의 말에 미아는 얼버무리듯이 웃으며 손을 거두었다.

"음, 독도 없는 것 같으니 슬슬 가 보도록 하죠. 밤의 연회 요리 기대하겠습니다."

그러고는 도망치듯 부리나케 식당을 뒤로하는 미아였다.

【성야제 당일, 제2, 다섯 번의 종소리(PM 5:00)】

"슬슬 시간이 되었군요……."

교복으로 갈아입은 미아는 방을 나섰다.

저녁부터 시작하는 촛불 미사를 위해 성당으로 향하는 길이었다.

그러다 복도에서…….

"앗, 미아 님."

마찬가지로 성당으로 향하던 클로에게 말을 걸었다.

"어머나, 클로에. 당신도 지금부터 가는 건가요?"

"네. 책을 읽고 있었더니 완전히 늦어버렸어요…….""

"우후후, 여전하군요. 그렇다면 같이 갈까요."

"네? 하지만 괜찮으세요? 미아 님, 다른 분과 같이 앉기로 약속하신 건…….""

"딱히 안 했답니다. 뭐, 미사 도중에는 대화도 할 수 없으니까요. 하지만 모처럼이니까 미사가 시작될 때까지 당신이 정신없이 읽었던 책 이야기를 듣고 싶어요."

성당에 도착한 미아는 입구에서 나무로 만든 간이 램프를 받았다.

안에 넣은 기름이 다 타면 램프 자체도 타버리는 구조인데, 미사가 끝난 뒤 밖에 쌓아둔 횃불에 던지기로 되어있다.

신의 희망이 지상을 비추는 걸 상징적으로 표현한 의식의 일환이다.

어둠을 은은하게 밝히는 붉은 불꽃. 학생들이 든 불빛이 저마다 흔들리는 모습은 어딘가 환상적이고, 아스라하고…….

"정말 예뻐요……. 미아 님."

문득 옆에 앉아있던 클로에가 살며시 속삭였다.

미아는 작게 고개를 끄덕이며 그 광경에 집중했다.

──신기하네요……. 전에는 딱히 별생각이 들지 않았는데, 지금은 무척 환상적인 광경으로 보여요.

단두대에서 처형당해 이렇게 과거로 돌아왔다는 불가사의한 체험을 한 미아에게 그 광경은 어딘가 특별해 보였다.

예전에는 신이라는 존재가 있다는 가르침을 막연히 들을 뿐이었다. 이 축제도 기껏해야 불이 예쁘다거나 로맨틱한 분위기…… 정도로밖에 생각하지 않았다.

하지만 그 불가사의한 체험……. 신이 직접 인생에 영향을 주었다는 실감을 가진 지금의 미아에게는 그 의식도 엄숙하고 신성하게 보이게 되었다.

이윽고 성당 중앙에 놓인 파이프 오르간에서 장엄한 멜로디가 울리기 시작했다.

그 앞에 선 성가대의 아름다운 노랫소리를 신호로 근엄한 촛불 미사가 시작되었다.

【성야제 당일, 제2, 아홉 번의 종소리(PM 9:00)】

촛불 미사가 끝난 뒤에는 성대한 연회가 마련되어 있다.

학생회장 라피나의 인사, 각종 표창 등도 끝나 일단락되자, 회장인 그랜드 홀에는 조금 풀어져 평온한 분위기가 흘렀다.

주변국의 왕후·귀족 자제가 모인 이 세인트 노엘에서 다과회나 파티는 외교를 위한 인맥 형성의 장이다.

누구와 대화하는가. 아니면 댄스 파트너로 누구를 선택하는가. 그 하나하나를 계산하며 행동해야 한다.

하지만 이날만큼은 예외였다.

이 성야제에는 감사제라는 측면이 있다. 그것은 신에게 감사하는 것과 동시에 주변 사람들에게 감사한다는 의미도 포함되어 있다.

타산은 일절 없이, 그저 일 년간의 고마움을 서로 표현하는 날. 그것이 이날의 암묵적인 규칙이었다.

그건 같은 종교로 통일된 나라들이기 때문이라고 할 수 있을지도 모른다. 모든 나라에서 소중한 행사인 이상 외교적인 책략은 빼야 한다고 합의가 이뤄진 것이다.

그리고 아무리 장래에는 국가의 운영을 짊어질 사람들이라고 해도 결국은 10대 아이들이다. 이날만큼은 어깨에서 힘을 빼고 자유롭게 지내도 된다고 들으면, 그 말에 거스르지 않는다.

그 결과 연회장에는 평소와 다른 평화로운 분위기가 흘렀다.

삼삼오오 모여서 젊은이답게 환담을 즐기는 사람, 반짝반짝한 파티 메뉴를 즐기는 사람, 연회장을 뛰쳐나가 마을 노점을 순회하는 사람, 안뜰의 거대 모닥불 주변에서 대화하는 사람 등등.

그런 가운데 미아는 졸린 듯 크게 하품을 흘렸다.

이미 미아의 취침 시간이 지나버렸다. 이전 시간축이었다면 방으로 돌아가 시온이 오는 걸 기다리다 잠들었을 무렵이다.

"슬슬 방으로 돌아갈까요……?"

그렇게 중얼거리며 일어난 미아였지만.

"저기, 미아 님……."

클로에가 말을 걸었다.

"어머, 클로에. 무슨 일인가요?"

"사실 이후 티오나 양하고 리오라 씨를 만나기로 약속했는데, 괜찮으시다면 미아 님도 같이 가지 않으실래요?"

"저도요?"

"앗, 그게…… 달리 약속이 있다면 당연히 그쪽을 우선하시고……."

"아뇨, 아무것도 아니에요……. 으음, 그러네요……. 모처럼 불러주었으니 가기로 할까요?"

이렇게 아무렇지도 않은 모습을 가장하고 있지만 살짝 마음이 들뜨는 미아였다.

이전 시간축에서는 밤새 친구와 떠들고 노는 걸 경험해보지 못했기 때문이었다.

"무언가 대화하면서 집어먹을 것을 받아 가기로 할까요. 안느, 도와주세요."

그렇게 파자마 파티 준비를 마친 미아 일행은 클로에의 방으로 향했다.

【성야제 당일, 제2, 열 번의 종소리(PM 10:00)】

클로에의 방에 모인 건 클로에와 미아와 안느, 그리고 티오나와 리오라였다.

그 다섯 명이 양탄자가 깔린 바닥에 둥글게 원을 그리며 앉았다.

동그라미 중심에 미아가 엄선한 간식을 두고 파자마 파티가 시작되었다.

화제는 당연히…….

"그렇군요. 티오나 양은 의지할 수 있는 남성이 타입이란 말이죠."

"네. 그리고 올바른 일을 할 때 주저하지 않는 사람이 좋습니다."

"아하…… 그래요."

미아는 티오나를 보며 메마른 웃음을 흘렸다.

──그래요. 그래서 시온과 손을 잡고 혁명군을 이끌었던 거군요.

티오나의 이상형과 시온이 머릿속에서 연결된 미아였다.

솔직히 단두대의 원인이 된 티오나에게는 다소 복잡한 감정이 있는 미아였지만…….

──뭐…… 다행히 단두대 운명은 회피했으니까요……. 오늘 밤은 성야제이니 관대하게 넘어가 드리죠.

"저 키스우드 씨, 좋아요."

"어머, 리오라 양은 의외로 얼굴을 중시하는군요!"

뜻밖의 커밍아웃에 미아의 눈이 휘둥그레졌다.

──뭐 키스우드 씨는 인기가 있을 법하기는 해요. 잘생기기도 했고요…….

"강한 사람, 좋아요. 그 백인대 대장도, 좋아요."

"디, 디온 씨를……? 그래도 그분은 좀, 그만두는 게 낫지 않을까요……?"

그렇게 말하며 미아는 고개를 갸웃거렸다.

──그 디온 씨와 사랑에 빠질 만큼 목숨 아까운 줄 모르는 사람이 있을 것 같진 않았는데……. 리오라 양처럼 감각이 특이한 분도 있군요…….

미아는 조금 전부터 아무 말도 하지 않는 클로에 쪽을 보았다.

"클로에는 어떤가요?"

"네? 어, 저, 저, 저…… 는, 그게, 차, 착한 사람, 이요."

"흠, 그렇군요……. 참고로 저희 반 학생들로 비유한다면 누구인가요?"

"그, 그런, 누구 같은, 건 없지만……. 아, 그리고, 책을 좋아하는 사람이요. 같은 책을 읽고 대화하고 싶어요."

"아아, 이해해요. 독서 친구와 소설 이야기를 나누면 무척 재미있죠. 저도 클로에와 친구가 되어서 다행이에요."

생긋 웃는 미아. 그러자 클로에가 물끄러미 바라본 뒤 작은 목소리로 말했다.

"저기, 미아 님……."

"음? 왜 그러시죠?"

어쩐지 대단히 진지한 표정인 클로에를 보고 미아도 살짝 자세를 바로잡았다.

클로에는 무언가 하기 어려운 말이라도 있는 것처럼 잠시 침묵했다가……, 작게 심호흡한 뒤 조용히 머리를 숙였다.

"미아 님, 감사합니다."

"네? 갑자기 왜 그러는 거죠? 클로에."

어리둥절해서 고개를 갸웃거리는 미아를 보며 클로에는 살짝 웃었다.

"오늘은 성야제니까요……."

성야제── 그것은 일 년의 감사를 신에게 바치는, 일종의 감사제다. 동시에 소중한 사람들에게 감사하다고 인사하는 날이기도 하다.

이전 시간축에서 그런 것과는 완전히 거리가 멀었던 미아는 그 말을 듣고야 비로소 떠올렸다.

──그러고 보니 그랬었죠…….

"미아 님……. 저는 미아 님께서 계시지 않았다면 분명 오늘도 혼자였을 겁니다. 이렇게 인사할 상대도 없이 일 년을 끝냈겠죠. 그때 제게 말을 걸어주셔서 정말로 감사합니다."

그 말을 이어받듯 티오나가 입을 열었다.

"저도 미아 님이 안 계셨다면 분명 반에서 고립했을 겁니다. 그것만이 아니에요. 분명 제국 귀족을 싫어하게 되었을 테죠. 미아 님께서 구해주셨습니다……. 정말 감사합니다."

"티오나 양까지……."

"저도……. 미아 님, 안 구해줬다면, 룰루 족 모두, 죽었어요. 감사합니다."

티오나와 리오라가 나란히 머리를 숙였다.

"아…… 니……, 혹시 당신들……. 이걸 위해 저를?"

그제야 미아는 눈치챘다.

어쩌면 이 세 사람은 자신에게 인사하기 위해 이렇게 불러준 게 아닐까.

"네. 미아 님께 꼭 감사 인사를 드리고 싶어서……."

부끄러운 듯, 하지만 생긋 웃는 클로에. 그걸 보고 미아는 작게 한숨을 쉬었다.

"그건…… 그래도, 저도 마찬가지예요."

이어서 살며시 자세를 바로잡고 클로에를 보았다.

"클로에, 항상 저와 책 이야기를 해줘서 고맙습니다. 덕분에 무척 즐거운 시간을 보내곤 했어요. 아버님에게도 좋은 거래가 성사되었다고 인사 전해주세요."

다음으로 미아는 리오라를 보았다.

"리오라 씨, 이전 정해의 숲에서는 신세 졌습니다. 아군이 없는 상황에서 당신의 존재는 무척 든든했어요."

그리고…… 마지막으로…….

미아는 티오나를 보았다.

그건…… 성야의 기적인 걸까……. 아니면 이미 잠들었어야 할 시각이라 잠이 부족한 머리가 오작동을 일으킨 것뿐일까…….

"감사합니다, 티오나 양. 렘노 왕국에 갈 때, 위험을 무릅쓰고 저를 따라와 준 것을…… 잊지 못할 거예요."

티오나를 보며 지극히 자연스러운 말투로 그렇게 말한 게, 미아 본인이 생각하기에도 어쩐지 의외라서…….

쑥스럽다는 듯 얼굴이 붉어졌다.

"흠, 목이 좀 마르는군요. 마실 것을 가지러 연회장에 다녀오겠어요."

마침 대화가 일단락된 틈에 미아는 자리에서 일어났다.

"미아 님, 마실 것이라면 제가……."

당황하는 안느를 향해 미아는 작게 고개를 저었다.

"살짝 졸리기 시작했어요. 하지만 자는 건 아까우니까 졸음 좀 날리고 올게요."

"그렇다면 같이 가겠습니다."

안느는 살며시 미아의 어깨에 숄을 걸친 후 조용히 뒤를 따라갔다.

"저기 안느, 오늘은 자유롭게 지내도 괜찮은데요."

조금 마음에 걸려서 그렇게 말했다.

성야제는 학생의 종자들에게 휴가가 주어지는 날이기도 하다. 푹 쉬거나 사용인끼리 친목도 있지 않을까?

식당에서는 종자들을 위한 특제 요리도 준비해주었는데…… 하며 안느를 배려하는 미아였지만.

"만약 방해되지 않는다면 옆에 둬주세요, 미아 님."

안느는 평온한 미소를 지으며 말했다.

"제 옆에 있으면 쉴 수 없을 텐데요."

"아뇨, 미아 님 옆이 제 자리니까요."

조용히 눈을 감은 안느가 말했다.

"뭐, 당신이 그렇게 말한다면 저야 기쁘지만요……."

그때 불현듯, 밖에서 환호성이 터지는 게 들렸다.

"지금 그건……."

안뜰에서는 미사 때 불을 붙인 모닥불이 밤새 활활 타오를 예정이다.

그걸 보러 간 학생들도 있을 것이다.

아니, 이전 시간축의 미아는 시온이 그걸 같이 보자고 찾아오리라 믿고 계속 방에서 기다렸다.

따라서 미아는 그 모닥불을 제대로 본 적이 없었다.

"저기, 안느. 잠깐 걷지 않을래요?"

문득 떠올라서 말해보았다.

"하지만 다른 분들이 기다리지 않으실까요?"

"잠깐만요. 바깥바람을 쐬고 싶어요."

그렇게 미아는 안느의 손을 잡고 기숙사 밖으로 나왔다.

"좀 춥네요……."

그렇게 중얼거린 미아의 입에서 하얀 숨결이 올라갔다.

머리 위에는 하늘을 가득 채운 별…… 그리고 색색의 별들을 거느리듯 아름다운 달이 빛나고 있었다.

"오늘 밤은 별이 아름답네요, 미아 님."

웃는 안느를 향해 미아가 불쑥 말했다.

"안느, 지금까지 정말 고마워요."

"……네?"

"제가 여태까지 무사히 올 수 있었던 건 당신 덕분이랍니다."

"아, 아니, 미아 님……. 저는……."

갑작스러운 상황에 안느는 당황했다.

자기는 그런 식으로 인사를 들을 만한 사람이 아니라거나, 그만해달라거나, 그저 은혜를 갚고 싶을 뿐이라거나…… 많은 말이 머리를 스쳤다.

하지만 안느는 떠올렸다.

조금 전 미아와 친구들 사이에서 오간 대화를.

오늘은 무슨 날? 그렇다. 성야제다.

소중한 사람에게 고맙다고 인사하는 날이다.

그러니…… 해야 할 말은…….

"미아 님……. 그건 제가 드릴 말씀입니다."

안느는 머리를 깊이 숙이고 말했다.

"감사합니다. 미아 님께서는 저에게, 제 가족에게 정말 너무 잘해주셨어요. 정말로 감사합니다."

"안느……."

그때였다.

모닥불 쪽에서 한층 큰 환호성이 들렸다. 미아는 주변에서 소란을 피우는 남자들을 어이없다는 얼굴로 쳐다보았다.

"기운도 좋군요."

"우후후, 제 남동생들도 불을 보면 흥분하더라고요. 남자들의 특징인 건지도 모르겠어요. 앗, 미아 님. 저기에……."

안느가 가리킨 곳에는 두 명의 왕자가 있었다.

같은 반 남학생들 사이에서 즐겁게 담소하는 아벨과 시온.

평소 보여주지 않는 순수한 소년 같은 미소에 미아는 자기도 모

르게 흐뭇함을 느꼈다.

"어머, 저 두 사람 역시 오늘 밤은 조금 특별하다고 생각하는 모양이네요……."

문득 이대로 아벨에게 가서 즐겁게 대화하고 싶은 생각이 든 미아였지만…….

──하지만 뭐, 지금은…….

미아는 살며시 발걸음을 돌려 방을 향해 걸었다. 소중한 친구들이 기다리는 방으로.

"괜찮으세요? 미아 님."

"네. 오늘은 친구들과 대화하면서 보낼 거예요. 아벨과는 다른 날에 달콤한 데이트를 즐기기로 하죠."

미아는 그렇게 말하며 서둘러 돌아갔다.

방으로 돌아온 미아는 밤새 파자마 파티를 완주했다. 아침까지 시끌벅적하게 수다 삼매경이었던 소녀들은 그제야 취침. 낮이 될 때까지 쿨쿨 잠들었다.

그로부터 이틀 뒤, 유언실행이라는 듯 미아는 아벨과 함께 마을로 놀러 나갔다.

……하지만 마을에서 시온, 게다가 라피나를 만나고…… 어째서인지 같이 디저트 가게를 순회하게 되고 말았다.

'……왜 이렇게 된 거지?'라고 중얼거리면서도 디저트를 실컷 먹은 미아였다.

달콤한 데이트를 즐기려던 게 달콤한 디저트를 즐기고 만 셈이었다.

아무튼, 그런 식으로 미아의 추억 가득한 성야제가 지나갔다.

티어문 제국
이야기

Collection of short stories

미아의
맛있는 답례 인사

Mia's delicious visit to give her thanks

단행본 2권
전자판 특전 SS

미아 냄비라고 불리는 것이 있다.

렘노 왕국 국경 근처, 숲속 깊은 곳에 있는 변경 마을인 도니 마을.

그곳에 사는 사냥꾼의 집에 옛날부터 전해 내려오는 그 냄비는 기적을 부르는 냄비라고 불리며 다양한 일화가 남아있다.

가장 유명한 것은 이 근방에 사는 사람들을 잔인한 영주로부터 구해주었다는 이야기이다.

그 영주는 원래 온화한 사람이었으나, 어느 날 가족에게 독살 당할 뻔하는 바람에 마음을 닫아버리고, 이후 잔인하게 바뀌어버렸다. 아무도 믿지 않고, 영지민들에게 무거운 세금을 부과하며 내지 못하는 자는 감옥에 넣어 채찍질을 했다고 한다.

그런 어느 때, 그는 혼자 숲으로 사냥하러 갔다. 누구 한 명 믿지 못했기 때문에 종자도 데려가지 않고 혼자서……

하지만 운명의 장난인 건지, 그는 숲에서 길을 잃어버렸다. 그런 그가 도달한 마을이 바로 도니 마을이었다.

그곳에서 대접받은 맛있는 토끼 냄비 요리는 영주의 얼어붙은 마음을 녹였다. 개심한 영주는 그 후로 선정을 베풀었다고 한다.

그때 사용한 냄비가 바로 미아 냄비다.

지극히 값비싸고, 렘노 왕국에서는 사용하지 않는 기술로 만들어진 그 냄비는 티어문 제국의 황녀, 미아 루나 티어문이 선물한 것이었다.

　과거, 렘노 왕국에서 일어난 혁명 미수사건 때 미아 황녀가 직접 혁명군에 쳐들어가 한 방울의 피도 흘리지 않고 해결해버렸다는 에피소드는 일종의 전설이 되어 렘노 왕국에 전해 내려오고 있다.

　그리고 그때 신세를 진 사냥꾼에게 보답으로 냄비를 보냈다는 에피소드 또한 유명했다.

　어째서 냄비냐며 고개를 갸웃거리는 사람도 있었으나, 보낸 이인 미아를 아는 사람들은 다들 그녀의 행동을 이해했다.

　보답으로 돈을 주는 것이 아니라, 상대에게 가장 좋은 것을 골라서 선물한 제국의 예지는 상대방의 마음을 제대로 존중할 줄 아는 사람이기 때문이라면서.

　이것은 미아와 그녀가 보답으로 선물한 고급 냄비에 얽힌 이야기이다.

　티어문 제국 백월 궁전, 백야의 식당……
　그날도 미아는 주방장의 특제 요리에 혀를 내두르고 있었다.
　"오늘의 메인 디쉬는 황월 토마토 스튜입니다."
　달각하는 소리와 함께 눈앞에 놓인 그릇. 부드럽게 피어오르는 수증기와 동시에 신선한 채소 향기가 감돌았다. 황월 토마토의 산미와 구운 감자의 감칠맛 나는 향기, 페르쟝 당근의 달콤한 향기, 여기에 더해진 향신료가 다양한 향기를 하나로 모아 참으로 맛있는 향기를 만들어내고 있었다.

"어머나, 우후후. 제가 아주 좋아하는 메뉴군요. 이걸 먹고 싶었어요."

흡족해하며 웃은 뒤 미아는 바로 스튜를 입에 가져갔다.

따끈따끈하게 잘 익은 감자를 입 안에서 굴렸다. 그 후 농후한 스튜에 듬뿍 적신 당근을 입에 넣고…… 미아는 눈을 부릅떴다!

"이건……, 어쩐지 전보다 더 맛있어진 것 같은데요……?"

"오오오! 알아보셨습니까."

미아의 지적에 주방장은 기뻐하며 웃었다. 그 후 한 번 주방 쪽으로 들어갔다가, 커다란 냄비를 올린 왜건을 밀며 돌아왔다.

"실은 냄비를 새것으로 바꾸었습니다."

"어머? 냄비를…… 말인가요?"

신기해하며 고개를 갸웃거리는 미아에게 주방장이 온화한 미소를 지었다.

"네. 역시 냄비 요리는 냄비가 생명이니까요. 냄비의 성능에 따라서 맛이 크게 달라집니다."

그 후 주방장은 마치 새 장난감을 받은 어린아이처럼 콧노래를 흥얼거리며 새 냄비에 대해 설명해주었다.

"이것이 최신 기술로 만들어진 냄비입니다. 보세요, 이 표면의 요철이 참으로 절묘하게 맛을 올려줍니다……. 그리고 원재료는 열을 골고루 전해주는 고급 소재를 사용하였는데……."

"흠, 흠. 그렇군요. 그런 게 맛에 영향을 주는 거였군요……. 참고로 그 냄비는 얼마 정도였나요?"

"네. 현월금화 한 닢 정도였습니다."

주방장에게서 가격을 들은 미아는 쾌재를 질렀다.

"어머나! 그랬군요……. 아아, 그래요. 이거 좋은 이야기를 들었어요!"

미아는 의기양양하게 루드비히를 불러냈다.

사실 최근 미아에겐 고민거리가 있었다.

지난번 렘노 왕국 소란 때 신세 졌던 도니 마을의 무지크에게 보답으로 선물을 보내야 한다고 생각했기 때문이다.

강에 빠져서 앞이 막막했던 미아와 시온에게 무지크는 말 그대로 생명의 은인이라고 할 수 있었다.

당연히 그에 걸맞은 보답을 해야 하지만…….

"그런데 뭘 보내야 할까요……?"

그 문제 때문에 머리를 부여잡았다.

가장 간단한 것은 돈이다. 알기 쉽게 그 가치를 보여주고, 간단하게 끝낼 수 있는 것이라면 적당한 금액의 사례금을 보내면 그만이다.

하지만 문제가 있었다. 돈은 금액에 따라 노골적으로 가치가 드러나 버린다는 점이다.

예를 들어 금화 한 닢을 보냈을 경우, 그건 금화 한 닢 어치의 감사라는 뜻이 된다.

제국의 황녀가 생명의 은인에게 보내는 보답으로서 그건 너무 저렴한 건지도 모른다. 어딘가에서 정보가 새어 나가기라도 했다간 제국을 얕잡아보게 될 테고, 만약 시온이 금화 열 닢을 사례금으로 보냈다면 미아의 쪼잔함이 두드러지게 될지도 모른다.

　그렇다고 넉넉하게 주기에는 또 그럴 수도 없었다.

　단두대에 올라가 처형당하는 운명은 사라졌다고 해도, 아직 티어문 제국의 재정은 빡빡한 상태. 돈 낭비는 언어도단이다.

　요컨대 사례금으로는 돈이 더 들어갈 가능성이 아주 높다는 뜻이다.

　따라서 보답으로는 어떠한 물품이 적절하다.

　무훈을 세운 기사에게 보검을 하사하듯, 혹은 뛰어난 공적을 남긴 상인에게 옷을 하사하듯……. 고급스러운 물건을 보답품으로 선물하는 건 일반적인 일이다.

　……하지만 이 경우에도 역시 비용이 문제가 된다.

　보석이든 고가의 옷이든 보검이든……, 물건을 선물한다고 해도 역시 어느 정도 비용을 각오해야만 한다. 이상한 품질의 물건을 선물하기라도 했다간 그야말로 비웃음거리가 되고 만다.

　그걸 어떻게 억누를 것인가……. 문제는 바로 그것이다.

　"얼마나 적은 비용으로 고급품을 준비할 수 있을지……. 문제는 바로 그 점이에요."

　이 모순을 해결하기 위해 임한 지 사흘.

　마침내 미아는 주방장의 냄비에서 대답을 얻었다! 즉!!

　"본래 저렴한 것을 고가의 가격으로 준비하면 되는 거예요!"

　예를 들어 어느 정도 가격이 나가는 드레스가 있다고 치자. 어느 정도 가격이 나가니까 당연히 품질도 어느 정도 괜찮은 드레스가 된다. 그런 걸 선물하면 우습게 보일 것이다.

하지만······ 그 드레스에 사용한 옷감으로 만든 어느 정도 가격이 나가는 손수건을 사면 어떻게 될까? 그건 고급 손수건이 되지 않을까?

선물을 받은 사람도 이렇게 비싼 손수건을, 이렇게 품질이 좋은 손수건을 주었다면서 기뻐해 줄 게 분명하다.

즉 평균적인 가격이 저렴한 물품을 고급으로 준비하면 고급스러운 느낌도 만들 수 있고, 가격도 적당한 선에서 맞출 수 있다는 게 된다.

미아는 조금 전 냄비의 가격을 들었을 때, 솔직히 이렇게 생각했다.

"어머나, 이렇게 저렴한 가격으로 이런 맛이 나온단 말인가요?"

······라고.

확실히 금화는 서민에게는 거금이다.

하지만 보석이나 고급 드레스에 비하면 그 가격은 그리 비싸지도 않다.

최근 며칠 동안 어떤 것을 선물할지 다양하게 가격을 조사하고 있던 미아는 그걸 아주 잘 알고 있었다.

그럼에도 주방장은 기뻐하는 얼굴로 이렇게 말했다.

'최신 기술을 사용한 고급 냄비'라고.

"게다가 냄비라면 그분에게 선물하는 의미도 있는 셈이죠."

오히려 이 경우 그에게 보석류를 보내는 게 더 몰상식해 보일 것이다. 냄비라면 사냥꾼인 그도 자주 사용하지 않을까.

지금 이 순간, 미아는 마침내 찾아 헤매던 것을 발견했다.

"바로 루드비히에게 부탁해서 가져와달라고 해야겠어요."

미아는 기분이 좋아서 콧노래를 흥얼거리며 미아는 도니 마을에 대해 떠올렸다.

"우후후, 기뻐해 준다면 좋겠는데요……. 그나저나 그립네요. 그 토끼 냄비 요리……, 아주 맛있었어요……. 고급 냄비로 만들면 분명 더 맛있겠죠……, 흐음."

추르릅. 흐르는 침을 닦으면서 미아는…….

"흐으음……."

무언가 꿍꿍이를 꾸미기 시작했다.

"오오, 이런 먼 곳까지 잘 오셨습니다."

렘노 왕국의 재상, 도노반 백작은 생글생글 웃으면서 손님을 맞이했다.

문을 통과한 일행을 앞에 두고 그는 다소 긴장을 금치 못했다.

그의 저택은 렘노 왕국의 귀족 저택으로서는 일정 수준을 넘어서긴 했지만, 그래도 실례가 되진 않을지 불안해질 만큼 그 상대가 지닌 권위는 절대적이었다.

대륙의 2대 강국 중 하나인 티어문 제국 최고 권력자인 황제의 외동딸, 미아 루나 티어문은 오만함이 조금도 보이지 않는 미소를 지으며 스커트 자락을 살짝 들어 올렸다.

"갑작스러운 부탁을 들어주셔서 감사합니다. 다사예프 도노반 경."

──그렇군, 이 사람이 그 제국의 예지……. 아벨 전하를 바꾼

황녀 전하인가…….

그 가련한 모습을 보고 다사예프는 무심코 감탄의 한숨을 흘렸다.

"아무것도 없는 곳이지만 안으로 들어오십시오. 무언가 달콤한 디저트라도 드시겠습니까?"

"어머나! 배려 감사합니다, 도노반 경."

봄에 피어나는 꽃처럼 얼굴이 환해지는 미아.

달콤한 디저트는 질릴 정도로 먹고 있을 텐데도 상대방의 마음에 기뻐하는 표정을 보일 수 있는 소녀에게 다사예프는 좋은 인상을 품었다.

게다가 그렇게 대놓은 케이크를 남김없이 먹고 맛있다는 듯 차를 마시는 모습에서 평가가 한층 올라갔다.

'겸손'이나 '사양'이 미덕인지 아닌지는 상황에 따라 달라지기도 한다.

예를 들어, 지금 사양하면서 대접한 디저트에 손을 대지 않는다면 독을 넣었을지도 모른다고 의심하는 것처럼 보일 수 있다.

즉, 이 경우 상대방을 믿는다고 표명하기 위해서도 최저한 한 입은 먹을 필요가 있다.

그걸 명확하게 이해하고 있을 미아는 전부, 깔끔하게 접시를 비웠다.

대접받은 음식을 전부 먹었다는 걸 어떻게 평가하는지는 개인적인 취향에 좌우되는 일이긴 하나, 다사예프 입장에서는 음식을 다 먹어주는 게 더 기분이 좋았다.

──나에게 손녀가 있었다면 이런 느낌이었을까…….

그런 식으로 가슴이 따뜻해졌을 정도였다.

──그렇군. 이분이 아벨 전하를 바꾼 분이신가…….

그는 다시금 미아를 바라보았다.

다사예프 도노반과 아벨 렘노는 딱히 모르는 사이가 아니다.

재상이라는 지위를 지닌 다사예프는 아벨과 얼굴을 맞댈 기회도 많이 있었고, 그 이상으로 국왕의 아들인 아벨에 대해서 주의 깊게 지켜보고 있었다.

횡포를 부리는 면이 있는 제1왕자 게인 전하보다는 낫지만, 우유부단해서 이 나라를 이끌어가기에는 조금 불안하다.

그게 다사예프의 견해였다.

그의 눈에 아벨은 나라를 이끌어가기엔 리더십, 결단력, 무력 모든 면에서 형보다 뒤처지는 것처럼 보였다. 하지만…….

──아벨 전하께선 변하셨지. 전장에서 보여준 그 자세, 나를 구출한 후 마을의 혼란을 잠재우는 수완……. 예전에는 연약한 아이였는데, 지금은 젊은 사자와도 같은 용맹함을 두르고 계셔…….

세인트 노엘 학원에서 어떤 일이 있었는지는 모른다. 하지만, 아무래도 눈앞의 소녀가 그 성장과 관련이 있을 것이라는 건 상상할 수 있었다.

──그런데……. 그런 인물이 과연 뭘 하러 오신 거지?

작게 심호흡을 하며 마음을 가다듬은 후, 다사예프는 얼굴을 들었다.

"늦어졌지만 전에는 대단히 신세를 졌습니다. 이 늙은이의 목숨을 구해주신 것, 그 이상으로 백성의 피가 불필요하게 흐르는 걸 막아주신 것…… 더없이 감사드립니다."

진지하기 짝이 없는 모습으로 인사를 입에 담는 다사예프.

미아는 작게 웃으면서 고개를 저었다.

"어머나, 그건 저 혼자만의 힘이 아니었는걸요. 많은 분의 협력이 있었기 때문이죠. 도노반 경 본인도 후처리에 힘을 쏟으셨다고 들었답니다."

'사양'이나 '겸손'은 무척 중요한 것…… 이라고 미아는 생각한다.

눈앞의 노인, 다사예프 도노반은 렘노 왕국의 재상이자 성녀 라피나도 그의 인품을 인정하는 선한 인물이다. 친하게 지내둬서 손해 볼 건 없다.

──아벨의 형님에게는 어째서인지 원한을 사버린 것 같고, 왕녀들이나 국왕 부부와 잘 지낼 수 있을지도 미지수. 그렇다면 아벨과 행복한 결혼생활을 확보하기 위해서는 렘노 왕국 내에 아군을 만들어두어야 해요!

변함없이 '자기중심적 타산'에서 나온 이유로 어필하는 미아였다.

자신의 겸손함과 신중함을 전면에 내세우고 있다!

자신의 공적을 칭찬해준다고 해도, 일단은 겸손, 또 겸손이다!

……신중하고 겸손한 미아의 눈에는 자신 앞에 놓여 있는 빈 케이크 접시는 보이지 않았다!

"이번에 렘노 왕국에 찾아오게 된 것도, 그렇게 힘을 빌려주신 분에게 보답하고 싶었기 때문이랍니다. 어떤 분에게 꼭 직접 건네고 싶은 것이 있거든요."

"사례품을 황녀 전하께서 직접 가져오신 겁니까?"

경악하며 눈을 부릅뜨는 다사예프를 향해 미아는 고개를 깊이 끄덕였다.

"물론이죠. 상대방은 제 목숨의 은인이니까요."

다사예프와 대화하는 미아를 보고 루드비히는 무심코 감탄의 한숨을 흘렸다.

──역시 미아 님이셔.

손수 사례품을 들고 렘노 왕국에 찾아온 미아. 그 방식에 루드비히는 새롭게 감탄했다.

본래 황녀인 그녀는 적당한 사자를 내세워 그 사람에게 사례품을 들려 보내도 충분했을 터이다. 하지만 미아는 그렇게 하지 않았다.

──제국의 황녀이신 미아 님께서 큰 감사를 표하기 위해 손수 발걸음을 옮기셨지. 그것만으로도 도노반 경이 받는 인상이 아주 달라질 거다.

그것은 말하자면 사소한 일. 감정 문제에 불과할지도 모른다.

정치라는 것은 감정으로 하는 게 아니다. 나라와 나라 간의 관계에 개인감정을 끌어들이는 것은 금물이다.

판단은 늘 담백하게, 합리적으로 이뤄져야 한다.

따라서 타국의 재상이 어떻게 생각하든 상관없다.

나라와 나라가 냉정하고 합리적인 판단에 기반하여 외교를 한다면, 상대의 기분이나 감정은 의미가 없다……. 그렇게 판단하는 합리주의자가 있을지도 모른다.

하지만 그렇지 않다.

합리를 중시하는 정치라고 해도, 그걸 행하는 자는 마음에 지배당하는 인간이다.

상대방을 좋아하는지, 싫어하는지……. 그것은 정치가의 판단에 명확한 영향을 준다.

확실히 그것은 사소한 영향일지도 모른다.

호감을 지닌 황녀의 나라가 멸망의 위기에 처했다는 이유로 아무런 이득도 없이 원군을 보내지 않을 테고, 기근에 빠졌다고 해서 감정이 가는 대로 무상 식량 지원을 해줄 리도 없다.

하지만 그래도 차이는 존재한다.

예를 들어 그것은 같은 가격, 같은 품질의 물품이라면 자신이 친밀하게 지내는 상인에게서 사려는 감각과 비슷하다. 혹은 다소 비싸다고 해도 마음에 드는 사람에게서 사려고 판단하는 것…….

그런 사소한 차이가 쌓이고 쌓여서 커다란 차이를 만들어낼 수 있다.

──역시 미아 님이시군. 신세 진 상대에게 보답하는 것은 물론이요, 그것만이 아니라 훗날 티어문 제국과 렘노 왕국 간의 관계를 위해 착실히 인맥을 구축해두시다니!

변함없이 나라를 위해 아낌없이 발휘되는 지혜에 루드비히는 그저 감동했다.

그런 식으로 망상을 키워나가는 루드비히를 뒤로 미아는 말을 이어 나갔다.

"그래서 도니 마을이라는 곳에 사는 무지크라는 사냥꾼에게 꼭 사례품을 가져가고 싶은데요……. 누구 안내해줄 분을 부탁드릴 수 없을까요……?"

"도니 마을……. 들어본 적이 없는 마을이군요……."

"당신을 구출한 마을 가까이에 있는 곳이랍니다. 숲속에 있는 사냥꾼의 마을인데요……."

"그렇군요……. 그 근방이라면…… 흐음. 지역 지리에 밝은 세니아 수비대 사람이 좋을 것 같은데……."

다사예프는 자리에서 일어나 한 장의 양피지를 들고 돌아왔다.

"잠시 기다려주십시오. 지금 그쪽 시장에게 소개장을 적겠습니다. 그리고 우리 도노반가에서도 세니아 까지 안내해드릴 사람을 붙이도록 하죠."

"감사합니다."

미아는 흡족해하며 방긋 웃었다.

그 후에도 원활하게 진행되어 잠시 후, 미아는 재상 다사예프 도노반의 소개장을 들고 세니아로 향하는 마차에 타게 되었다.

──역시 각하께 부탁드리길 잘했어……. 렘노 국왕은 미아 님께 그리 호의적이지 않은 듯했으니, 이렇게 쉽게 풀리진 않았겠지.

루드비히는 그런 생각을 하면서 미아 쪽을 바라보았다.

기쁜 건지 생글생글 웃으면서 바깥을 바라보는 미아. 그 얼굴을 보고 루드비히 또한 자꾸 기뻐졌다.

──어지간히 마음에 걸리셨던 모양이군. 받은 은혜에 보답하지 못하고 속앓이를 하셨던 거겠지. 일국의 황녀시라면 일개 평민에게서 받은 은혜쯤은 잊어버려도 이상하지 않은데……. 이분께서는 진정으로 어진 군주의 그릇을 지닌 분이신 거야.

은은한 감동마저 느끼는 루드비히.

…………더는 할 말이 없다.

이윽고 도니 마을에 간신히 도착하자, 호위로 따라왔던 황녀전속 근위부대의 병사는 말문이 막혔다.

"시온 왕자님과 여기에서 머무르셨던 겁니까?"

병사가 어안이 벙벙해져서 중얼거리는 것도 무리가 아니었다.

도니 마을은 왕후·귀족과는 전혀 연관 고리가 없을 법한, 지극히 작은 촌락이었기 때문이다.

미아의 인품을 아는 안느나 루드비히라면 모를까, 근위들이 놀라는 건 당연하다고 할 수 있다.

그런 가운데 미아는 만족스러워하며 웃었다.

"후후후, 작긴 하지만 제법 좋은 마을이랍니다. 숲의 은혜를 받은 근사한 마을이죠."

숲의 은혜…… 구체적으로는 토끼나…… 뭐 그런 걸 가리킨다.

미아는 무지크의 오두막을 향해 위풍당당하게 걸어갔다.

어쩌면 사냥하러 나가는 바람에 없을지도 모른다고 걱정했지만, 다행히 말을 걸자 무지크가 바로 나타났다.

"어라? 아가씨는 분명⋯⋯."

갑작스러운 재회에 무지크는 환하게 웃었다.

"동료와 무사히 만난 모양이네. 잘 됐다."

"네, 덕분에요. 그때는 무척 감사했습니다. 당신은 정말 생명의 은인이에요. 다시금 인사드리고 싶어요."

미아도 쾌활하게 웃으면서 무지크를 향해 머리를 숙였다.

"사실 저는⋯⋯."

그리고 자신의 신분을 밝혔다.

"아, 그런 거였구나. 아가씨와 함께 있던 아이에게도 연락을 받았어. 황녀님과 왕자님이었을 줄이야."

아무래도 이미 시온 쪽에서 사자를 보냈던 모양이다.

──역시 빈틈이 없군요, 시온. 한발 늦었어요.

감탄하면서도 미아는 바로 사례품을 건네려고 했다.

"그래서, 실은 사례품을 가져왔는데요⋯⋯."

그렇게 말하자 무지크는 두 손을 내저었다.

"아니, 필요 없어. 그건 딱히 보답을 받고 싶어서 한 게 아니니까. 그 왕자 전하가 보낸 선물도 거절했고."

그 행동에 함께 온 렘노 왕국의 안내인은 숨을 삼켰다.

그럴 만도 했다.

대국의 황녀가 손수 발을 옮겨 포상을 주겠다고 하는데, 그걸 거부한다.

그건 보통은 생각할 수도 없을 만큼 무례한 행위다.

미아가 눈앞에 있는 무례한 자의 목을 치라고 명령해도 이상하지 않은 상황이다.

하지만 미아는 화를 내지 않았다. 오히려 난처해하는 표정을 지었다.

"어라, 그건 곤란하네요⋯⋯. 저는 꼭 이 냄비로 그 토끼 냄비 요리를 먹고 싶었는데."

그렇게 말하며 시무룩하게 어깨를 떨궜다.

토끼 냄비? 그게 뭐지⋯⋯? 그 자리에 있는 전원이 고개를 갸웃거리는 가운데, 그 말을 들은 무지크가 웃음을 터트렸다.

"뭐야. 그 토끼 냄비 요리를 먹기 위해 여기까지 온 거야?"

"네, 맞아요. 이 냄비로 먹으면 무척 맛있어진다고 들어서, 그걸 기대하면서 여기까지 왔답니다."

미아는 그렇게 말하며 자연스럽게 냄비를 꺼냈다.

"오오, 이거 아주 훌륭한 냄비인데?"

"그렇죠? 우리 제국의 최신 기술로 만들어낸 냄비랍니다. 열전달이 아주 잘 된다던가? 그래서 고기도 아주 맛있게 익힐 수 있다고 해요."

미아는 마치 자신이 개발한 것처럼 냄비를 자랑했다.

"부탁할 수 없을까요? 앗, 물론 대접해준 만큼 돈은 드리겠어요. 그러니 부디 그 토끼 냄비 요리를⋯⋯. 아, 그리고 가능하다면 뭔가 먹을 수 있는 버섯 요리도 함께 만들어준다면⋯⋯. 간단하게 만들 수 있는 게 좋겠네요⋯⋯. 버섯 냄비 요리 같은 것도 있나요?"

"확실히 버섯도 냄비 요리에 넣기도 하는데……. 버섯은 포기하는 게 좋다고 하지 않았던가?"

미아와 무지크의 대화를 본 루드비히는…….

——역시 미아 황녀 전하셔.

또다시 감탄하고 있었다. 이 여행에서 몇 번을 '역시 미아 님!'이라고 외쳤는지 알 수 없을 만큼, 그의 안에서 미아의 평가는 고공행진 중이었다.

——포상을 받는 걸 거부하는 상대에게 저토록 자연스럽게 사례품을 넘기다니……. 심지어 사양하는 상대에게 자기가 먹고 싶다는 뻔뻔한 이유를 붙여서 넘기려 하시다니…….

사례품을 기대해서 한 행동이 아니라는 상대에게, 자신이 먹고 싶으니까 이 냄비를 써서 요리해달라는 이유를 순식간에 덧붙이는 저 순발력.

심지어 미아가 원하는 것은 한 끼니의 식사다.

멀리서 손님이 오면 당연히 제공해주는 것이고, 기근이 이어지는 중이 아닌 한 과한 부담도 되지 않는다.

그런 계산속에서 이뤄진 미아의 행동에 루드비히는 감탄을 금치 못했다.

물론…… 굳이 말할 필요도 없겠지만…… 미아가 한 말은 진심에서 우러나온 말이었다. 그건 정말이지, 일절 거짓이 없는, 순수하기 그지없는 본심이다.

거기에는 루드비히가 생각하는 계산 같은 건 전혀 없고, 그저 식욕만이 있을 뿐이었으나……

뭐, 그래도 괜찮을지도 모른다. 맛있는 것은 사람을 행복하게 만들어주는 법.

실제로 미아를 따라온 루드비히도, 안느도, 황녀전속 근위부대도, 렘노 왕국의 안내인도……. 그 맛있는 토끼 냄비 요리를 먹은 사람들은 다들 형언할 수 없이 행복해하는 미소를 지었다.

맛있는 냄비 요리를 먹으면 다들 행복해지고, 웃음꽃이 번지니까 사소한 일은 신경 써봤자 기력만 빠질 뿐이다.

"그 냄비는 무지크 씨에게 맡기겠습니다. 언젠가 또 제가 이 마을에 찾아오게 된다면, 그걸로 맛있는 요리를 해주세요."

헤어질 때, 미아는 손을 붕붕 흔들면서 말했다.

"그래. 또 언제든지 놀러 와. 그때는 또 맛있는 냄비 요리를 해줄 테니까."

무지크는 마치 손녀를 배웅하는 할아버지와도 같은 미소를 지었다.

언젠가 또 이 마을에 찾아올 기회가 있을지 없을지……. 지금의 미아는 모른다.

그녀의 미래는 불확실하다. 그렇기에 앞으로 어떤 일이 기다리고 있을지, 미래는 안개 속에 있다.

그래서 미아는 씨를 뿌린다.

언젠가 자신이 맛있는 과일을 수확하기 위해.

──제국에서의 혁명은 사라졌지만……, 그래도 무슨 일이 있었을 때를 대비해둘 필요가 있죠. 도니 마을은 숲속에 있는 작은 마을이니까, 숨어 살기에는 좋은 장소예요. 게다가 저 냄비만 있다면 맛있는 것을 마음껏 먹을 수 있으니 궁상맞게 굶주리지 않아도 되겠죠.

소심한 사람은 언제든 도망칠 길을 만들어둔다.

아직 일기가 사라진 지 얼마 지나지 않은 이 시기의 미아는 이렇게 방심하지 않고 전략을 세웠다.

뭐……, 아마도 오래 가지 않고 금방 게으름을 피우기 시작할 테지만…….

이리하여 미아의 답례 인사는 사람들을 행복하게 해주며 무사히 끝났다.

……유일하게, 잡아먹힌 토끼들에게는 불행한 일이었을지도 모르지만.

막간 할머니와 손녀의 옛날이야기 Ⅰ

다음은 무슨 이야기를 해줄까…… 하며 고민하던 때였다.

미아는 문득 깨달았다.

어느새 벨이 조용해졌다는 걸.

"어라…… 벨, 혹시 벌써 잠든……."

말하면서 벨의 얼굴을 살펴…… 보자! 자기는커녕 눈을 반짝반짝 빛내고 있었다!

"미아 할머니, 이야기 너무 재밌어요!"

그랬다. 벨은 존경하는 미아 할머니의 이야기가 아주아주 좋았다.

"그 슈크림, 저도 먹어보고 싶어요."

"아아, 그래요. 그건 참 맛있었죠. 다음 날까지 보관할 수 없어서 세인트 노엘 섬에서밖에 먹지 못하지만…… 우후후. 그 바삭한 껍질 속의 달콤한 크림이 환상적이랍니다."

벨에게 대답하며 미아는 문득 생각했다.

──흠, 이야기했더니 오랜만에 먹고 싶어졌어요. 조만간 베이르가에 갈 일정이 있었던가요……. 어쩌면 우로스 란제스 남작이 비슷한 과자를 만들고 있을지도 모르죠. 아니면 주방장에게 부탁하면 비슷한 걸 만들어줄지도 모르지만…… 그건 옳지 않으려나요……. 역시 제대로 세인트 노엘 섬의 가게를 찾아가 먹는 게 도리인 법…….

"게다가 비밀의 화원에서 열린 다과회도 아주 멋져요!"

"아아, 그때 받은 잼도 상당히 좋았죠. 라피나 님께 만드는 법을 듣고 만들어보기는 했지만 좀처럼 그 수준까지 가지 못하겠더라고요."

그랬다……. 황제가 된 미아는 과거의 미아가 아니다. 놀랍게도 잼을 직접 만들 수 있는 정도의 실력이 생겼다!

참고로 버섯으로 잼을 만들려고 한 결과 주방장에게 살짝 엄한 간언을 들은 건 비밀이다.

"성야제도 좋았어요. 이렇게 밤새 친구들과 대화하는 게…… 아주 좋아요."

두 손을 모아 꿈을 꾸는 듯한 표정을 짓는 벨. 어린 눈동자에는 환상적인 성야제의 성스러운 불꽃이 비치고 있을까.

"그래요. 밤새 이어지는 이벤트가 무척 즐거웠죠. 게다가 추울 때는 냄비 요리가 아주 맛있고……. 맞아요, 냄비 요리하면 토끼 냄비 요리가 또 극상이랍니다. 렘노 왕국의 사냥꾼 마을에서 먹은 그 요리는 말도 다 표현할 수 없을 만큼 맛있었어요."

"숲속 마을에서 먹는 요리……. 그것도 좋네요. 굉장히 모험 같아요."

어린 모험가의 영혼이 자극당한 건지 벨은 싱글벙글 웃었다.

"역시 미아 할머니의 이야기는 정말정말 재미있어요!"

"그래요? 다행이네요."

미아는 손녀의 찬사에 살짝 간지러워하면서도…….

──하지만 이거, 너무 재밌는 이야기를 했다간 아무리 시간이

지나도 잠을 안 자는 게 아닐까요……?

이렇게 걱정도 들었다…….

평소 일찍 자고 일찍 일어나는 미아다. 너무 늦게까지 자지 않는 건 조금 힘들지도 모른다.

"그런데, 저기…… 할머니. 질문이 있어요."

벨이 별안간 조금 불안해하는 표정을 지었다.

"어머, 무슨 일인가요? 벨……."

시선을 던지자 벨은 눈동자를 슬쩍 위로 굴리며…….

"소녀도 세인트 노엘에 갈 수 있다는 건 아주 기쁜 일이지만, 그…… 공부도 꼭 해야 하는 건가요?"

"네, 그렇죠. 황위를 이어받을 사람으로서 제대로 공부해야 한답니다. ……벨?"

벨은 통통하게 뺨을 부풀리며 말했다.

"미아 할머니, 소녀는 공부 별로 안 좋아해요."

"저런……!"

놀라는 척하면서도 속으로는 그런 것쯤은 다 안다며 미아는 웃었다.

"그런 말은 하면 안 된답니다. 애초에 교육 담당인 루드비히는 친절하게 가르쳐주고 있잖아요?"

"루드비히 선생님은 조금 엄해요."

부루퉁한 표정인 벨을 보며 미아는 쓰게 웃었다.

──그게 엄하다니……. 아니, 다른 아이들에게도 그렇지만, 루드비히는 절 가르칠 때와 태도에 차이가 있는 게 약간 이해가

안 간단 말이죠……. 절 가르칠 때는 더…….

Collection of short stories

그 씨앗은 무슨 씨앗?

WHAT KIND OF SPECIES IS THAT ?

무대 제1탄
DVD 특전 SS

이것은 미아가 단두대에 올라가기 전.

혁명군의 손아귀에 떨어지기 전의 이야기.

"아아, 정말이지. 안 좋은 일만 일어나는군요……."

티어문 제국, 백월 궁전에 우울한 한숨이 울려 퍼졌다.

제국의 황녀 미아 루나 티어문은 어두운 얼굴로 넓은 복도를 걷고 있었다.

휑해진 성.

과거에는 사람으로 가득하던 홀도 지금은 드문드문하다. 이 나라가 사양길에 접어들었다는 걸 억지로 실감하게 해준다.

"뭐, 급여도 주지 못하고 있는 듯 하니 사람이 오지 않게 되어도 이상하지 않을지도 모르지만요……."

그때였다.

꼬르륵, 미아의 배가 울었다.

"으으. 사람의 출입은 그렇다 쳐도 제 간식까지 줄여버린 건 너무하지 않나요……. 오늘도 간식이 없어서 정말 쓸쓸하다니까요. 아아, 어디서 과자 비라도 내리지 않으려나…… 어라?"

안뜰 옆을 지나갈 때였다. 미아는 아는 얼굴을 발견했다.

"별일이네요……. 안뜰에 무슨 볼일이죠?"

궁금해진 미아는 어차피 할 일도 없던 참이겠다 그쪽에 가 보기로 했다.

손질하는 사람이 없어진 지 오래된 안뜰은 완전히 황폐해져서 잡초가 마구 자라 있었다.

'으윽' 하며 거부감을 느끼면서도 미아는 조심조심 잡초를 밟으며 나아갔다.

각지를 돌아다닌다고 하지만 황실의 귀한 아가씨는 이런 거친 땅을 걸어 다니지 않는다. 풀 속에 무슨 벌레가 있을지도 모르고, 뱀이라도 숨어있을지도 모른다고 생각하면 등을 타고 싸늘한 것이 쫘아악 올라온다.

——하지만……, 마치 버려진 성 같군요. 과거에는 그리 아름다웠던 백월 궁전이…… 이렇게 변하다니…….

한숨을 쉬고 한 발 한 발 잡초를 밟으면서 나아가자…… 중간부터 땅바닥 색이 바뀐 것을 알아차렸다.

잡초의 진한 녹색에서 갈색으로. 신발 아래로 느껴지는 것도 푹신한 흙의 감촉으로 바뀌었다.

——흐음, 밭인가 보네요…….

신발에 진흙이 달라붙는 건 좀 싫다고 생각하면서도 참으며 걸어가자, 그 밭 중심에 남자가 서 있었다.

다름 아닌 망할 안경, 루드비히 휘이트다.

괭이를 들고 열심히 땅을 경작하는 루드비히. 평소에는 관료로서 적절한 옷을 단정하게 입고 다니는데, 오늘은 하얀 셔츠를 입고 팔을 걷어붙였다. 살짝 움직이기 편한 차림새였다.

"별일이네요. 당신이 이런 곳에서 흙을 만지고 있다니."

그렇게 말을 걸자 루드비히는 놀란 듯 움직임을 멈췄다. 아무래도 눈치채지 못했던 모양이다.

미아를 돌아본 그는 민망해하는 얼굴로 고개를 저었다.

"네. 저도 농사는 처음입니다."

후우 한숨을 쉰 루드비히가 이마의 땀을 훔쳤다. 그때 얼굴에 흙이 묻었는데…… 당연히 미아는 가르쳐주지 않았다.

평소 집요하게 잔소리를 쏟아내는 그에게 소소하게 복수하고 싶은 마음에서였다.

"그래서, 대체 뭘 심었나요?"

망할 안경이 농사한다는 것만으로도 희귀한 일이다. 대체 뭘 심은 건지 확 궁금해진 미아였지만…….

어째서인지 루드비히는 장난기 어린 미소를 지었다.

"음……, 꽃입니다."

"꽃……?"

참으로 루드비히답지 않은 대답에 미아는 눈을 크게 떴다.

"당신이 꽃이라니, 정말 의외네요……. 너무 놀라서 순간 숨 쉬는 걸 멈춰버렸잖아요."

"……여전히 너무한 말씀이십니다."

루드비히는 불쾌하다는 듯 얼굴을 찌푸렸다.

"그래도 아마 이 꽃은 미아 황녀 전하가 기뻐하실 것 같다고 생각하지만요……."

"어라? 저를 위해 꽃을?"

"네, 소소한 선물입니다."

"어머, 선물이라고요?!"

오랫동안 듣지 못했던 말에 미아는 작게 고개를 갸웃거렸다.

대기근이 이 제국을 덮친 뒤로 지금까지 미아를 향하는 건 원한 어린 말밖에 없다. 이전처럼 알랑거리는 사람은 사라졌다.

심지어 꽃은 최근 오랫동안 받은 적이 없었다. 어쩐지 갑자기 기쁨이 솟구치는 미아였다. 단순한 사람이다.

"기대되는군요. 어떤 꽃이 피려나요? 빨리 피었으면!"

미아는 루드비히가 씨를 뿌리는 걸 설레는 마음으로 구경했다.

……하지만 아쉽게도 미아는 그 씨앗이 싹을 틔우는 걸 보지 못했다.

그 씨앗에서 싹이 돋아났을 때 미아는 이미 붙잡혀서 다시는 백월 궁전으로 돌아오지 못했기 때문이다.

이리하여 시간은 과거로 되감기고…….

"흐암, 아아…… 평화롭네요……."

세인트 노엘 학원에서 일시 귀국한 미아는 그날, 멍하니 안뜰을 바라보고 있었다.

피투성이 일기장이 사라진 뒤로 벌써 1년 가까운 시간이 흘렀다.

그 후로도 이래저래 바쁜 나날을 보내던 미아의 소소한 휴식 시간.

그때 미아는 안뜰에 선 루드비히를 발견했다.

그 순간…….

"저건……."

그날의 기억이 되살아났다.

어느새 미아는 달리기 시작했다.

계단을 내려가 안뜰로 나와서…… 이전 루드비히가 만들었던 밭으로 서둘렀다. 녹색 잡초를 박차고, 풍성한 갈색을 자랑하는 그 어설픈 밭에 발을 들여놓았지만…….

"앗…………."

그곳에 밭은 없었다.

갈색 환상은 한 걸음 들여놓은 순간 흩어졌고, 그곳에는 잘 손질된 잔디의 녹색뿐. 그녀가 본 것은…… 거기에는 없었다.

"뭐…… 그렇겠죠…….."

역사는 바뀌었다. 이미 그날의 망할 안경도, 그가 만든 밭도 존재하지 않는다.

게다가 애초에 루드비히가 그곳에 씨를 뿌린 건 조금 더 나중 일이다. 무언가를 발견할 수 있을 리가 없었다.

"어? 무슨 일이십니까? 미아 황녀 전하."

뒤를 돌아보자 그곳에는 루드비히가 의아한 얼굴로 서 있었다.

그날의 조금 초췌한, 냉소를 짓는 루드비히가 아니다. 그 뺨은…… 뭐라고 할까…………, 그…… 반질반질했다!

매일 일하느라 바쁘지만 보람을 느끼는 듯한, 만족감으로 넘쳐나는 남자의 얼굴이 그곳에 있었다.

심지어 미아의 모습을 보고는 부드럽게 웃기도 했다.

정말로 망할 안경과는 너무 달랐다.

"아뇨…… 그냥, 아무것도 아니에요."

미아는 후우 숨을 내쉬며 고개를 저었다.

──지금의 루드비히에게 그 씨앗에 대해 물어봐도 답은 돌아오지 않겠죠.

미아는 궁금했다. 그날 루드비히가 무엇을 심었는지.

자신에게 어떤 꽃을 선물하려고 했는지.

하지만 그것을 물어볼 상대는 이미 없다.

막연한 답답함을 느끼면서 방으로 돌아온 미아는 침대에 풀썩 드러누운 뒤 끄으으응 앓는 소리를 내기 시작했다.

"으으, 궁금해요. 너무 궁금해요……. 아무튼 그 망할 안경이 저를 위해 일부러 심은 꽃이잖아요. 대체 무슨 꽃이었을지……."

눈꺼풀 뒤로 그때 루드비히의 얼굴이 되살아났다. 소소한 장난을 쳐 놨다는 듯한 그 얼굴이…….

"으그극, 구, 궁금해요. 하지만, 으음……. 어떡하죠……."

우선 미아는 그날 그가 심던 씨앗을 떠올리며 그림을 그려보았다.

다행히 씨앗은 특징적인 타원형이었고, 표면에 무늬 같은 게 보였기 때문에 그리기 자체는 어렵지 않았지만…….

"문제는 루드비히가 알고 있느냐는 점인데요……. 뭐, 알아도 이상하진 않을 것 같지만요……."

미아는 다시 루드비히를 찾아갔다.

미아가 내민 그림을 보자 루드비히는 바로 고개를 끄덕였다.

"아아, 이것 말이군요. 이건 달바라기라고 불리는 꽃의 씨앗입니다."

"오호…… 꽃이라고요."

미아는 내심 히죽 웃었다.

고생 끝에 드디어 미아는 답에 도달했다!

그야 '고생 끝에'라고는 해도 씨앗을 그림으로 그려서 루드비히에게 보여준 게 다지만…….

"그건 무슨 꽃인가요?"

"네. 보름달이 뜬 밤에 달을 향해 핀다는 특징이 있습니다."

"어머나, 특이한 꽃이네요. 그런 꽃이 있었군요."

감탄하는 미아였지만, 의문은 풀리지 않았다. 대체 루드비히는 왜 이 꽃을 심으려고 한 걸까…….

──게다가 제가 기뻐하는 꽃이라는 것도 잘 모르겠어요…….

고개를 갸웃거리는 미아였지만 우선 그 씨앗을 입수해서 심어 보기로 했다.

안뜰 구석 화단에 손가락으로 푹푹 구멍을 뚫어서 씨를 뿌렸다. 그 후 물을 주고 상태를 관찰했다.

세인트 노엘에 간 사이에는 루드비히에게 맡겼지만, 성에 있을 때는 최대한 매일 지켜보았다.

과연 망할 안경은 어떤 꽃을 자신에게 선물하려고 한 건지…….
그것을 보는 걸 기대하면서…….

이윽고 계절은 흘러간다.

세인트 노엘의 여름방학, 백월 궁전으로 돌아온 미아는 자신이 심은 씨앗이 어떻게 되었을지 들뜬 마음을 안고 화단으로 향했고……. 그것을 올려다보며 경악했다.

"아니, 이것 참, 굉장히 크네요……."

줄기가 미아보다 더 키가 컸다. 봉오리도 어쩐지 뾰족뾰족해서 별로 예쁘지 않았다.

──뭔가 실패한 파이처럼 생겼어요…….

"마침 오늘 밤에는 보름달이 뜨니까 꽃이 피지 않을까요? 실제로는 보름달 밤만이 아니라 전후 2~3일이 개화 기간이지만요……."

"어머, 그렇군요."

그래서 미아는 설레는 마음으로 낮잠을 자서 그날 밤을 대비했다.

그렇게…… 그 순간이 왔다.

"미아 님, 꽃이 피었다는 것 같습니다."

부르러 온 안느와 함께 미아는 서둘러 안뜰로 향했고…….

"아니…… 이것 참…….."

그 꽃을 보고 말문이 막혔다.

그것은 무척 큰 꽃이었다. 미아의 머리보다 훨씬 큰 꽃이었다.

"하지만 참 성대한 꽃이로군요…….."

달빛을 받은 꽃의 색은 조용한 밤에는 안 어울릴 만큼 눈에 확 들어오는 오렌지색이었다. 그 거대함과 맞물려 어쩐지 조금 웃음이 나오는 생김새였다.

적어도 여성에서 선물하기 좋은 꽃은 아니다.

"이 꽃을 그 망할 안경이…… 후후후, 뭐 매너 있는 타입은 아니었으니까 분명 여성을 대하는 센스도 없었던 거겠죠……."

미아는 그 무식하게 큰 꽃을 올려다 보며 자기도 모르게 웃어버렸다.

그 깐깐한 남자가 자신을 기쁘게 해주려고 이런 꽃을 심었다는 게 어쩐지 웃겨서 견딜 수 없었다.

"하지만 볼수록 요란한 꽃이란 말이죠. 이런 걸 가져왔다면 분명 웃음이 터졌을 거예요."

어쩌면 그것도 루드비히의 배려였을지도 모른다.

당시 미아도 완전히 웃음을 잃어버렸다.

엉뚱한 꽃으로 웃게 해주려고 한 거였다면, 확실히 망할 안경다운 어설픈 다정함이었다.

"그 녀석에게는 마지막으로 고맙단 말도 하지 못했죠……."

어쩐지 절절해지는 미아였다.

물론 루드비히를 만날 수는 있다. 하지만 그건 이미 그날의 그가 아니다.

그런 식으로 살짝 감성적인 모드에 들어갔던 미아에게 안느가 밝은 목소리로 말을 걸었다.

"우후후, 기대되네요. 미아 님."

"……응? 뭐가요?"

어리둥절해서 고개를 갸웃거리는 미아에게 안느가 대답했다.

"이 꽃의 씨앗은 먹을 수 있답니다. 고소하고 맛있어요."

싱글벙글 웃는 낯이었다.

"아, 혹시 모르셨어요? 술안주로도 딱 좋다며 제 아버지도 아주 좋아하시는데……."

"안주……."

미아는…… 감을 잡았다.

혹시 루드비히는…… 그 망할 안경은…… 꽃이 아니라 그 후에 생기는 맛있는 씨앗을 헌상하려고 했던 게 아닐까……?

이 먹보 황녀님은 꽃보다 음식을 더 반길 거라고…… 그렇게 생각했던 건 아닐까?!

그때 루드비히가 지었던 장난기 어린 미소는 그런 의미였던 게 아닐까?

"으, 으으윽, 망할 안경 같으니! 그, 그 인간, 저를, 대체 뭐라고 생각한 거죠?! 저는 그렇게까지 먹는 걸 밝히지 않는단 말이에요!"

까드득 이를 가는 미아. 하지만 그 직후 후우 한숨을 쉬더니…… 다시 쓰게 웃었다.

"뭐, 하지만 낭만 같은 게 하나도 없다는 게 그 녀석답다면 답지만요……."

그리우면서도 얄미운 옆얼굴을 떠올린 미아는 절레절레 고개를 내저었다.

이윽고 꽃이 지자 미아는 씨앗을 먹어보았다.

그 씨앗은 확실히 아주 고소하고 맛있었다.

"그러고 보면 루드비히가 술을 마시던가요……?"

그렇게 생각하며 그 씨앗을 선물로 보내는 미아였다.

미아 황녀는 꽃을 사랑하는 사람으로 알려져 있다.

개중에서도 좋아하는 꽃은 보름달을 향해 피는 탐스러운 꽃인 달바라기였다고 한다. 이윽고 그 꽃은 티어문 제국의 국화(國花)로 지정되지만.

그건 여기서는 생략하기로 한다.

티어문 제국
이야기

Collection of short stories

미아와
신비한 이동 극단

Mia and Mysterious mobile troupe

무대 제1탄
팸플릿 특전 SS

겨울방학…….

렘노 왕국에서 일어난 혁명 사건을 무사히 해결하고 제도로 돌아온 미아는 빈둥거리고 있었다.

아무래도 파멸하게 되는 운명을 회피한 직후이니까.

늘어질 만도 했다.

그렇게 방심하며 완전히 무장 해제인 미아는 현재 행복한 시간을 보내고 있었다.

행복한 시간, 즉 오후의 티타임이다.

고귀한 향이 풍기는 홍차는 입에 머금은 순간 우아한 산미와 은은하게 씁쓸한 뒷맛이 퍼져나갔다.

그 씁쓸함이 사라지기 전에 케이크를 입에 넣었다. 폭신한 스펀지케이크를 부드럽게 씹자 속에 스며들었던 꿀이 주르륵 흘러나왔다.

월광벌이 모은 고급 꿀은 미아의 입 안에 봄의 들판을 달리는 바람처럼 상큼한 단맛의 꽃을 피워냈다.

근사하고 우아한 단맛에 미아가 하아 한숨을 내쉬었을 때.

"미아 님, 이런 편지가 도착했는데요……."

"편지……? 어디…… 냠."

큼직하게 자른 케이크를 입에 쏙 넣고 한 번 더 하아…… 하며 한숨. 그 후 미아는 안느가 내민 편지를 받았다. 보낸 사람의 이름은 적혀 있지 않았지만…… 편지의 필체는 어디에선가 본 적이 있었다.

본 적이 있으며 어딘가 그리우면서도 묘하게 울컥하는, 그런 필체……. 마치 잔소리가 적혀있는 듯한 그런 인상…….

"아니, 그럴 리가 없죠. 흠, 이건…… 연극 초대장……? 환상의 달 극단……? 흠…… 들어본 적이 없네요……."

"앗, 이 극단 저 알아요! 주변 국가를 돌면서 공연하는 극단이라고 들었습니다. 굉장히 재미있는 연극을 한다나……. 제도에서도 공연할 예정이라고 동생이 알려주었죠."

"어머, 그랬군요……. 그런 극단이……. 연구 겸 에리스가 갈 수 있게 해주는 게 좋겠네요."

에리스 리트슈타인은 안느의 동생이자 미아의 전속 예술가였다. 작가를 지망하는 에리스에게 유명한 극단의 공연을 보러 가는 건 좋은 자극이 될 것이다.

"흠, 모처럼 초대받았으니 저도 같이 갈까요……."

미아는 연극을 비롯한 이야기 전반을 좋아한다. 이전 시간축에서 긴 지하 감옥 생활을 보낼 때 무한하게 이어질 것 같았던 지루함을 달래준 것도 안느가 들려준 이야기였다.

그 후 미아는 다양한 소설을 읽게 되었다.

──유명한 극단…… 우후후, 기대되네요!

그렇게 급히 미아의 관극이 결정되었다.

며칠 뒤, 미아는 제도 루나티어의 대극장에 왔다.

대극장은 황성과 비교해도 뒤지지 않을 만큼 컸다. 하얀 돌로 만든 외관은 마치 제2의 백월 궁전이라는 느낌이었다.

"언제 와도 압도당하는 건물이란 말이죠……."

거대한 기둥을 올려다보며 미아는 회장으로 향했다. 황녀인 미아가 공연을 볼 자리는 2층에 있는 귀빈실이었다. 푹신푹신해서 착석감이 좋은 의자를 놓았고, 벽에는 바 카운터가 있어 자유롭게 음료를 가져올 수 있다.

"……흠, 케이크는 없나요……?"

미아가 메뉴를 물색하고 있던 그때…….

"대극장에 와 주셔서 감사합니다……. 극장 일동은 미아 황녀 전하의 방문을 진심으로 환영합니다."

다소 긴장해서 얼굴이 딱딱한 지배인을 향해 미아는 쾌활하게 웃었다.

"오늘은 즐겁게 잘 보겠습니다, 지배인. 아, 이 아이는 제 전속 예술가인 에리스예요. 그리고 전속 메이드인 안느도 같이 공연을 볼 거랍니다."

우아하게 인사하는 미아…… 였으나, 문득 누군가 옷을 잡아당기는 걸 느꼈다.

"저기, 미, 미아 님, 정말로 괜찮은 건가요?"

그렇게 질문한 사람은 안느의 동생 에리스였다. 흘러내린 안경을 고쳐 쓰면서 미아를 바라보았다.

"이렇게 호화로운 곳에……."

"무슨 말인가요? 당신은 제가 후원하는 예술가니까 당연히 이곳에서 볼 권리가 있답니다. 여차하면 제가 꼭 옆에 있을 이유도 없죠. 그렇죠? 지배인."

"네. 미아 황녀 전하께서 지원하는 분이시라면 언제 오셔도 괜찮습니다. 최고의 자리를 마련하겠습니다."

"그, 그그, 그건…… 이렇게 굉장한 자리에서, 무료로 연극을 볼 수 있다니……."

뺨이 상기되어 흥분하는 에리스를 보고 미아는 다정하게 웃었다.

"당연히 무료는 아니랍니다. 재미있는 이야기를 많이 써서, 장래에는 이 극장이 돈을 벌 수 있도록 좋은 무대 각본을 만들어야 해요. 알았죠?"

"네! 알겠습니다!"

그 대답에 만족스럽게 고개를 끄덕인 뒤 미아는 일반 좌석으로 시선을 주었다.

"하지만…… 역시 유행하는 극단이로군요. 인기가 많네요."

객석은 이미 8할 가까이 차 있었다. 대단한 열기였다.

"아직 시작도 안 했는데 다들 무척 흥분했어요."

"이 극단은 나라마다 다른 연극을 연기하는 게 특징입니다. 한 번도 놓칠 수는 없다면서 외국에서도 손님이 찾아왔죠."

"세상에! 그랬군요. 나라마다 다른 연극을……. 그건 그 나라에서 기원한 이야기를 상연한다는 건가요?"

"아뇨, 그게 그런 건 아닌 듯한데……. 어이쿠, 아무래도 시작하는 모양입니다."

지배인의 말 직후, 조용하면서도 장엄한 소리가 울려 퍼지며…… 무대의 막이 올라갔다.

"그러면 아무쪼록 즐겁게 보시길."

지배인은 그런 말을 남기고 떠나갔다.

"아아……."

옆에서 에리스의 한숨이 들렸다.

그럴 만도 했다. 무대 위에서 펼쳐지는 연극이 참으로 화려했기 때문이다.

그것은 어떤 가공의 왕국 이야기였다.

제멋대로 행동하던 철부지 왕녀가 단두대에서 처형당하는 장면으로 이야기가 시작된다.

박력이 있는 비극에서 확 전환되며 눈을 뜬 왕녀는 12살 시절로 돌아갔고, 거기서부터 그녀의 인생 수정이 시작된다.

왕녀를 맡은 배우의 개그를 살린 연기에 관객 사이에 웃음이 퍼졌다. 그런가 하면 쭉쭉 뻗어나가는 아름다운 노래에 몽롱한 표정을 짓는다.

파트너인 왕자 배우도 참으로 기품이 넘치는 연기였다. 극단원인 걸 보면 아마 평민 출신일 테지만 미아의 눈으로 보아도 그 몸에서 느껴지는 품격은 진짜 왕족과 다르지 않은 듯했다.

확실히 사람들이 열광해도 이상하지 않은 훌륭한 무대…… 이긴 하지만……. 그걸 보고 미아는………… 전율했다!

──이, 이건…… 어떻게 된 거죠?

입술을 부들부들 떨면서 무대에 시선이 박혔다. 왜냐하면…….

──마, 마치 제 지금 상황을 무대로 올린 것 같아요. 저 샤론 왕자가 시온이고, 저 나벨 왕자가 아벨인 거죠. 그리고 저 왕녀, 리샤는…… 저예요!

바싹 말라붙은 목을 축이기 위해 과일수를 꿀꺽 삼키고 작게 한숨을 쉬었다.

미아는 다시금 무대로 시선을 되돌렸다.

──군데군데 다르긴 하지만…… 저 일기장도 그렇고, 틀림없어요. 제 비밀을 누군가 아는 사람이 있는 게 분명해요!

그것이 무엇을 의미하는지…… 얼마나 위험한 일인지는 모른다.

솔직히 들킨다고 해도 아무도 믿지 않을 거란 생각도 든다. 하지만…….

──아, 아무튼 연극을 다 보고 나면 물어보러 갈 수밖에 없겠군요!

그렇게 결심한 미아였다.

연극이 끝나고 미아는 지배인의 안내를 받아 무대 뒤 대기실을 찾아갔다.

넓은 실내에는 아직 흥분이 덜 식은 듯한 배우들이 모여 있었다.

"여러분, 잠시 괜찮겠습니까?"

지배인의 목소리에 시선이 집중되었다.

"오늘 공연 고생하셨습니다. 실은 조금 전의 공연을 보신 미아 황녀 전하께서 하실 말씀이 있다고 하시기에 이렇게 안내해드렸습니다."

그 소개로 미아가 한 걸음 앞으로 나와 스커트 자락을 살짝 들어 올렸다.

"만나서 반갑습니다, 여러분. 미아 루나 티어문이에요. 오늘은 멋진 무대를 보여주셔서 감사합니다. 즐겁게 봤습니다."

흠잡을 곳 없이 완벽한 미소였다.

그런 미아에게 처음 말을 건 사람은 연극 속 미아…… 가 아니라 리샤 왕녀를 맡은 주연 여배우였다. 어깨 부근에서 단정하게 자른 생머리에 크고 또렷한 눈동자가 사랑스러운 인상을 주는 여성이었다.

"저희의 무대를 보러 와 주셔서 감사합니다. 리샤 왕녀를 연기한 카난이라고 합니다."

카난이 부드럽게 미소 지으며 말하자, 그 아름다운 목소리에 미아는 넋을 놓을 뻔했다.

"훌륭한 연기였습니다. 왕녀의 사랑스러움과 귀여움과 아름다움이 아주 좋더군요."

그렇게 말하며 만족스러운 표정을 지은 뒤…….

"하지만…… 저기, 조금 거만한 구석은 좀 그랬어요. 더 가련하고, 아련하고, 섬세한 느낌으로……."

"네……?"

어리둥절해서 눈을 깜빡이는 카난을 보고 미아는 다급히 고개를 저었다.

"아니, 아니에요. 오호호…… 네, 멋진 연기 감사합니다."

얼버무리듯이 웃은 뒤 다음으로 바로 옆에 있던 왕자 배우 두 명에게 시선을 옮겼다.

"샤론 왕자를 맡은 요스키라고 합니다. 미아 황녀 전하, 잘 부탁드립니다."

먼저 입을 연 사람은 짧은 검은 머리카락의 청년이었다. 상큼한 미소를 짓는 그를 보고 미아는 의아해서 고개를 갸웃거렸다.

"어머, 검은 머리카락이네요…… 하지만 조금 전엔……"

"아, 이거 말씀이시죠?"

요스키는 책상 위에 놓여 있던 은색 가발을 썼다.

"아하, 그런 거였군요. 무대 위에서는 위화감이 전혀 없었어요. 역시 대단하네요!"

감탄하는 미아에게 요스키가 조심조심 물었다.

"그런데 제 연기는 어떠셨습니까?"

"아, 그렇죠. 샤론 왕자는 조금 많이 화사하더군요. 그 녀석은 더 한심하게 연기하셔도 괜찮지 않을까요? 아니면 더 심술궂은 느낌으로, 이렇게……"

무의식중에 연기 지도를 시작할 뻔한 미아가 아슬아슬하게 멈췄다.

그리고는 헛기침을 한 번.

"네, 좋은 연기였습니다. 넋을 놓고 봤지 뭐예요."

"네! 저도요. 정말 멋있었어요!"

미아 뒤에 서 있던 에리스가 눈을 반짝반짝 빛내며 말했다. 아무래도 완전히 연극에 매료된 모양이었다. 그러고 보면 에리스는 왕자님을 좋아했었다는 걸 미아가 떠올리고 있을 때…….

"만나 뵙게 되어 영광입니다, 미아 황녀 전하. 오리토라고 합니다."

또 다른 왕자 배우가 타이밍 좋게 말을 걸었다. 찰랑거리는 머리카락을 흩날리며 청량하게 웃는 그를 보고 미아는 무심코 신음했다.

──조금 전 요스키 씨도 그랬지만…… 이 오리토라는 분도 굉장히 잘생겼단 말이죠……. 에메랄다 양이 봤다면 정신없이 빠져들었겠네요.

미남을 밝히는 그녀의 얼굴을 떠올리면서도 미아는 싱긋 웃었다.

"잘 부탁드립니다. 오리토 씨. 멋진 연기를 보여줘서 감사해요. 나벨 왕자는, 네. 그렇게 멋있어도 괜찮습니다. 아무 문제 없어요!"

아벨은 아무리 아름답고 우아하고 멋있게 연기해도 불만이 없는 미아였다. 사랑에 빠진 소녀였다.

그 후 미아는 다른 배우들을 둘러보며 친근하게 말했다.

"여러분, 잘 즐겼습니다. 정말 멋진 연극이었어요."

"후후, 그렇게 말씀해주셔서 안심했습니다. 미아 황녀 전하."

"응?"

불현듯 날아온 목소리에 그쪽으로 시선을 주자…… 그곳에 한 여성이 서 있었다.

둥근 안경을 쓴 지적인 눈동자가 인상적인 여성이었다. 미아의 기억이 확실하다면 연극에는 나오지 않은 사람 같은데…….

"제도에서 연기할 기회를 주셔서 감사합니다, 미아 황녀 전하. 제가 이번 연극의 시나리오를 쓴 쉬카입니다."

"아하! 당신이 각본을……."

미아는 경계심에 눈을 스윽 가늘게 뜨고는 쉬카라고 이름을 밝힌 여성을 바라보았다.

"멋진 시나리오였습니다, 정말로! 보면서 소름이 돋았다니까요!"

소름…… 아니, 식은땀이 흘렀다고 하는 게 정확하지만…….

아무튼 극의 줄거리가 거의 미아의 지금 상황과 일치했다. 군데군데 연극적인 연출이 들어가긴 했지만, 큰 줄기는 완전히 같았다.

자신의 비밀을 알고 있다고 밖에 생각할 수 없었다.

──그렇다고 해도 뭘 노리는 걸까요? 저를 협박하려고? 하지만 이게 협박이 되요?

고찰하면서 슬쩍 떠보았다!

"참 재미있는 이야기였는데, 그건 쉬카 씨가 하나부터 열까지 다 만들어낸 건가요?"

"네. 음, 이야기를 하늘에서 내려주신다고 해야 할까요. 그 나라에 발을 들여놓고 좀 지나면 불쑥 스토리가 떠오릅니다."

쉬카는 온화하게 웃으며 말했다. 미아는 그 얼굴을 빤히 응시했다.

빠아아안히 쳐다보고, 또 쳐다보고…… 계속 쳐다본다!

하지만 그 얼굴에서 무언가 숨기는 게 있는 느낌은 보이지 않았다.

──그렇다면 우연인가요……? 으음…… 애초에 그 초대장의 필체는…….

미아는 팔짱을 끼고 생각에 잠겼다. 머릿속에 떠오르는 건 다시는 만날 수 없는 시끄러운 안경 충신의 얼굴이었다.

"설마 그 망할 안경이 제게 주의를 주고 싶어서 계획했을 리는 없고요……."

마음속에 답답함이 남았지만, 미아는 대기실을 떠나기로 했다.

딱히 슬슬 달콤한 것을 먹고 싶어졌다거나 하는 건 아니다. 머리를 쓰는 바람에 당분이 부족해졌다는 건 크나큰 오해다.

"그러면 저는 슬슬 돌아가겠습니다. 여러분, 건강하시길."

"미아 황녀 전하."

떠나려는 미아에게 쉬카가 신비로운 미소를 지으며 말했다.

"전하의 인생이 해피 엔딩을 맞을 수 있기를 기도합니다."

그 말에 미아는 작게 웃었다.

"네. 당연하죠. 저는 배드 엔딩은 안 좋아하거든요."

고개를 끄덕이며 미아는 생각했다.

──그래요. 이 연극 같은 해피 엔딩을 맞을 수 있도록 열심히 해야겠어요……. 달콤한 케이크를 먹은 뒤에!

제국의 황녀 미아 루나 티어문.

살짝 농땡이를 치곤 하는 이 덜렁이 황녀님이 앞으로 어떤 운명을 걸게 될지…….

그 줄거리를 아는 사람은 아무도 없었다.

티어문 제국
이야기

Collection of short stories

미아와
무서운 미신 이야기

Mia and story about scary superstitions

단행본 4권 TO북스
온라인스토어&제휴 서점 특전 SS

그것은 제6월의 절반이 지나갔을 무렵이었다.

  권모술수를 이용해 현자 갈브를 농락한 미아는 세인트 노엘 학원에 귀환. 그 후 느긋하게 평화로운 일상을 즐기고 있었다.

  그날도 수업을 마친 미아는 자신의 추종자들과 함께 안뜰에서 차를 즐기고 있었다.

  "우후후, 역시 홍차죠. 달달한 잼을 넣은 홍차는 말할 것도 없고, 우유에 설탕을 듬뿍 넣은 것도 맛있어요. 여기에 쿠키가 갖춰지면 그곳이 천국!"

  홍차 취향을 흥얼거리면서 참으로 행복한 표정을 짓는 미아. 그걸 주위의 추종자들이 즐겁게 지켜보고 있었다.

  아무튼 지금 미아의 추종자들은 미아가 평민 종자를 아낀다고 해도 전혀 개의치 않는, 미아가 귀족의 상식에서 벗어난 행동을 해도 미아와 함께 있고 싶어 하는 사람들이다. 미아 러브 집단, 미아 엘리트이다.

  그런 그녀들에게 경애하는 미아가 생글생글 웃으면서 과자를 먹는 모습은 참으로 가슴이 따뜻해지는 광경이다. 따라서 그 자리는 온화한 분위기가 감돌았다.

  그렇기에…… 미아는 방심했다. 완전히, 뼛속까지 방심했다.

  "……그러고 보면 들으셨어요? 미아 님, 그 소문…….."

  친구의 그 한마디……. 거기에 내포된 위험한 징조를 포착하지 못한 미아는 아무 생각 없이……, 아무런 준비도 없이…….

"네? 무슨 소문인가요?"

그 대화를 받아들이고 말았다.

반면 화제를 꺼낸 친구……, 돌라 그라이리히는 희희낙락한 목소리로 말했다.

"한밤중에 돌아다니는 유령 이야기요."

"유, 유령, 이라고요……?"

미아는 친구의 얼굴을 물끄러미 쳐다보았다.

"네. 실은 이런 소문을 들었는데요……."

즐겁게 이야기하는 돌라를 보고 미아는 무심코 혀를 찰 뻔했다.

티어문 제국 그라이리히 백작가의 차녀, 돌라는 이전 시간축에서도 미아의 친구였다.

사실 그런 타입은 의외로 드물다. 이전 시간축의 미아의 친구라고 하면 태반이 미아의 권력을 목적으로 접근한 자들이었다. 그런 자들은 대부분 평민 종자인 안느를 경시해서 미아 곁에 있지 못하게 되었다.

하지만 돌라는 달랐다. 그녀는 기본적으로 권력이나 귀족 사회에 관심이 없었다. 정확하게는, 그런 것보다 더 중요한 것이 있었다.

그게 바로 괴담 수집이다.

돌라 그라이리히는…… 무서운 이야기를 사랑하는 소녀다.

──이 점만 빼면 좋은 사람인데요……. 아니, 하지만 이런 면이 없다면 돌라 양이 아니게 되죠…….

미아가 그런 생각을 하는 사이에도 돌라의 이야기는 계속되었다.

그건 세인트 노엘 학원의 몇 대 전 학생회장의 유령이 나온다는 소문이었다.

그 학생회장은 성실한 사람이라서, 밤에 자기 전에 교사를 순찰했었다고 한다. 하지만 순찰 도중 성당의 제구가 쓰러지는 사고가 발생하고, 그 제구에 깔려서 숨을 거두었다는 이야기다.

"흔들흔들 일렁이는 등불…… 그 빛을 받아 드러난 것은 피로 붉게 물든 성당 바닥. 그리고 제구에 깔려서 분리되고 만 머리에 달린 눈이 번들거리면서 이쪽으로 바라보고…… 너다!"

갑자기 커진 목소리에 미아는 반사적으로 펄쩍 뛰어올랐다. 하지만 바로 자세를 가다듬고 미소 지었다.

"호, 호호호, 돌라 양도 참. 갑자기 큰 소리를 내서 깜짝 놀랐잖아요. 무섭지는 않지만……."

떨리는 목소리로 그렇게 말하는 미아에게 돌라는 악동 같은 미소를 지었다.

"물론 무섭지는 않죠. 왜냐하면 이야기는 여기서부터가 진짜니까요……."

"……네?"

"실은 이 이야기에는 뒷이야기가 있는데요……."

돌라는 목소리를 낮추고 말했다.

"이 이야기를 들어버린 사람에게…… 찾아온다고 해요……."

"무, 무엇이요……?"

"그 죽은 학생회장의 수급이⋯⋯⋯⋯, 데굴데굴!"

──히, 히이이이이익! 잠깐, 대, 대체 무슨 이야기를 들려준 건가요!

무심코 비명을 지를 뻔한 걸 꾹 삼킨 미아는 여유로운 표정을 지었다.

"그, 그래요. 그렇군요. 그럼 혹시 오늘 밤에 올지도 모르겠네요? 기대돼요."

"아뇨, 7일 뒤에 온다고 해요."

──차라리 오늘 오는 게 나았는데요!

기본적으로 이런 부류의 이야기를 믿지 않는 미아다. 따라서 오지 않는다는 게 확실해지는 건 빠른 게 더 고맙다. '어쩌면⋯⋯, 만에 하나 올지도 몰라⋯⋯' 하고 조마조마해하면서 7일이나 기다려야 하는 건 심장에 안 좋았다.

"그래서 말이죠, 수급이 나타나면 그 후에 무척 불행한 일을 겪는다고 하는데⋯⋯."

──정말로! 대체 무슨 이야기를 들려주는 거예요!

'불행한 일을 겪는다'는 것이 단두대에 올라가 목이 잘리는 수준인 미아는 내심 항의했다. 하지만 돌라는 그런 미아의 내면을 전혀 눈치채지 못한 건지 계속 말했다.

"하지만 안심하세요. 그걸 막기 위한 방법도 있으니까요."

"그런 것까지 있나요⋯⋯?"

이미 신물이 나기 시작한 미아였으나, 돌라는 그걸 모르는 건지 즐거워하며 말을 이었다.

"네. 한밤중에 날짜가 바뀔 때, 성당에 가서 기도를 바치면 온 갖 저주가 정화된다는 이야기가 세인트 노엘 내에서 전해 내려오 고 있어요. 그러니 이 수급의 저주도 그걸로 풀 수 있죠."

"……흐음, 그렇군요……. 하지만 돌라 양은 그런 이야기를 믿 는 건가요? 그런 건 미신이잖아요, 미신."

미아는 일부러 코웃음을 쳤다. 그런 건 하나도 안 믿는다는 태 도를 보이면서…….

"참고로 만약을 위해 물어보는 건데, 돌라 양은 그걸 해 봤나요?"

일단은 물어보았다. 만약을 위해서다. 어쩌면 돌라가 불행을 겪지 않은 것은 그게 이유일지도 모른다.

무서운 이야기 같은 건 전혀 믿지 않지만, 어디까지나 만약을 위해서다.

그러자……, 돌라는 의미심장한 미소를 지었다.

"실은…… 해 봤답니다."

"한밤중에 성당에 간 건가요?"

"네. 혼자서, 몰래."

"……어머나, 혼자서……."

한밤중에 혼자서 여자 기숙사를 빠져나와…… 어두운 복도를 걸어 성당으로…….

──이 사람……, 괜찮은 걸까요……?

미아는 친구가 진지하게 걱정되었다.

밤에 혼자 여자 기숙사에서 나오다니, 말도 안 되는 사태다. 만 용이라고 칭하는 것도 우스울 정도로 막 나가는 행위……. 그런 무시무시한 짓을 태연히 해낸 친구의 모습이 어쩐지 정체를 알수 없는 무언가처럼 보이는 미아였다.

미아가 그러거나 말거나 돌라가 말했다.

"그래서 성당에 갔는데요⋯⋯, 그곳에서 보고 말았죠."

"⋯⋯봤다⋯⋯ 고요?"

돌라는 좌우를 두리번두리번 둘러보았다.

"밤의 성당⋯⋯, 흔들리는 등불 속에서 춤추는⋯⋯ 소녀의 유령을!"

"히이익!"

자기도 모르게 숨을 삼킨 미아. 하지만 바로 주위를 돌아본 다음 '크흠, 크흠!' 하고 헛기침했다.

"⋯⋯그건 뭔가를 잘못 본 게 아닌가요?"

미아는 바로 떠올렸다.

예전에도 돌라의 괴담에 잔뜩 겁을 집어먹었으나, 뚜껑을 열어보자 그 정체는 유쾌한 손녀, 미아벨이었다. 분명 이번에도 그런 종류일 거다.

──유령이라는 건 기가 허한 사람이 뭔가 다른 걸 잘못 보거나, 혹은 그런 걸 너무 좋아하는 사람이 뭔가 다른 것을 잘못 보거나, 둘 중 하나예요!

그렇게 생각하지만⋯⋯ 하지만 동시에, 목 뎅강 경험자이기도 한 미아는 이런 생각도 들었다.

──저에겐 처형당할 때까지 각오할 시간이 있었죠. 그래서 딱히 당황하지도 않고 태연히 목이 잘릴 수 있었지만⋯⋯.

그랬………… 던가?

──만약 갑자기 목이 잘려버리게 된다면……, 분명 놀라서 패닉에 빠질 거예요. 그리고 이 세상을 원망해 저주를 남긴다고 해도 이상하지 않죠…….

그런 이유로 돌라의 이야기에서 작은 신빙성을 인정해버리는 미아였다.

"절대 잘못 본 게 아니에요. 확실하게 봤으니까요."

이렇게 돌라가 호언장담하니 미아로서도 어떻게 할 수가 없었다.

"그러니 미아 님도 한밤중에 성당에 가 보시는 게 좋을 거예요."

"……아뇨, 저는 그런 미신은 믿지 않으니까요……."

"에이. 하지만 모처럼 진짜를 볼 수 있는데 아깝지 않으세요?"

"그쪽인가요?! 아뇨, 애초에 저는 진짜에도 관심이 없거든요……."

"하지만 수급이 오는데요? 데굴데굴 굴러오는데요?"

──누구 때문인데요!

마음속으로 그만 태클을 걸어버린 미아였다.

그래서……, 그날 오후. 수업이 끝난 뒤…… 미아는 사색에 잠겼다.

아니, 사색…… 이라고 할까.

──그런 건 미신이에요. 당연히 미신이잖아요. 혹은 돌라 양이 절 무섭게 하려고 만들어낸 악질적인 소설이 분명해요.

열심히 스스로를 타일렀다.

하지만 혼자서는 그걸 영 믿지 못하는 미아였다. 왜냐하면 알고 있기 때문이다. 돌라는…… 결코 다른 사람에게 겁을 줘서 즐거워하는 악질적인 인간이 아니다. 그건……, 무서운 이야기를 진심으로 즐기는, 굴지의 변태다!

──직접 만들어낸 괴담으로 다른 사람들에게 겁을 주는 부류라면 그나마 이해가 가지만요……. 그런 무서운 이야기를 즐길 수 있다니 이해할 수 없어요……. 뭐, 뭐어. 저는 딱히, 그렇게까지 무섭진 않지만요……? 안느가 들으면 분명 무서워할 게 분명해요. 그러면 또 제 침대에서 같이 자게 되겠죠……. ……흐음. 그렇다면 아예…….

등등 현실도피에 빠지길 잠시.

미아는 인정할 수밖에 없는 사실에 부딪혔다. 그것은…….

"아아……. 역시 밤의 성당에 가지 않으면 잠을 못 잘 것 같아요!"

이것이다.

물론 미아는 정말로 유령이 찾아올 거라고 믿는 건 아니다. 조금도 믿지 않는다. 진짜로 안 믿지만, 그래도 만에 하나라는 게 있다.

그 가능성을 떠올리면…… 아마도 잠이 오지 않게 될 것이라고…… 미아의 본능이 외치고 있었다.

따라서 미아는 갈 수밖에 없었다. 한밤중에, 성당에.

"그렇게 되면…… 인선이 중요해지겠어요…….

딱히 유령을 믿지 않는 미아이기 때문에 밤의 성당에 가는 것쯤은 어렵지 않은 일이지만…….

"밤에 방에서 빠져나갔다간 안느가 걱정할 테니까……. 안느는 같이 가 달라고 할까요……. 게다가 벨……. 그 아이도 같은 방이니까 두고 가면 쓸쓸해하겠죠. 오히려 따라가고 싶다고 할 게 뻔해요. 아이참, 어쩔 수 없네요. 그렇다면……."

이것으로 두 명은 확정이다. 남은 건…….

생각을 정리하면서 걷고 있던 미아는 어느새 성당 앞에 와 있었다.

"흐음……. 일단 미리 한 번 봐 두는 게 좋을까요……?"

그렇게 중얼거리면서 문에 손을 댄 그때였다.

"어라? 미아 양, 성당에 무슨 볼일이라도?"

목소리가 들린 순간 미아는 무심코 펄쩍 뛰어올랐다. 그 후 조심조심 뒤를 돌아보자……, 그곳에는 온화한 미소를 머금은 라피나가 서 있었다.

"아, 라피나 님……. 아뇨, 마침 지나가는 길이었기에 잠시 안을 보고 갈까 한 것뿐입니다."

그 후 미아는 라피나를 바라보며……, 작게 고개를 갸웃거렸다.

"라피나 님께선 지금부터 뭔가 의식이라도 치르시나요?"

라피나는 의식에 사용할 법한 성의를 입고 있었다. 어깨가 드러나는 의상은 매끈매끈한 순백색이었고, 라피나의 움직임에 맞춰서 사라락사라락 우아한 소리를 냈다.

겉으로 보이는 우아함에 더해 소리조차도 계산된 멋진 옷이다.

"아니, 의식 그 자체는 아니고 연습이지. 하지제(夏至祭)에서 춤을 춰야만 하니까."

"그렇군요, 춤 연습……. 그건 댄스 연습 같은 건가요……?"

"기본적으로는 그래. 하지만 조금 더 세세하지. 의식에서 하는 움직임에는 동작 하나하나에 의미가 담겨있으니까, 제대로 익히지 않으면 안 돼. 예를 들어……."

그렇게 말하며 라피나는 두 손을 하늘 높이 뻗었다. 곧게 뻗은 팔은 낭창하면서도 호리호리한 것이…… 어딘가의 미아와는 천지 차이였다.

"이건 하늘에서 내리는 은혜의 비를 받는 자세고……."

두 팔을 하늘을 향해 들어 올린 채 그 자리에서 한 바퀴 회전. 의상이 사라락 소리를 내면서 신비로운 분위기가 감돌았다. 그대로 두 팔을 크게 벌려 한 번 더 회전.

"이게 그 비를 흩뿌려 대지를 축복하는 걸 표현하는 움직임."

손끝의 움직임에도 신경을 쓰는 듯한 섬세한 동작에 미아는 무심코 박수를 보냈다.

──흐음, 역시 라피나 님이에요. 의식도 가뿐하게 해내시겠죠……. 아, 그래요……. 라피나 님을 데려가는 것도 괜찮은 생각일지도 모르겠어요…….

미아는 문득 떠올렸다.

아무튼 라티나는 성녀다. 그것도 **미아 같은** 게 아니라, 진짜배기 성녀다. 분명 마를 물리치는 의식쯤은 특기일 것이다. 유령이니 저주이니 하는 것과 마주쳐도 어떻게든 해주지 않을까……? 라티나에게는 뭐라고 해야 할까, 유령 정도는 한 번 노려보기만 해도 도망칠 것 같은…… 그런 박력이 있다.

──흐음. 하지만 든든한 전력은 될 것 같아도, 불안하기도 해요.

아무튼 라티나는 진짜배기다. 자칫 잘못하면…….

"유령? 아하, 물론 있지. 봐. 미아 님의 뒤에."

같은 말을 아무렇지도 않게 내뱉을 것 같기도 했다. 심지어 그게 농담인지 아닌지 판단할 수 없을 것 같다는 게 성가시다.

──라피나 님도 의외로 장난기가 있으니까요……. 그런 농담도 할지도 몰라요.

그리고 그런 말을 들었다간 분명 잠을 잘 수 없게 된다. 미아에게는 확고한 자신감이 있었다.

"어라? 왜 그래? 미아 님."

"아……, 앗, 으음, 그게요……. 라피나 님……, 그게…….."

갑작스러워서 대답이 곤란했던 미아.

"오늘 밤 예정은……?"

결국 라피나의 대답에 맡기기로 했다. 즉, 라피나의 예정이 비어있다면 따라와달라고 하고, 비어있지 않다면 포기하기로 한 것이다.

"오늘 밤……? 왜 그런 질문을?"

"앗, 아뇨……. 그게, 괜찮다면 자기 전에 다과회라도 할까 해서…….."

"그래……? 하지만 미안해. 아까도 말한 대로 하지제 준비로 조금 바쁘거든."

라피나는 조금 아쉽다는 얼굴로 고개를 저었다.

"그렇…… 겠죠……. 그럼 어쩔 수 없네요. 또 다음 기회에 권할게요."

안심이 되는 것 같기도 하고 아닌 것 같기도 하고……. 참으로 복잡한 기분이 드는 미아였다.

그날 밤…….

"벨, 안느. 잠시 괜찮을까요?"

결국 미아는 안느와 벨을 데려가기로 했다.

잘 생각해 보면 벨은 한동안 이 학원에 혼자 잠복해 있었다. 밤의 학원도 무섭지 않을 것이다.

──흐음, 이 구성이라면 생각나는 범주 안에서 완벽해요.

"왜 그러세요? 미아 님."

이미 잠옷으로 갈아입고 잘 준비에 들어갔던 안느가 고개를 갸웃거렸다.

"실은 오늘 밤 12시에 가고 싶은 장소가 있어서요……."

미아는 아주 조금 목소리 크기를 줄였다.

"오늘 밤 12시에 성당에 가고 싶어요."

"성당에……. 어째서……, ……앗!"

안느는 퍼뜩 깨달았다는 얼굴로 손뼉을 쳤다.

"혹시 아벨 전하와 밀회하시는 건가요?"

"무슨! 아, 아니에요! 아벨과 밀회라니……. 뭐, 해 보고 싶긴 하지만…… 그래도, 성당에서 남성과 밀회라니, 라피나 님께 들키면 혼날 거예요."

"네? 그럼 대체 무슨 이유로⋯⋯."

"그건⋯⋯ 그게, ⋯⋯실은 돌라 양이 한 이야기인데요⋯⋯."

미아는 그렇게 서두를 깐 뒤 말하기 시작했다.

"실은 이런 소문이 돌거든요⋯⋯."

돌라에게서 들었던 괴담을.

"물론 저는 둘 다 시시한 소문이라고, 단순한 미신이라고 말했죠. 하지만 그 왜, 명확하지 않으면 무서워하는 사람도 있지 않겠어요? 돌라 양에게서 이야기를 들은 저 말고 다른 학생이 무서워해도 불쌍하고요. 그래서 학생회장인 제가 그 진상을 파헤쳐야 한다고 생각해서⋯⋯."

"그렇군요. 알겠습니다! 함께 갈게요."

안느가 고개를 크게 끄덕이고 힘차게 가슴을 두드렸다. 참으로 든든한 태도였다.

미아가 고개를 한 번 끄덕인 후 벨에게 시선을 보냈다.

"고마워요. 아, 물론 벨도 갈 거죠?"

어린아이는 이런 모험을 좋아할 것이다. 밤에 여자 기숙사에서 빠져나간다는 두근두근한 모험에 벨이 따라오지 않을 리가 없다⋯⋯ 고 믿었던 미아였지만⋯⋯.

"으음, 저는 졸리니까 사양할게요."

"⋯⋯네?"

벨은 의외로 낚이지 않았다!

미아와 같은 방에서 생활하는 벨은 기본적으로 일찍 자고 일찍 일어나는, 지극히 건강한 생활을 보내고 있다. 심지어 미아와 마찬가지로 수면에 극상에 기쁨을 느끼는 타입이기도 하다.

지금도 잠옷인 보들보들한 파자마로 갈아입은 벨은 눈을 북북 문지르고 있다. 당장에라도 잠들어버릴 것처럼 졸려 보였다. 미아, 통한의 계산 실수다!

──이, 이건 곤란해요.

확실히 의지할 수 있는 심복, 안느는 따라와 준다고 했다. 그건 무척 든든하지만……. 그래도, 그렇다고 해도 밤의 학원을 잘 아는 벨이 없는 건 불안했다.

미아는 잠시 침묵한 뒤…….

"그렇군요. 그건 아쉽게 되었네요……. 같이 오면 어딘가에서 달콤한 코코아라도 주려고 했는데……."

"……네?"

"제가 학생회장의 의무를 다하는 것에 협력해주는 거니까, 당연히 보답도 해야죠. 아아, 아쉬워요. 자기 전에 달콤한 음료를 마시는 건 무척 근사한 일이라고 생각하지만……. 뭐, 졸리다면 어쩔 수 없죠."

"네네네! 저도 당연히 따라가겠습니다. 핫 코코아 마실래요!"

눈을 부릅뜬 벨이 주먹을 번쩍 들었다.

"……딱히 핫 코코아를 마시러 가는 건 아닌데요……."

변함없이 너무 다루기 쉬운 손녀를 보며 살짝 불안을 느끼는 미아였다.

한밤중이 될 때까지 짧게 잠을 잔 미아는 안느가 깨워달라고 부탁해 침대에서 빠져나왔다. 멍한 머리를 내저으며 복도를 걸어가는 미아. 한편 옆에서 걷는 벨은 기력이 넘쳐났다.

"코코아, 코코아~."

즐거운 듯 깡총거리고 있다.

벨은 자다가 깨도 금방 쌩쌩해진다. 젊음인 걸까……?

"흐암……. 그나저나 역시 밤의 세인트 노엘은 분위기가 다르네요."

기본적으로 미아는 밤을 새우지 않는다. 어쩌다 보니 눈이 떠지거나, 혹은 성야제 때 정도일 뿐. 이 시간에 방 밖으로 나오는 일은 거의 없다.

어둑어둑한 복도는 어쩐지 으스스하고……, 자꾸만 어둠 속에서 정체를 알 수 없는 무언가가 불쑥 나타날 것 같은 느낌이 들었다…….

──방 앞까지 수급이 굴러온다는 건, 이런 어두운 복도를 데굴데굴 굴러온다는 거죠……. 앗, 안 돼요. 상상했더니 현기증이…….

그러는 사이에 일행은 성당 앞까지 왔다.

다행히 미아가 상상했던 것처럼 수급과 마주치지는 않았다. 않았지만…….

문득 발을 멈춘 벨이 목소리를 죽였다.

"이상한데요, 미아 언니. 전에는 성당의 불빛이 꺼져 있었거든요."

"네……?"

그 말을 듣고 처음으로 깨달았다.

문이 살짝 열려있는 걸까……. 성당 입구에서는 흐릿한 불빛이 흘러나오고 있었다. 그리고 그 빛이 으스스하게 흔들리고 있었다…….

──치, 치치, 침착하세요, 미아! 램프 불빛은 원래 흔들리는 법이에요!

미아는 크게 숨을 들이마시고, 내쉬고, 들이마신 뒤 멈췄다.

만에 하나 호흡 소리를…… 정체를 알 수 없는 무언가에게 들려주지 않기 위해서다!

그 후 문틈 사이로 조심조심 안을 들여다보았다. 그러자…….

"히익!"

미아는 갈라진 비명을 가까스로 삼켰다.

성당 안에서 으스스하게 꿈틀거리는 하얀 인영이 보였기 때문이다!

──유, 유유, 유령? 아니, 아니에요. 그럴 리가 없어요!

미아는 필사적으로 '괜찮아요, 괜찮아……' 하며 스스로를 다독였다.

"그, 그그, 그때와 마찬가지예요. 분명 벨이 무언가를 한 게 분명해요. 그때도 벨이……."

"네? 저기, 미아 언니. 저 부르셨어요?"

옆에서 어리둥절한 얼굴로 고개를 갸우뚱하는 벨……. 범인은 벨이 아니었다!

──그렇다는 건…… 저건……? 저, 성당 안에 보인 그림자는……. 설마, 진짜로, 유, 유유, 유령?! 으, 으으…….

미아가 비틀비틀 기절할 뻔한 그때.

"저건…… 라피나 님이시네요. 뭘 하시는 걸까요?"

안느의 냉정한 지적이 들렸다.

다시금 성당 안에 시선을 돌리자, 정말 안느의 말대로 그 그림자는 라피나였다.

"저, 정말이네요……. 라피나 님이에요."

미아는 안도한 나머지 그 자리에 주저앉을 뻔했다.

"그나저나 이런 시간에 뭘……."

"어라? 미아 님?"

그때 미아 일행의 모습을 알아차린 건지 라피나가 다가왔다.

"이런 밤중에 무슨……. 아, 그렇구나. 역시 걱정 끼쳤나 보네……."

라피나는 쓴웃음을 지으며 말을 이었다.

"낮에 내가 바쁘다고 해서 걱정돼서 보러 온 거지?"

"네? 아, 네, 뭐, 좀 그렇죠. 그런데 설마, 그때부터 계속 의식에서 출 춤을 연습하신 거예요?"

"아니, 한 번 식사하러 휴식한 뒤에 그 뒤부터 계속했지."

"고생이 많으시군요……."

"후후……. 괜찮아. 이래 봬도 많이 편해졌어. 미아 님이 학생회장 일을 해주니까 그만큼 마음이 가벼워졌지."

이런 말을 들으니 살짝 양심이 따끔거렸다……. 왜냐하면 미아는 별다른 일을 하지 않았기 때문이다……

미묘하게 사과하고 싶어지는 미아였다.

"저, 저기, 라피나 님. 낮에는 거절하셨지만, 어떠신가요? 잠깐 휴식이라고 할까, 자기 전에 달콤한 코코아 한잔이라도. 마음이 차분해진답니다."

"어……? 하지만……."

"너무 열심히 해서 건강이 안 좋아지면 의미가 없잖아요. 쉬는 것도 필요합니다."

농땡이…… 아니, 휴식의 스페셜리스트 미아는 설득했다. 그 말에 동의하듯 벨이 고개를 주억거렸다. ……빨리 코코아를 마시고 싶은 모양이다.

"……그래."

라피나는 잠시 생각에 잠겼다가 배를 살짝 쓰다듬었다.

"어라? 왜 그러시나요?"

"실은 밤에 단것을 먹으면 살이 찐다는 이야기를 들은 적이 있는데……."

"어머……. 라피나 님 답지 않네요. 그런 미신을 믿으시는 건가요?"

미아는 입가를 가리며 쿡쿡 웃었다.

"괜찮습니다. 살찌지 않는다고 믿고 먹으면 찌지 않는다는 이야기도 들었는걸요. 그러니 믿고 마시면 아무런 문제도 없어요."

미신에는 미신으로 돌려주는 미아였다.

그런 미아에게 라피나는 난처해하는 미소를 지었다.

"그래……. 모처럼 미아 님이 걱정해서 준비해준 모양이니…….
가끔은 좋을지도 모르지. 그럼 함께 마시기로 할까……."

그러고는 어깨에서 살며시 힘을 뺐다.

뭐 이런 느낌으로 심야 12시에 아주아주 달콤한 코코아를 마신
미아였으나…….

"…………미신이죠?"

밤에 단것을 먹으면 어떻게 되는가……. 미아는 여름방학을 앞
두고 그 결과를 뼈저리게 통감하게 되었다.

티어문 제국
이야기

Collection of short stories

주방장과 채소 케이크

MASTER CHEF AND VEGETABLE CAKE

단행본 4권
전자판 특전 SS

어떤 '후회'에 얽힌 이야기를 해 보자.

처음 이야기하는 것은 흔해 빠진, 평범한 인생 이야기. 가누도스 항만국 일각에 세워진 작은 술집 주인의 이야기다.

점주의 이름은 무스타 와그만. 곰 같은 애교가 있는, 실력 좋은 요리사였다.

그의 가게는 해산물을 사용한 극상의 요리와, 무스타의 온화한 인품이 더해져 지역에서는 조금 인기 있는 가게가 되었다.

그날 점심시간을 지나 조금 한가해진 가게에 한 손님이 찾아왔다.

아무래도 행상인인 모양이다. 마을에서 살기에는 다소 두꺼운 외투를 걸친 남자는 카운터 자리 구석에 앉자마자 절절한 한숨을 쉬었다.

"이것 참, 곤란하게 되었군⋯⋯."

"음? 무슨 일이시죠?"

주문을 받으러 온 무스타가 염려 어린 목소리로 물었다.

"뭔가 난처한 일이라도?"

"아니 그게, 제국 말이야. 제국. 참나, 혁명군의 신정부인지 뭔지 모르겠지만, 국토가 아주 엉망이 되었어. 뭔가 장사라도 하고 싶어서 가 봤는데, 완전히 틀렸더라고. 한 번 본격적으로 멸망하지 않으면 답이 없어. 어중간하게 이것저것 남아버리는 바람에⋯⋯."

다시 성대한 한숨. 그 후 정신을 다잡은 듯 남자는 가게 안에 시선을 주었다. 벽에 걸린 나무판, 거기에 적힌 메뉴를 보고는…….

"어? 이 메뉴는……. 혹시 당신, 티어문 제국 출신이야?"

남자는 붙임성 있는 미소를 지었다.

"네……. 용케 아셨군요."

"오오, 그렇군. 사실 나도 그래. 어디 출신인데?"

"제도에서 자랐습니다. 제도에서 태어나 제도에서 자란, 제도 토박이죠."

"아……, 그거 고생 많았겠는데? 기근에 내전에……. 제도는 심각한 상태라고 들었는데…….'

"후후, 실은 혁명이 일어나기 전에 이쪽에 왔기 때문에 그 정도로 비참한 모습은 본 적이 없어요."

온화하게 웃은 무스타를 향해 남자는 고개를 내저었다.

"그거 운이 좋았군. 뭐, 나도 시골 출신이라 큰 피해는 보지 않았지만. 제도에도 몇 번 간 적이 있는데, 제도에선 역시 요리사였어?"

'가 본 적이 있는 가게려나?' 하고 중얼거리는 남자를 향해 무스타는 난처해하는 미소를 지었다.

"아뇨. 실은 백월 궁전에서 일했습니다."

"백월 궁전? 그렇다면 설마, 황제 폐하에게 요리를 진상한 적이 있는 거야?"

"네……. 뭐, 몇 년 만에 해고당했지만요…….'

"와, 그래도 대단하잖아. 그렇다면 혹시, 궁정 요리 같은 것도 만들 수 있어?"

"준비도 없이 만들 수는 없지만……. 주문을 받으면 만들지 못하는 건 아닙니다. 물론 가격은 그만큼 비싸지는데요……."

상인 남자는 순간 생각에 잠긴 표정을 지었다.

궁정 요리는 그리 쉽게 먹어볼 수 있는 게 아니다. 이 기회에 체험해보는 것도 괜찮을지 모른다는 생각을 한 걸 수도 있으나, 바로 고개를 저었다.

"아니, 대박이라도 나면 부탁하기로 할까. 지금은…… 그래, 이 황월 토마토 스튜로……."

그 말을 들은 무스타의 눈이 살짝 크게 떠졌다.

"알겠습니다. 잠시 기다려주세요."

그가 주방 쪽으로 물러났다.

잠시 후에 나온 요리는 참으로 맛있어 보이는 스튜였다.

흐물흐물하게 녹은 토마토와 푹 익힌 채소. 거기에 큼직큼직하게 자른 어패류가 들어가 있는 건 여기가 항만국이기 때문인 걸까…….

상인은 요리를 입에 넣은 순간 자신도 모르게 중얼거렸다.

"이거 맛있는데……. 맛있어. 역시 궁정 요리사야."

한바탕 스튜를 먹은 후 문득 그는 고개를 갸웃거렸다.

"그런데 왜 이 정도로 실력이 좋은데도 해고된 거지? 이렇게 맛있는 요리를 만들 수 있는 인재는 별로 없을 텐데……."

"……실은 그 황월 토마토 스튜가 원인이었습니다."

무스타는 평소 과거 이야기를 잘 하지 않는다. 지나간 일이고, 그리 즐거운 추억도 아니기 때문이다.

하지만……. 오랜만에 동향 사람을 만났고, 그 남자가 황월 토마토 스튜를 주문한 것이 무스타에게는 신기한 인연으로 느껴졌다.

"과거에, 저는 황녀 전하의 식사로 황월 토마토 스튜를 내갔습니다."

지금도 가끔, 그날 일을 떠올린다.

무스타는 그날 미아 황녀를 위해 황월 토마토 스튜를 만들었다. 황월 토마토는 요리하는 데 시간이 걸리지만 자양강장에는 좋은 식재이기 때문이다.

물론 그녀가 황월 토마토를 싫어하는 건 알고 있었다. 무스타가 오기 전의 주방장이 제대로 요리하지 못해서…… 그때의 맛이 각인된 어린 황녀는 황월 토마토를 싫어하게 되었다.

하지만 무스타는 미아의 편식을 걱정했다.

단 과자만 먹다가는 몸이 상한다. 그래서 적절히 때를 가늠해 채소도 메뉴 속에 섞어 넣었지만……. 미아는 그걸 매번 남겼다.

"흐응. 이렇게 맛있는 걸 먹지 않다니. 소문대로 버릇없는 황녀였군."

기가 막힌다는 듯한 남자의 말에 무스타는 쓴웃음을 흘렸다. 그 후 그립다는 듯 눈을 가늘게 휘었다.

"그렇죠. 황녀 전하께선 호불호가 뚜렷한 분이셨으니까……. 나름대로 고생은 있었습니다."

"그랬겠지. 그 대제국을 기울게 한 망나니 황녀였다고 하니 분명 고생했을 거야. 헤어져서 개운하지 않아?"

하지만 그 말에 무스타는 천천히 고개를 저었다.

"아뇨. 미련이 없는 것도 아닙니다."

무스타는 쓸쓸한 미소를 지으며 말했다.

"결국 황녀 전하께선 제 요리를 한 번도 맛있다고 해주지 않으셨으니까요…… 요리사로서는 그게 무척 아쉽습니다."

"그건 뭐, 어쩔 수 없지 않겠어? 그 망나니 황녀 상대로는……"

"확실히 먹으라고 해도 순순히 먹어주는 분이 아니셨죠. 하지만…… 제 역할은 황실 분들께서 몸에 좋은 것을 드실 수 있도록 하는 것이었습니다. 그러니 어떠한 방법이 있었지 않나…… 지금은 그렇게 생각합니다."

이제 와서는 무의미한 가정인 건지도 모른다. 그런 건 존재하지 않을 가능성도 있으니까.

하지만 그건 틀림없는 무스타의 후회였다.

"저는 고집을 부렸던 건지도 모르죠. 채소를 드리기 위해 더……, 황녀 전하께서 기뻐하실 법한 걸 만들 수는 없었나. 자꾸 그런 생각이 드네요."

자신이 만든 요리의 맛에는 자신이 있었다. 하지만 그건 어딘가 자신의 고집을 강요하는 방식인 건 아니었을까…….

매번 요리에 입을 대려고도 하지 않았던 그 어린 황녀 전하는…… 혁명군에게 처형당했다고 한다.

소문으로는 단두대에 올라갔을 때 뺨도 홀쭉해지고 야위었다고 들었는데…….

"뭔가, 마지막으로 맛있는 것을 만들어드릴 수 있었다면 좋았을 텐데요……."

무스타는 딱히 미아에게 호감이 있는 건 아니었다.

다만…… 불쌍하다고는 생각한다.

감옥에 갇힌 미아는 분명 맛없는 것을 먹어야 하지 않았을까.

어쩌면 자신이었다면, 조금은 먹을만한 걸 만들 수 있었을지도 모른다.

그런 감회를 떨치며 무스타는 웃었다.

"하지만 떠올려보면 왠지 꿈같군요. 설마 제가 그 제국의 궁전에서 주방장으로 일했었다니……. 심지어 그 제국이 이제는 없다니……. 후후후, 인생은 어떤 일이 일어날지 모르는 법이에요."

두 사람은 그렇게 마주 웃은 뒤…… 헤어졌다. 그 후로 두 사람이 재회하는 일은 없었다.

그것은 어디에나 있는 평범한 남자의 인생 이야기.

이렇게 티어문 제국 궁정 주방장이라는 지위까지 올라갔던 남자는 작은 나라의 술집 주인으로서 그 일생을 마치게 되었다.

그것은 결코 불행한 인생이 아니었다. 나름대로 충실한…… 평범한 인생이었다.

그 마음에 박힌 작은 가시 같은 후회도 포함해서……. 그것은 어디에나 있는, 평범한 남자의 인생이었다.

그리고 시간은 역류하여…….

다음에 이야기할 것은 어떤 위인의 이야기.

대륙 요리 역사에 막대한 영향을 준 요리사, 그리고 가슴에 박힌 작은 후회를 자신의 노력으로 빼낸 한 남자의 인생 이야기다.

"주방장님, 저기⋯⋯. 정말로 괜찮은 겁니까?"

그날, 신입 요리사의 말에 궁정 주방장 무스타 와그만은 고개를 갸웃거렸다.

"괜찮냐니, 무슨 뜻이지?"

"아뇨, 그게⋯⋯. 지난번에도 채소가 들어간 요리를 드렸다가 황녀 전하께서 그릇을 엎어버리셨지 않습니까?"

"우리는 황실 분들의 건강을 유지할 책임이 있다. 조금이라도 드셔주신다면 계속 만드는 의미가 있는 셈이야."

오늘도 점심엔 식사를 거부하고 방으로 돌아가 버린 미아 황녀였지만, 아무래도 배가 고파서 견딜 수 없었는지 다시 식당에 나타났다.

"문베리 파이가 좋겠군요."

그런 말을 했지만 당연히 점심을 먹지 않고 디저트를 먹게 할 수는 없다. 엄숙하게 거절하는 무스타에게 꺾인 미아는 낮에 남은 것이어도 괜찮으니 가져오라고 했다.

"이렇게 조금이라도 드셔주신다면 만드는 보람이 있는 거지⋯⋯."

무스타는 한 번 더 완고하게 그렇게 말했다. 겉으로는 어디까지나 그렇지만⋯⋯.

위엄있게 말하면서도 사실 무스타도 반쯤 포기하는 부분이 있었다. 어딘가 자포자기에 가까운 마음이 가슴 한구석에 있다는 걸 부정할 수 없었다.

마음을 담은 요리를 계속 거부당하면 그렇게 되어도 어쩔 수 없는 건지도 모른다.

그렇게 그는 요리를 가져갔다가…… 뜻밖의 말을 들었다.

미아가 무스타가 만든 요리를 먹고 맛있다고 한 것이다.

빵과 스튜를 먹고서는, 심지어 눈물까지 흘리며…….

그런 예상 밖의 반응이 기뻐서…… 무스타도 무심코 말이 많아졌다. 흥분해서 요리법을 이야기하자 이번에도 의외로 미아는 흥미롭게 들어주었다.

"왜 그렇게 손이 많이 가는 요리를?"

황녀의 입 밖으로 나온 그 질문에 무스타는 깊이 머리를 숙이며 대답했다.

"황실 분들의 건강을 지키는 것도 신하인 저희의 의무이니까요."

이미 표면적인 이유가 되어가고 있던 그 말을…….

"고생이 많군요. 잘 먹었어요."

돌아온 것은 역시나 평소 황녀에게선 거리가 먼 말. 솔직한, 마음이 담긴 격려였다.

그 말을 들었을 때…… 불현듯 그의 가슴에 작은 통증이 퍼졌다.

작은 가시가 박혀서 욱신거리는 듯한……, 그런 통증이…….

그날을 기점으로 미아 황녀는 식사를 남기지 않게 되었다. 아니……, 즐기게 되었다.

"맛있어요. 이 채소는 입에서 살살 녹아요! 간도 딱 맞는군요. 산미와 단맛의 절묘한 조화! 대단한 실력이에요!"

그렇게 무스타가 만드는 요리에 매번 혀를 내두르면서 실력을 칭찬하고, 격려하고……. 심지어 요리 그 자체에 관심을 가지게 되었다.

특히 버섯 요리에 관심이 있는 듯하여, 무스타는 몇 가지 요리를 미아에게 가르쳤다.

그렇게 친근하게 대화하게 되자…… 무스타는 미아를 딸처럼 여기게 되었다.

그리고 그때마다……, 가슴이 욱신거렸다.

요리할 때 건성건성 한 적은 없다. 그건 단언할 수 있다.

미아를 위해 몸에 좋은 것을 엄선하여 내 온 것에 거짓은 없고, 줄곧 그러기 위한 요리를 만들어온 것도.

……하지만 그런 생각이 들었다. 거기에 탐구심이 있었던가?

어린 황녀가 먹기 쉽도록 채소를 요리하는……, 그런 배려 속에서 최선의 노력을 기울였던가……?

미아가 순수하게 칭찬할 때마다 미약하게 솟아오르는 죄책감……. 그것에 사로잡힌 듯 그는 요리를 연구하기 시작했다.

그때까지 그는 일류 요리사였다. 백월 궁전의 주방장으로서 걸맞은 지식도 실력도 갖추고 있었다.

하지만…… 그게 다이기도 했다.

그는 스승에게 배운 요리법을 의심하지 않고, 그 상식 속에서 요리를 만들어왔다.

먹을 상대를 위해, 거기에서 벗어나지도 않고, 그럴 필요성도 못 느끼고……. 일류 요리 실력을 유지하는 것에만 고심하면서…… 그 자리에 머물러있는 것만을 생각했다.

그런 식으로 살아왔다.

하지만…… 미아를 위해 요리를 연구하게 된 뒤로, 그의 요리는 크게 바뀌었다. 한 번도 배운 적이 없는 요리법을 시험하고, 사용한 적 없는 요리도구며 최신식 냄비를 도입해보기도 했다.

그렇게 연마에 연마를 거듭하여…… 마침내 그날이 왔다.

그것은 미아가 세인트 노엘에 다니게 된 뒤로 2년째가 되는 해였다.

"미아 님께서 피곤하시다고?"

무스타는 백월 궁전의 조리실에서 그런 소문을 들었다.

"네. 정해의 숲에 있는 소수 부족의 마을에서 며칠 동안 보내셨다고 하니, 역시 익숙하지 않은 생활 때문에 피곤하신 게 아닐까……."

"그렇군……. 그거 걱정되는데."

미아는 특권계급 중의 특권계급이다. 숲에 사는 부족과는 생활이 전혀 다르다.

분명 익숙하지 않은 환경에서 잠도 제대로 못 잤을 테고, 식사도 제대로 못 하지 않았을까……?

무스타는 깊이 동정했다.

……사실은 룰루 족의 대접에 대만족하며 매일 맛있는 음식을 듬뿍 먹고, 밤이면 밤마다 쿨쿨 잠들었던 미아이지만…… 그건 그거고.

──아직 어린 몸이면서도 자신의 의무를 다하려고……. 대단한 분이야……. 뭔가 내가 할 수 있는 일이 있다면 좋을 텐데…….

그런 생각을 하며 그는 식당으로 향했다.

식당에는 하품을 죽이는 미아가 있었다. 눈꼬리에 맺힌 눈물을 문지르는 미아에게 무스타가 말을 걸었다.

"많이 피곤하신 모양입니다."

그 말을 들은 미아는 난처해하는 미소를 지었다.

"네……. 프린세스 타운 시찰도 가고, 이래저래 바빠서 조금 피로가 쌓였어요. 그러니 오늘은 저에게 조금쯤 친절하게 대해줘도 천벌은 안 떨어질걸요?"

"친절……, 말씀입니까?"

고개를 갸웃거리는 무스타를 향해 미아는 장난기 어린 말투로 말했다.

"네, 뭐……. 아침 대신 과자를 준다거나……."

그 순간…… 무스타는 생각했다.

아아, 그렇구나……. 싸움을 앞둔 기사의 마음가짐이란 이런 느낌인 건지도 모른다.

그는 말없이 주방으로 향했다.

그로부터 얼마 후……, 그는 가져왔다.

혼신의 '채소 케이크'를!

그것은 황월 당근을 얇게 썰고, 거기에 미니 호박과 황월 토마토를 섞어서 맛을 조절한 것. 설탕 같은 조미료는 최대한 쓰지 않았다. 본래 채소가 지닌 맛을 살리면서 요리했다.

무스타가 연구에 연구를 거듭해서 만들어낸, 영양과 맛을 양립시킨 조화의 궁극.

연마 끝에 도달한 한 가지 대답이었다.

실은…… 그는 은밀히 그것을 준비하고 있었다.

채소 케이크는 바로 만들 수 있는 게 아니다. 구울 때까지 시간이 걸린다. 그래서 미아가 오면 바로 먹을 수 있도록 준비는 해두었다.

하지만…… 그걸 내놓을 결심이 서지 않았다.

왜냐하면 지금까지는 제대로 된 식사를 하라고 입에 침이 마르도록 잔소리를 했기 때문이다. 단것만 먹으면 몸에 안 좋다면서 엄하게 간언해왔다.

그런데 이제 와서 케이크를 주는 건…… 조금 거북하고, 그 이상으로 민망했다.

하지만…… 어딘가 피곤하고 기운이 없어 보이는 미아를 보고 그도 각오를 굳혔다.

"어머! 이, 이것은…….."

그 케이크를 본 순간 미아는 입을 떡 벌렸다.

"케, 케이크? 이런 아침부터 괜찮은 건가요?"

믿어지지 않는다는 표정으로 물어보는 미아에게 무스타는 머리를 깊게 숙였다.

"황녀 전하께서 피곤하신 듯하기에 만들어왔습니다."

살짝 거짓말을 했다. 좀처럼 결심이 서지 않아 내오지 못했다고는 할 수 없었다. 꼴사납기 때문이다.

"하지만 당신은 예전에, 과자만 먹으면 건강에 안 좋다고 말하지 않았던가요?"

의아한 듯 고개를 갸웃거리는 미아.

자신의 간언을 제대로 기억하고 있었던 게 기뻐서 무스타의 표정이 살짝 부드러워졌다.

그리고 아주 조금 자랑스러움을 느끼면서 진상을 밝혔다.

"신메뉴에 도전해봤습니다. 그 케이크는 채소로 만들었답니다."

미아의 얼굴에 경악이 퍼졌다. 하지만 그건 바로 뭐라 말할 수 없는 미소로 바뀌었다.

기뻐하며 케이크를 먹은 미아는 몹시 만족했다는 한숨을 쉬었다.

그 광경을 봤을 때 무스타의 가슴에 찾아온 것……, 그의 가슴을 채운 것은 형언할 수 없는 만족감이었다.

자신은 최선을 다해, 진심을 담아 이분에게 요리를 만들어줄 수 있었다. 그런 실감. 그리고 눈앞의 소녀는 그걸 제대로 받아들여 주며…… 말했다.

"당신의 실력에 경의를 표합니다."

──어쩌면 처음인 건지도 모르겠어……. 상대방이 먹고 싶어 하는 걸 이렇게까지 열심히 궁리한 건…….

그가 요리사로서의 보람, 그 심오함을 깨달은 것은 바로 이 순간이었다.

그 후 조금 시간이 흐르고……. 미아가 세인트 노엘 학원에 돌아간 뒤 잠시 지났을 때였다.

"미아 님께서, 나에게……?"

무스타에게 미아가 보낸 편지가 도착했다.

지금까지 미아에게 편지를 받은 적이 없었다. 애초에 황녀에게 편지를 받을 수 있는 사람은 지극히 한정되어있다. 자신이 그렇지 않다는 것을 무스타는 알고 있었다.

"대체 무슨……?"

의아해하면서도 편지를 읽은 그는 무심코 신음을 흘렸다.

"무슨 일 있으세요? 주방장님."

동료 요리사의 질문에 무스타는 느릿느릿한 어조로 말했다.

"내 요리를……, 세인트 노엘 학원의 학식에 넣고 싶다고……."

"네? 정말이에요?"

조리실 내에 커다란 동요가 퍼져나갔다.

그도 그럴 것이다.

대륙 최고봉 학원, 세인트 노엘.

성 베이르가 공국에 세워진 그곳에는 이웃 국가에서 모여든 왕후 · 귀족의 자제들이 다닌다. 대륙에서 가장 입맛이 고급인 학생들이 모이는 그 장소이기에 제공되는 요리 또한 초일류.

그런 장소의 학식으로 자신이 고안한 요리가 선정되었다고 한다. 그것은 지극히 명예로운 일이었다.

하지만 그런 것보다도 무스타가 기뻐한 것은 자신의 메뉴를 미아가 높이 평가해주었다는 점이었다. 이 요리라면 세인트 노엘의 메뉴로 추천해도 문제가 없다고 판단해주었기 때문이니, 이보다 더 기쁜 일은 없었다.

——미아 황녀 전하께는 내 마음이 제대로 전해진 거였나…….

메뉴로 선택된 것보다도, 자신의 요리를 먹은 사람이 이렇게까지 마음에 들어 해준 것이 무엇보다 자랑스러웠다.

"그래서 어떻게 하실 거예요? 주방장님."

"물론 거절하진 않을 건데……. 요리 과정에서 조금 까다로운 부분이 있어. 조리법은 최대한 알기 쉽게 적을 생각이지만……, 그림도 넣는 게 놓을지도 모르겠군. 좋아, 누구 그림을 그릴 줄 아는 사람을 찾아서……."

받아들인 이상 대충할 마음은 없다.

상대방의 혀를 기쁘게 해주는 것, 상대방의 몸을 염려하는 것. 그 양립을 노린 제 노력의 결정을 부족함 없이, 오해 없이 전하기 위해 무스타는 정성스럽게 조리법을 적었다.

겸사겸사 새 메뉴로 다른 채소 케이크를 만드는 법도 첨부했다.

세인트 노엘에 있는 실력 좋은 요리사라면 아마도 괜찮을 것이다.

이렇게 그의 채소 케이크는 일약 전 대륙에 퍼지게 되었다.

다시 시간은 흘러간다.

무스타 와그만의 이름이 다시 역사의 무대에 등장한 것은 그가 노년을 맞이할 때였다.

그 행사는 제도 루나티어의 중앙광장에서 엄숙하게 이뤄지고 있었다.

아름다운 갑옷을 입은 근위병이 벽처럼 질서정연하게 서 있다.

음악대가 화려한 팡파르를 연주하며 경사스러운 날을 기념했다.

그 중심, 주홍색 천으로 장식한 단상에는 한 여성의 모습이 있었다.

등 부근까지 기른 찰랑찰랑한 머리카락, 햇빛을 받아 빛나는 백금빛.

맑은 눈동자는 푸른 하늘처럼 온화하고 깊은 지성의 빛을 뿌리고 있다.

제국의 예지라 칭송받는 여성이 지금 무스타 쪽을 향해 조용히 시선을 보냈다.

"궁정 주방장, 무스타 와그만. 앞으로!"

여성의 옆에 있는 재상의 드높은 호명과 함께 무스타는 얼굴을 들고 앞으로 나아갔다.

무릎을 꿇고 신하의 예를 취했다.

"이런 자리를 만들어주셔서 분에 넘치는 영광입니다. 미아 황녀 전하……."

그렇게 입에 담은 후, 무스타는 흠칫 놀란 얼굴로 입을 눌렀다.

"죄송합니다. 그만 옛날 습관대로……."

민망해하는 표정을 짓는 그에게 미아는 쿡쿡 웃었다.

"어머나, 딱히 황녀 전하라고 해도 상관없답니다."

그 후 조금 아득한 눈빛을 하고 말을 이었다.

"생각해 보면……, 당신과도 오래 알고 지냈군요……. 제가 어릴 때부터 저를 잘 모셔주었죠."

미아는 늠름하고 다부진 표정을 지었다.

"무스타 와그만 궁정 주방장. 제국의 식문화에 공헌한 바가 큰 것을 평가하여…… 그리고 저에게……, 제 아이들에게 오랜 세월에 걸쳐 식사의 즐거움을 가르쳐준 것에 감사를 표하기 위해……."

미아는 둥근 버섯 모양의 훈장을 집어 들었다. 햇빛을 받아 보름달처럼 빛나는 그것을 무스타의 왼쪽 가슴에 달았다.

"지금 이 자리에서 자유 미아 훈장을 수여합니다."

"감사히 받겠습니다."

무스타는 머리를 깊이 숙인 뒤 한 걸음 물러나 다시 고개를 들었다. 자랑스러움에 벅차오르는 가슴을 펴고 그 자리에 모인 사람들에게 시선을 보냈다.

겸손해하진 않았다. 왜냐하면 그에게는 자부심이 있었기 때문이다.

자신은 분명히 최선의 노력을 다하여 미아에게 요리를 만들어왔다고, 한 점 부끄러움 없이 가슴을 펴고 말할 수 있기 때문이다.

"그나저나 주방장. 오늘 저녁은 달콤한 케이크를 배부르게 먹고 싶은데요……."

등 뒤에서 미아의 목소리가 날아왔다.

"안 됩니다. 몸에 안 좋습니다. 제대로 균형 잡힌 식사를 하셔야죠……."

무스타는 엄숙한 말투로 거부한 뒤.

"그 후에, 그래요……. 새 채소 케이크를 대령하겠습니다."

장난기 어린 미소를 지었다.

대륙의 중심, 티어문 제국은 풍부한 식문화를 자랑하는 나라로 알려져 있다.

　그중에서도 특히 디저트 분야는 타의 추종을 불허할 정도로 풍부하여, 그 성 베이르가 공국마저도 능가할 정도로 뛰어났다.

　이것에는 한 남자의 공적이 몹시 큰 영향을 주었다.

　그의 이름은 무스타 와그만.

　오랫동안 궁정 주방장으로서 황실의 식사를 수호해온 인물이다.

　그가 고안한 요리 중에서 가장 유명하면서도 특히나 이채를 발하는 것이 채소 디저트다.

　다양한 채소를 사용한 디저트는 그 빼어난 완성도 덕분에 대륙 최고봉의 배움터, 세인트 노엘 학원 학식의 정식 메뉴로 추가될 정도이다.

　또한 그것은 제국의 예지, 미아 루나 티어문이 사랑한 요리로도 유명하다.

티어문 제국
이야기

Collection of short stories

그 마음은
자수처럼······.

THAT FEELING IS LIKE EMBROIDERY...

무대 제2탄
DVD 특전 SS

제국의 예지 미아 루나 티어문은 수많은 보물을 갖고 있다.

예를 들어 유니콘의 뿔 비녀. 그것은 정해의 숲에 사는 소수 부족 룰루 족의 소년이 선물한 것으로, 룰루 족과 미아의 유대를 상징하는 소중한 보물이다.

혹은 조금 큼직한 브로치. 작은 보석을 듬뿍 사용한 손바닥 크기의 브로치는 미아의 친구, 에메랄다 에트와 그린문이 선물한 것으로, 끊어졌던 유대가 다시 이어져 단단히 결합한 증거가 되는 보물이다.

그리고…… 하얗게 빛나는 한 벌의 드레스 또한 미아가 소중히 여기는 보물 중 하나였다.

월광 비단이라고 불리는 값비싼 옷감으로 만들어진 그 드레스는 미아에게 중요한 상황에서 항상 그녀의 몸을 장식하는 옷이었다.

이것은 그 드레스에 얽힌 이야기.

미아의 보물에 숨겨진, 소중한 기억 이야기다.

피투성이 일기장이 사라진 지도 한참이 지났다.

대기근의 그림자에 두려워하던 밤도, 단두대에서 도망치던 나날도 추억하니 그립다.

미아는 하루하루 이어지는 평화로운 시간을 편안하게…… 바꿔 말하자면 조금 나태하게 지내고 있었다.

미아의 마음을 시끄럽게 만들 수 있는 건 이제 아무것도 없다. 따라서 매일 맛있는 것을 먹고 빈둥거리면서 느긋하게 지내……려고 했는데…….

"아아……! 이, 이럴 수가……."

그날 백월 궁전에 미아의 비통한 목소리가 울려 퍼졌다.

미아는 경악한 얼굴로 드레스룸 한복판에 서 있었다.

부들부들 떨리는 손. 그 손이 하얀 드레스를 잡고 있었다.

잘 보니 스커트 부분에 들어간 자수가 살짝 풀려서 무너지고 말았다. 하얀 바탕에 하얀 실로 수놓은 자수는 자세히 보지 않으면 알 수 없을 만큼 수줍게, 하지만 일절 타협이 없는 섬세한 솜씨였다.

"큰일이에요. 바로 고쳐 달라고 해야겠어요……."

미아는 눈썹을 찌푸리며 말했다.

그녀는 대제국 티어문의 황녀이다. 한때는 위기에 빠졌던 재정 상태도 미아(에게 명령받은 루드비히)의 손으로 상당히 호전되었다. 오래 입어서 올이 풀린 드레스를 굳이 수선해서 계속 입을 필요는 본래 없다. 새 옷을 사면 그만이다.

그런데도 미아가 그 드레스에 집착하는 건 특별한 드레스이기 때문이다.

그 드레스는 미아의 죽은 어머니, 아델라이드가 손수 만든 드레스였다.

"어마마마가 만들어주신 드레스, 게다가 이건 제 마음에 쏙 드는 드레스이기도 해요. 가능하다면 제 딸이나 손녀에게 소중히 물려주고 싶어요."

그런 소원을 품고 미아는 바로 어용 미용사를 불렀다.

"이걸 수선해주세요. 이 자수 부분인데……."

미아는 재봉사에게 바로 드레스를 보여주었다. 그러자 재봉사는 올이 풀린 드레스를 찬찬히 뜯어본 뒤 미간을 구기며 신음했다.

"이건…… 코티야르 자수로군요."

"코티야르 자수라고요……?"

고개를 갸웃거리는 미아를 보며 그녀는 심각한 얼굴로 고개를 끄덕였다.

"네. 미아 황녀 전하의 어머니이신 아델라이드 황후님의 본가 코티야르 후작가에 전해지는 전통 자수입니다. 물론 저도 수선하지 못하는 건 아니지만, 다소 특수한 방식으로 수를 놓았기에 만약을 위해 전문 장인에게 의뢰하시는 걸 권장합니다."

"그런가요. 당신이라도 어렵다는 건 코티야르 후작령에서 장인을 불러야겠군요…… 흐음. 그렇다면…… 그래요."

미아는 팔짱을 끼고 고개를 크게 끄덕였다.

"생각해 보면…… 어마마마의 본가에 간 지도 오래되었죠. 이 기회에 한 번 찾아가는 것도 좋을지도 모르겠어요. 그렇다면 호위를 준비해야겠군요. 누구 루드비히를 불러와 줄래요?"

그렇게 미아의 코티야르 후작령 여행이 급히 정해졌다.

코티야르 후작령은 제도에서 마차를 타고 북동쪽으로 사흘 정도 거리에 있다.

예로부터 직물이 발달했고, 그로 인해 실력 좋은 의복 장인도 많이 모이는 지역이었다. 어린 시절의 미아도 빈번히 놀러 가서 고급 드레스를 물색하곤 했다.

"……지금 생각해 보면 무시무시한 짓을 했었군요. 금화 낭비는 단두대를 끌어당기는데……."

한두 번 입은 뒤로는 입지 않게 된 드레스가 많이 있었는데…… 너무 심한 낭비였다.

그 위험성을 깨달은 지금은 바쁜 것도 더해져 완전히 발걸음이 뜸해지고 말았다.

"꽤 오랜만이네요. 외삼촌은 건강하실지……."

미아는 어머니의 동생, 코티야르 후작의 선이 가는 얼굴을 떠올렸다. 어릴 때는 퍽 철없이 떼를 부려서 난처하게 만들곤 했는데…….

그렇게 감회에 젖어있는 사이에 마차가 영도에 들어갔다.

상인들이 활발하게 오가는 떠들썩한 시장을 본 미아의 얼굴이 저도 모르게 풀어졌다.

"우후후, 변함이 없군요. 아아, 저 가게에 들어간 적이 있어요."

"앗, 그러셨군요. 아하, 저기에 미아 님께서 좋아하는 게……."

즉각 안느가 가게의 이름을 메모했다. 그런 충성스러운 전속 메이드를 흐뭇한 얼굴로 바라보며 미아는 문득 떠올렸다.

"흠, 생각해 보니 이렇게 안느와 둘뿐인 여행도 오랜만인 것 같네요."

안느는 포근하게 웃었다.

"네. 세인트 노엘로 갈 때를 빼면 어쩌면 처음일지도 모르겠습니다."

"후후후, 듣고 보니 그렇군요. 많은 장소에 갔지만 이러니저러니 해도 누군가가 있었으니까요. 조금 신선하네요. 아아, 그렇다면 모처럼이니 잠시 거리를 걷지 않겠어요?"

짝 손뼉을 친 미아는 바로 호위에게 말을 걸었다. 완전히 예정에 없는 행동이었지만, 황녀 전속 근위대의 실력자들은 바로 대처했다.

역시 루드비히가 미아의 뜬금없는 요구에 바로 대응할 수 있도록 엄선한 정예들다웠다.

"보세요, 커다란 가게도 즐겁지만 거리에 줄지어 선 작은 가게도 매력적이랍니다."

미아는 주위를 두리번두리번 둘러보며 성큼성큼 걸어갔다. 그 옆에는 안느가, 그리고 두 사람보다 조금 뒤로 경장 갑옷을 장비한 호위가 따라갔다.

어느 귀족가의 아가씨인지 흥미롭게 시선을 보내는 사람도 있었지만, 어지간한 사람들은 무관심으로 일관했다.

고급 옷감을 손에 넣으려는 귀족 영애가 이곳에 오는 건 그리 드문 일이 아니다.

덕분에 미아는 누구의 방해도 받지 않고 쇼핑을 즐겼다.

"보세요, 이 옷감은 조금 특이하고 재미있네요. 모처럼이니 가족에게 선물하는 건 어떤가요?"

미아는 근처 가게 앞에 진열된 옷감을 집어 들었다.

"제법 튼튼하지 않나요?"

"정말이네요. 이 옷감으로 만들면 오래 갈 것 같습니다. 남동생에게 좋을지도 모르겠네요."

"우후후. 안느에게는 동생이 많으니까 고르는 보람이 있군요. 그 외엔……."

그때였다.

가게를 보던 노파가 미아의 얼굴을 보고 흠칫 놀란 듯 외쳤다.

"아델라 아가씨……?!"

"……네?"

어리둥절해서 눈을 깜빡이는 미아. 그런 미아를 물끄러미 응시한 노파는 '아아……' 하며 맥이 풀린 듯한 소리를 내더니…….

"……죄송합니다. 혹시 미아 황녀 전하 아니십니까?"

"네. 맞습니다. 저는 미아 루나 티어문인데요……."

고개를 갸우뚱 기울이는 미아를 향해 노파는 얼굴 근육을 한껏 움직여 웃었다.

"아아, 역시…… 어머님을 많이 닮으셨습니다."

"어머, 어마마마를 만난 적이 있나요? 으음, 당신은……."

"저는 클라라라고 합니다. 코티야르 후작가의 재봉사로서 오랫동안 저택에서 일했었죠. 황녀 전하의 어머니이신 아델라이드 님께서도 무척 잘해주셨지요……."

"어머나, 놀라운 우연이군요. 이런 곳에서 어마마마와 연이 있는 분을 만나다니……. 아, 그래요. 혹시 클라라 씨, 제 어마마마에게 자수를 가르쳐준 적이 있다거나……?"

그 질문에 클라라는 의아한 듯 눈을 깜빡인 뒤,

"네. 그런 적도 있었죠……. 아델라 아가씨는 손재주가 뛰어난 분이셔서 제가 가르쳐드릴 것이 금방 사라져버렸지만요……."

옛날을 회상하는 듯한 말투로 중얼거렸다.

"오오……. 이거 마침 좋은 분을 만났군요. 그렇다면 당연히 코티야르 자수도 알고 계실 테죠?"

스스슥 접근하는 미아에게 기선제압이라도 당한 듯 고개를 끄덕인 클라라였다.

장소를 코티야르 후작저로 옮긴 다음 미아는 다시금 클라라와 마주 보았다.

"사실 이 드레스 말인데요……."

미아가 건넨 드레스를 본 클라라는 무의식인 듯 눈을 가늘게 휘었다.

"아아…… 오랜만이로군요."

그녀는 손끝으로 살며시 솔기를 쓰다듬으며 웃었다.

"이 오른쪽 솔기가 아주 조금 어긋나는 게 아델라 아가씨의 습관입니다. 이렇게 하면 바늘을 더 매끄럽게 놀릴 수 있으니 자꾸 어긋나게 된다고 말씀하셨죠. 우후후, 결국 이 습관은 고치지 못하셨군요."

"아…… 그랬었군요. 전혀 몰랐어요."

눈에 힘을 줘서 클라라가 가리킨 곳을 보자 확실히 솔기의 오른쪽이 살짝 올라가는 느낌…… 이 드는 것도 같다.

믿음직스럽다며 내심 히죽 웃은 미아는 문제의 자수를 가리켰다.

"실은 이 부분의 자수가 풀리고 말았답니다. 여기, 이 눈에 띄지 않는 소소한 자수인데 알아볼 수 있나요? 수선할 수 있을까요?"

조심스레 물어보는 미아.

"네, 물론입니다."

클라라는 듬직하게 고개를 끄덕인 뒤 문득 생각났다는 얼굴로 미아를 바라보았다.

"그러고 보면 미아 황녀 전하께서는 이 자수법의 의미를 알고 계십니까?"

"네……? 의미요? 코티야르 자수라는 건 들었는데, 그것 말고 무언가 의미가 있는 건가요?"

갸우뚱 머리를 기울이는 미아를 향해 클라라는 고개를 크게 끄덕였다.

"이건 어머니가 자식에게 선물하는 예복에 수 놓는 특별한 자수랍니다."

클라라는 손가락으로 자수를 가리키며 말했다.

"이 자수는 그리 눈에 띄지 않도록 넣는 게 핵심이죠. 결코 눈에 띄지 않게, 어떨 때는 눈치채지도 못하게……. 하지만 너를 사랑한단다……. 설령 보이지 않아도 너를 지켜보고 있단다……. 그런 어머니가 자식을 사랑하는 마음을 담아서 놓는 자수입니다."

그 후 클라라는 고개를 들고 그리움에 눈을 가늘게 떴다.

"아델라 아가씨는 몸이 약하셨습니다. 이 자수를 가르쳐드렸을 때도 당신께선 자식에게 이 자수를 놓아주진 못할 거라고 말씀하셨죠. 지금의 미아 황녀 전하보다 더 어릴 때의 일입니다. 하지만……."

작게, 깊게…… 가슴속에 차오르는 마음을 뱉어내듯 숨을 내쉬고…….

"그렇군요……. 아델라 아가씨는…… 이걸 남겨주신 거군요……."

희미한 중얼거림은 조용히 떨고 있었다. 억제하지 못하는 감정의 파도에 휘둘리는 것처럼.

그런 클라라의 이야기를 가만히 듣고 있던 미아는 혼잣말처럼 중얼거렸다.

"역시 이 드레스를 제 아이에게 물려주지는 말아야겠어요."

"……미아 님?"

옆에서 안느가 고개를 갸웃거렸다. 미아는 살짝 쑥스러운 표정으로 대답했다.

"이 드레스에 담긴 어마마마의 사랑은 저만의 것이니까요. 그러니 이건 제가 독점하겠어요."

미아는 살며시 드레스를 쓰다듬고는…….

"제 아이에게는 제가 제 손으로 드레스를 만들어주려고요. 제 사랑을 가득 담아서……."

그 후 미아는 클라라에게 시선을 주었다.

"클라라 씨, 괜찮다면 저에게도 코티야르 자수를 가르쳐 주실 수 없을까요? 여기에 머무르는 동안 저는 당신에게서…… 어마마마와 마찬가지로 당신에게서 배우고 싶어요."

그런 미아의 부탁에 클라라는 놀란 얼굴로 눈을 깜빡였지만.

"알겠습니다."

이내 깊이 머리를 숙였다.

어머니가 딸에게, 딸이 손녀에게.

마음은 이어지고 사랑은 전해진다.

그것은 마치 실처럼, 아름다운 무늬를 그리는 자수처럼.

미아와 그 핏줄이 그려나가는 역사가 어떤 무늬를 그리는지……

그 자수가 사람들을 웃게 해주는 탐스러운 꽃이 될지, 아니면 사람들을 비추는 달이 될지……

그것을 아는 사람은 아직 아무도 없었다.

막간 할머니와 손녀의 옛날이야기 Ⅱ

"아하, 그 드레스에는 미아 할머니의 어머니의 마음이 담겨있는 거군요. 좋겠다."

미아는 절절히 중얼거리는 벨의 머리를 다정하게 쓰다듬었다.

"그렇게 부러워하지 않아도 괜찮답니다. 벨에게는 벨의 어머니인 트리샤가 드레스를 선물할 테니까요."

부모가 자식에게 직접 만든 드레스를 선물한다. 그것은 미아가 시작한 황실의 규칙이었다.

"그리고 당신 또한 당신의 아이에게 드레스를 선물하겠죠. 그렇게 마음을 이어가는 겁니다."

"네, 미아 할머니. 그나저나 미아 할머니, 세인트 노엘에는 그런 무서운 이야기가 있었군요."

"어머, 벨. 무서워졌나요? 목이 굴러다닌다니 완전한 미신이죠. 무서워할 필요는 전혀 없습니다. 미신에 불과하니까요……."

"아뇨……. 어째서인지 어디선가 그 이야기를 들어본 적이 있는 것 같아서……."

그런 이야기를 하고 있을 때였다!

똑똑…….

갑자기 노크 소리가 들렸다.

움찔 굳어버린 미아였지만…….

"실례합니다. 미아 님. 이미 주무시고 계십니까?"

조심스러운 목소리. 그 목소리의 주인은 미아의 첫째가는 충신, 안느였다.

"어라, 안느. 아뇨, 아직 일어나 있습니다. 들어오세요."

미아의 허락에 문이 열렸다. 깊이 머리를 숙인 안느는 그 직후 침대 위에 앉은 벨을 보고……

"앗! 벨 님……. 정말이지, 찾았습니다."

급히 걸어왔다.

"침실에서 말도 없이 빠져나오시면 안 되죠……."

"죄송해요……."

풀이 죽어 고개를 숙이는 벨. 미아는 벨의 머리를 자상하게 쓰다듬었다.

"제가 같이 대화하자고 붙잡은 거였어요. 괜한 걱정을 끼쳤군요."

그렇게 사과하는 미아의 얼굴을 보고 안느는…… 어쩔 수 없다는 듯 난처한 표정으로 웃었다.

"무슨 말씀을 나누셨습니까? 미아 님."

"다양한 이야기를 했죠. 환상의 달 극단 이야기나……."

"아아, 다 함께 연극을 보러 간 적이 있었죠. 후후후, 추억이네요."

안느의 말을 들은 벨이 붕붕 고개를 끄덕였다.

"저도 제도에 왔을 때 본 적이 있어요. 미아 할머니가 어릴 때부터 있던 극단이었다니 깜짝 놀랐어요."

벨은 생글거리며 말했다.

"아, 그리고 채소 케이크. 그 맛있는 케이크가 사실은 주방장이 개발한 거였다니 놀랐어요."

그러고는 눈을 반짝반짝 빛내며 말을 이었다.

"이젠 황실 전통 요리 같은 느낌이 되었지만, 그건 주방장이 미아 할머니를 위해 만들어낸 거였군요."

"후후후. 주방장에게는 정말 신세를 많이 졌답니다. 조만간 훈장이라도 만들어주고 싶어요."

방긋방긋 웃는 벨은 아직 잠들 것 같지 않았다. 그 얼굴을 보고 미아는 '흠' 하며 작게 고개를 끄덕인 뒤⋯⋯.

"어때요? 안느. 당신도 여기에 앉아서 같이 이야기하지 않을래요?"

"네? 하지만⋯⋯."

"벨도 아직 잠들 것 같지 않으니⋯⋯. 게다가 가끔은 이렇게 밤을 새우는 것도 괜찮지 않을까요?"

장난기 있게 웃는 미아의 제안에 안느는 또다시 어쩔 수 없다는 얼굴로 웃고는⋯⋯.

"그렇다면 무슨 이야기를 할까요?"

"글쎄요⋯⋯. 후후후. 이런 식으로 즐겁게 이야기하니 그때 일이 떠오르는군요. 환상의 달 극단의 공연을 본 뒤 다 같이 카페에 갔던 적이 있잖아요? 그때는 에메랄다 양과 벨⋯⋯⋯⋯ 은 없었지만⋯⋯ 아무튼, 다 함께 갔었죠."

Collection of short stories

관극
애프터눈 티

Afternoon tea after theatergoing

무대 제2탄
팸플릿 특전 SS

환상의 달 극단── 그것은 나라와 나라를 넘나드는 이동 극단의 이름이다.

다양한 곳을 돌아다니며 공연하고, 또 다른 나라로 이동하는 그들은 세간에서 유명한 극단이었다.

그런 이동 극단이 세인트 노엘 섬에서 특별 공연을 한다고 했기에 미아는 주변 영애들과 함께 관극하러 가기로 했다.

제국 사대 공작가의 한 축, 그린문 공작가의 영애 에메랄다와 과거의 원수 티오나 루돌폰, 그리고 손녀딸 벨도 함께다.

그 외에도 몇 명에게 더 권유했지만, 사정이 맞지 않았다. 두세 명의 영애는 진심으로 아쉬워했지만…… 그건 넘어가고.

그렇게 즐거운 관극을 마친 일행은 미아가 즐겨 찾는 디저트 가게에서 차를 마시기로 했는데…….

"역시 일류 배우예요. 그 샤론 왕자 배우의 훌륭한 왕자 연기라니. 제 호위로 빼 오고 싶은 정도였어요!"

흥분한 듯 외친 사람은 얼굴을 밝히는 에메랄다였다. 미남을 대단히 좋아하는 그녀는 본인의 호위에게도 미모를 요구할 만큼 철저했다.

그런 에메랄다의 목소리에 이어 티오나도 신이 난 듯 고개를 끄덕였다.

"또 다른 노엘 왕자 배우도 기품이 넘치는 연기였어요. 게다가 주인공인 리샤 왕녀 배우도 정말 매력적이고……."

그렇게 시끌벅적 연극의 감상을 나누고 있다. 두 사람 다 이번 공연에 대만족한 모양이었다. 그건 좋다. 그건 좋지만…….

두 사람의 이야기를 들으며 미아는 홀로 홍차를 홀짝였다.

설탕을 듬뿍 넣어서 대단히 달달한 홍차다. 입 안을 상큼한 홍차의 풍미와 넘치는 단맛으로 가득 채워서 적절히 음미한 다음 꿀꺽. 으음, 한 모금 더!

……그렇게 마음을 달랜 뒤에야 간신히 한숨. 그 후 소리 없이 외쳤다.

──위험했어요!

사실 환상의 달 극단이 온다고 들은 미아는 사전에 몰래 극단 소속 각본가인 쉬카와 접촉을 시도했다.

지난번에 봤던 공연이 미아가 시간을 역행했다는 것만이 아니라 단두대의 운명을 피하고자 분투한 것, 더불어 피투성이가 일기장에 이르기까지 상세하게 재현한 연극이었기 때문이다.

다행히 다들 그건 그냥 창작 이야기라고 생각하는 모양이었지만, 언제 어떻게 진실이 새어 나갈지 알 수 없는 노릇이다.

그런 관계로 미아는 각본을 보여달라고 했는데…… 그 결과, 전율했다!

왜냐하면 그 각본의 내용이 얼마 전 미아가 선크랜드가 경험한 일과 지극히 흡사한 사건이었기 때문이다.

"이, 이걸, 어디에서……?"

떨리는 목소리로 물어보자 쉬카는 아무렇지도 않게 대답했다.

"베이르가에 들어오자마자 아이디어가 떠올랐습니다……. 항상 이런 식이죠."

그러고는 평온하게 웃었다.

——이, 이거 큰일이에요. 자칫 잘못하면 벨이나 제 비밀이 들키겠어요!

그렇게 깨달은 미아는 계획을 하나 세웠다. 그건…….

"쉬카 씨, 이 각본은 무척 재미있었습니다. 정말 지나칠 정도로 재미있었어요."

우선은 아부한 뒤…….

"하지만 조금 위험할지도 모르겠네요. 사실 저는 이것과 아주 비슷한 사건을 알고 있거든요."

"어…… 그건 무슨 말씀이시죠?"

눈썹을 찌푸리는 쉬카를 향해 미아는 진지한 얼굴로 대답했다.

"어떤 나라에서 비슷한 사건이 일어난 적이 있답니다. 게다가 그 사실은 공개하지 않고 숨겼죠……. 이게 무슨 의미인지 모른다고 하시지는 않겠죠?"

"그렇군요. 만약 실제로 있던 일이라면 대사건이죠. 왕자가 국왕을 암살하려고 한 셈이니까요. 그런 추문이 백성들에게 알려질 수는 없겠네요."

"그렇죠? 물론 우연의 일치로 겹쳤다는 건 알지만, 그쪽에서 그걸 믿어줄지……. 비밀이 들키는 게 두려워서 연극을 방해할지도 모르겠어요."

비밀이 들키는 게 두려워서 가능하면 상연하지 않기를 바라는 미아는 이렇게 역설했다!

"하지만 그렇게 되면 정말 아쉬워요. 이렇게 재미있는 연극인 걸요. 그러니까……."

여기서 확 분위기를 뒤집은 미아는 살살 비위를 맞추듯이 웃었다.

"연극의 메인 시나리오를 바꿀 필요는 없다고 보거든요. 원래 미래에서 손녀가 왔다는 황당무계한 설정도 있으니 진짜 있던 일이라고는 생각하지 않을 거예요. 그러니까 살짝만 설정을 만져주면……. 특히 이 리샤 왕녀와 동행하는 손녀 리샤노엘. 이 아이를 남자아이로 바꾸고, 지난번 연극에서 나왔던 일기의 요정 루주를 붙여서……."

그러고는 조언이라는 이름의 수정을 가했다.

이렇게 미아는 무사히 연극의 특별 감수자라는 지위를 획득했다.

그건 좋았지만…….

──그나저나 역시 이거, 아무리 봐도 그때 선크랜드에서 일어난 사건을 기반으로 한 연극이죠? 지난번 제국에서 한 공연과 똑같아요.

동생 샬과 형 샤론의 갈등. 왕인 아버지 암살 미수. 해결하는 리샤 왕녀.

그 구도는 미아 본인이 선크랜드 왕국에서 체험한 그대로였다······.

무엇보다 결정적인 건······.

"역시 놀라운 각본이었어요. 미래에서 온 손자라니, 저로서는 도저히 떠올릴 수 없는 전개인걸요."

에메랄다가 감탄하며 말했다.

그랬다. 마치 미아와 벨의 비밀을 아는 것처럼 연극 속에도 시간을 넘어온 손주가 존재했다. 리샤 왕녀와 노엘 왕자의 손주라서 '리노엘루주'라는 참으로 안이한 이름을 지닌 소년은, 미아의 눈에는 자신의 손녀 미아벨로밖에 보이지 않았다······.

──무, 무서워요! 정말 무서워요!

미아는 새삼 부르르 떨었다.

──대체 뭐가 어떻게 된 거죠? 아무리 생각해도 제 비밀을 알고 있는 것 같은데요······.

끄으응 진지하게 고민하는 미아의 눈앞에서 에메랄다가 케이크를 먹기 시작했다.

부드러운 크림이 가득한 쇼트케이크 위에 포크를 세워서 한입 크기로 우아하게 자른 뒤 냠. 그 후 에메랄다는 싱긋 웃었다.

"아아, 재미있는 연극을 본 뒤에 맛있는 디저트를 먹다니. 이보다 더 큰 호사도 잘 없을 거예요."

"흠······."

미아는 고개를 끄덕인 뒤 자기 앞 케이크에 포크를 가져갔다.

뭐······ 생각해야 하는 일이 많이 있는 것 같기는 하지만, 우선은 케이크다. 달콤한 케이크를 눈앞에 두고 복잡한 생각을 하는 건 케이크에 대한 모독이라고 해도 과언이 아니다.

언제 어디서든 케이크 퍼스트를 밀고 나가는 미아였다.

입에 넣은 순간 혀를 자극하는 부드러운 크림. 달고 진한 향기에 미아의 얼굴이 저도 모르게 풀어졌다. 그런 크림 아래에서 나타난 것은 푹신한 케이크 시트다. 고급 밀로 만든 빵 또한 극상의 부드러움으로 미아의 치아를 받아냈다.

그 도중에서 느껴지는 살짝 단단한 감촉. 이로 누르자 이번에는 입 안에 상큼한 산미가 퍼졌다.

케이크 시트 안에 넣은 딸기다! 생크림의 단맛에 기분 좋은 새콤함과 진한 딸기의 풍미가 더해지자 미아는 자기도 모르게 후우 한숨을 쉬었다.

확실히 에메랄다의 말이 맞았다.

재미있는 연극을 본 다음 맛있는 디저트를 먹는다. 그건 생각할 수 있는 최고의 호사였다.

그런 식으로 미아가 방심했기 때문일까.

만족스러워하며 케이크의 단맛을 달달한 홍차로 헹궈주던 미아의 눈앞에서 티오나가 말했다.

"그러고 보면 이번 이야기는 어쩐지 그때와 비슷하네요."

"네……? 그때라뇨?"

고개를 갸웃거리는 에메랄다에게 티오나가 날카롭게 지적했다.

"에메랄다 님의 약혼 때문에 선크랜드 왕국에 갔을 때요."

──큭, 역시 눈치채는군요. 하지만 이 케이크 참 맛있네요.

예리한 지적에 혀를 차면서도 케이크에 혀를 내두른다. 재주도 좋은 미아였다.

"확실히 비슷한 부분은 있지만, 그래도 원래 그런 거 아니겠어요? 형과 동생의 갈등은 왕실에선 흔한 이야기니까요."

에메랄다는 아무렇지도 않게 대답했다.

확실히 흔한 이야기라고 하지 못할 건 없다. 없긴 한데……

──벨까지 맞혔으니 역시 우연이라고 볼 수 없어요. 지난번 일기장 일도 있고…….

그렇게 다시 고뇌의 늪에 빠지며 미아는 두 번째 케이크에 손을 댔다!

머리를 쓸 때는 단 것이 꼭 필요해진다. 어쩔 수 없는 일이다.

"게다가 미아 님 옆에 있는 그 아이가 남자아이였으니까요. ……으음, 벨 양이었던가요?"

에메랄다는 고개를 갸웃거리며 벨에게 시선을 옮겼다.

이름을 불린 벨은 '응?' 하며 고개를 들었다. 그 뺨에는 크림이 묻어있었다. 그걸 본 에메랄다는 작게 한숨을 쉰 뒤 제 손수건으로 크림을 닦아주었다.

"벨 양, 숙녀는 뺨에 크림을 묻히면 안 됩니다. 조심하는 게 좋아요."

"에헤헤. 감사합니다. 에메랄다 님."

방긋 웃는 벨이었다.

──흠, 역시 벨이에요. 저 에메랄다 양을 벌써 길들였군요.

그렇게 감탄하고 있었더니…….

"어째서일까요……. 당신을 보면 도통 남 같지 않단 말이죠.

우후후, 그 연극처럼 정말로 미아 님의 자손 같은 느낌이에요."

이런 소리를 꺼냈다! 이건 위험하다!

미아는 순간적으로 오호호 웃었다.

"아이, 에메랄다 양은 참 재미있는 말을 다 하네요. 하지만 그건 결국 각본. 공상의 산물이죠. 애초에 리노엘루주는 남자라고 당신도 그랬잖아요? 벨과는 전혀 상관이 없습니다. 오호호호."

미아는 자신의 파인 플레이를 마음속으로 자화자찬했다. 손녀에서 손자로 설정을 바꾼 건 다름 아닌 미아였다!

"그건 어디까지나 연극이죠. 현실과는 전혀, 요만큼도 관련이 없답니다. 네, 정말로."

거듭 강조하는 미아. 그런 게 현실에서 일어날 리가 없다고 강경하게 주장했다.

"아무튼 어느 나라에서도 일어날 법한 일이기는 하니, 현실과 비슷한 부분이 있을지도 모르겠네요."

더불어 강하게 부정해서 오히려 수상하게 보이는 사태도 회피해두었다.

어디까지나 자연스럽게, 하지만 확고한 자세로…….

그건 픽션이라고 호소했다.

그렇게 하지 않으면 자신의 비밀이 탄로 날지도 모른다. 그것만은 피하고 싶다.

"그렇죠. 애초에 제국이 멸망한다는 건 만에 하나라도 있을 수 없는걸요."

──아니, 실제로는 몇 번 멸망했지만요…….

속으로는 그렇게 생각해도 입 밖에 내지는 않는 미아였다. 그 대신이라고 할 정도는 아니지만 새 케이크에 포크를 가져갔다. 세 번째 케이크다! 아무리 그래도 너무 많이 먹는다!

그 순간, 포크의 움직임이 불쑥 멈췄다.

"어라……? 저 사람은……?"

가게 밖에서 아는 사람의 모습을 발견한 미아는 서둘러 뛰쳐나갔다.

"아벨!"

이름을 부르자 렘노 왕국의 제2왕자, 아벨 렘노는 놀란 얼굴로 돌아보았다.

"아, 미아. 이런 곳에서 만나다니. 쇼핑이라도 하고 있었어?"

"다른 분들과 함께 연극을 보러 갔었답니다."

"아하. 요즘 소문이 자자한 극단 말이구나. 후후, 그러고 보면 너는 전속 작가를 둘 정도로 이야기에 환심이 많았지."

"후후후, 그렇죠. 괜찮다면 다음에 제가 추천하는 책이라도 소개해드릴 수 있는데…… 아. 그래. 여기서 만난 것도 무언가의 인연이니 급한 볼일이 없다면 같이 차라도 드실래요?"

미아의 권유에 아벨은 살짝 고개를 기울였으나.

"그래. 모처럼 만났으니, 그렇다면 같이 하기로 할까."

그렇게 가게로 들어가는 아벨의 등을 바라보며 미아는 문득 생각했다.

언젠가…… 아벨에게 모든 비밀을 말하는 날이 올까?

아무에게도 말하지 못하는 비밀. 단두대에서 처형당했다는 것,

미래의 지식으로 살짝 비겁한 방법을 썼다는 것……. 진짜 미아 자신에 대해…….

——지금은 아직 말하는 게 무서워요. 하지만, 언젠가…….

"응? 미아, 왜 그래?"

어리둥절한 얼굴로 목을 갸웃거리는 아벨. 미아는 그런 그에게 웃어주며 고개를 저었다.

"아뇨. 아무것도 아니에요. 자, 가죠."

그런 식으로 미아의 평화로운 티타임이 흘러갔다.

티어문 제국
이야기

Collection of short stories

성녀 미아 황녀전

~외딴섬의 수수께끼와 달의 예지 챕터에서 발췌~

BIOGRAPHY OF SAINT PRINCESS MIA
FROM THE CHAPTER OF THE MYSTERY OF
A SOLITARY ISLAND AND THE WISDOM OF THE MOON

단행본 6권
전자판 특전 SS

이것은 후회에 관한 이야기.

제국의 예지, 미아 루나 티어문이 저질러버린 가장 심각하고 가장 원통한 실수에 얽힌 이야기이다.

"흐으음……, 그나저나……. 황녀전도 무사히 돌아와서 다행이에요."

성야제에서 무사히 살아남고 제도로 귀환한 지 며칠이 지났다.

미아는 새삼 안도의 한숨을 쉬었다.

벨에게서 빌린 황녀전의 두께는 완전히 원래대로 돌아와 두툼해졌다.

"여하간 방심은 금물이에요. 앞으로는 최대한 꼼꼼하게 미래 부분을 확인해둬야겠어요……."

그런 생각을 했으나……, 바로 그 손이 멈추었다.

확실히 황녀전의 두께는 얇아지기 전의 두께로 회복되어 있었다. 하지만 반대로 말하자면, 그건 암살 사건 챕터 자체는 아마도 바뀌지 않았으리라는 것도 보여주는 셈이었다.

다시 자기가 암살당한 이야기를 읽는다고 생각하면 자연스럽게 페이지를 넘기는 손이 느려지는 법.

애초에 이제부터 연초까지 미아에겐 바쁜 나날이 기다리고 있다. 그걸 목전에 두고 의욕이 저하될 법한 일은 피하고 싶었다.

"흐음……. 뭐…… 오늘은 두께가 돌아온 것을 그저 순수하게 기뻐하기만 할까요……."

빠르게도 포기하려고 마음먹은 미아였으나, 불현듯 그 손이 멈추었다.

우연히 펼쳐버린 페이지에 적혀있는 문장에 시선을 빼앗겼기 때문이다.

그것은…… 여름에 갔던 무인도에서 일어난 사건에 관한 기록이었다.

"이건…… 그때의……."

미래의 기록을 읽는 것은 기분이 우울해질 것 같으니까 그만둔다고 해도, 이미 지나간 그때의 일이 어떻게 적혔는지는 흥미가 솟은 미아였다.

"모처럼 펼친 거, 조금 읽어보기로 할까요……."

미아는 침대 위로 풀썩 다이빙한 뒤 성녀전을 읽기 시작했다.

『미아 황녀 전하가 제국의 예지라고 칭송을 받는, 만능 천재라는 것은 이미 이 대륙에 사는 많은 이들이 잘 아는 바이다. 그 예지는 정말로 다방면에 걸쳐있다. 문학을 비롯한 예술 분야, 승마술을 비롯한 운동 분야, 통치자로서의 솜씨는 물론이요, 온갖 분야에서 재능을 발휘한다.

그것이야말로 미아 황녀 전하가 제국의 예지라 불리는 이유이다.

이번에 소개하는 것은, 그런 미아 황녀 전하의 예지가 무시무시한 참극을 막아낸 기록이다.

어쩌면 이것을 읽는 독자 여러분 중에는 이 사건의 이야기를 들어본 적이 있는 사람도 있을지 모른다.

바로 무인도의 참극 사건을 말한다. 갈레리아 바다에 떠 있는 외딴섬. 그곳에서 일어난 사건이란 대체 무엇이었나……? 그리고 그것을 제국의 예지가 어떻게 풀어냈는가…….

이것은 미아 황녀 전하의 전속 메이드인 나의 언니, 안느 리트슈타인을 비롯한 관련자에게서 들은 이야기를 기반으로 필자인 나, 에리스 리트슈타인이 보완한 기록이다.

또한, 여기서부터는 이야기로서의 형식을 갖추기 위해 존칭을 생략할 것이니 양해를 구한다.』

"보완……, 들은 이야기를 기반으로……."

황녀전에서 종종 보이는 이 표현을 보면 미아는 늘 묘한 기분이 들었다.

들은 이야기를 기반으로 했다……. 즉 논픽션을 적은 것일 텐데도 중간부터 보완으로 들어간 판타지의 밀도가 높아지면서 최종적으로는 오락용 소설이 되어버린 적이 적지 않았기 때문이다.

"뭐, 읽으면서 재미있다는 건 중요한 부분이지만요……. 사실로써 참고하기 어려운 부분도 많단 말이죠."

그래도 이번에는 미래에 일어날 일이 아닌, 이미 일어난 일에 대한 기록이다. 픽션이 진하게 들어갔다고 해도 그리 큰 문제는 없을 테지……. 그렇게 생각하던 미아였으나…….

『거칠어진 바다가 배를 집어삼키려 하고 있었다.

갈레리아 바다를 덮친 변덕스러운 폭풍, 대자연의 경이를 앞에 두었을 때 사람은 그저 무력하게 꺾여버리고 말 뿐.

그러한 비통한 분위기가 배를 감싸려고 하는 가운데, 미아는 홀로 조용히 전방을 응시하고 있었다.

"여러분, 진정하세요! 무거운 짐을 버려서 배가 가라앉지 않도록 하는 거예요. 당황할 필요는 어디에도 없습니다!"

낭랑하게 울려 퍼지는 맑은 목소리.

폭풍으로 인해 높이 들이치는 파도, 불어닥치는 바닷물에도 위축되지 않고 미아는 냉정침착한 지시를 내렸다. 그 목소리에 선원들 사이에서 퍼져가던 혼란이 잠잠해졌다.

"하지만 미아 황녀 전하, 이대로는 배가 침몰하는 것도 시간문제입니다……."

심각한 표정인 선원을 향해 미아는 안심시키듯이 웃었다.

"문제없습니다. 저 섬……. 저쪽, 전방에 보이는 섬까지 가면 이 정도의 바람을 버티는 건 쉬울 거예요."

"오오! 확실히 그렇군요!"

선원들의 환호성에 미소 지으며 미아가 말했다.

"조금만 더 하면 돼요! 여러분, 힘냅시다!"

미아의 격려를 들은 바다의 남자들이 기세를 올렸다!』

"흐음……. 역시 보완이라는 이름의 각색이 들어갔네요…….

저는 이 폭풍 때는 배 위에 없었는걸요……. 아니, 하지만……."

미아는 문득 떠올렸다.

"어쩌면 이 기록은 아직 갱신되지 않은 것일지도? 그렇다면, 어쩌면 정말로 제가 지휘한 적이 있었던 건지도 몰라요……."

미아는 자신이 뱃머리에 서서 지휘하는 모습을 상상했다.

"흐음, 제가 폭풍 현장에 있었다면 그렇게 되었을 법하네요……. 그래요, 충분히 그럴만해요."

수긍하면서 고개를 주억거리는, 주제 파악을 못 하는 미아였다.

『배를 수리하려면 시간이 걸린다고 하여 미아 일행은 섬에 상륙했다.

아무래도 섬은 무인도였던 건지 일행을 맞아주는 것은 울창하게 자라난 숲의 나무들뿐이었다.

바스락바스락. 바람에 흔들리는 나무들은 마치 미아 일행을 향해 이리 오라고 손짓하는 것처럼 보여서 참으로 으스스했다. 흡사 정체를 알 수 없는 이세계로 일행을 유혹하는 듯한…… 그런 불길한 예감에 사로잡히고 말았다.

"그나저나 뜻밖의 사태가 일어나고 말았네요."

그것을 얼버무리듯, 미아가 일부러 밝은 목소리로 말했다.

"우후후, 이런 식으로 푹 젖어버리는 일은 보통 없으니까요. 조금 재미있어요."

비에 흠뻑 젖은 이마를 훔치면서 미아가 웃었다. 그러자.

"죄송합니다. 미아 님."

미아에게 뱃놀이를 권한 에메랄다 에트와 그린문 공작 영애는 어깨를 축 떨궜다. 낙담한 듯한 친구를 안심시켜주듯이 미아는 부드러운 미소를 지었다.

"후후후. 딱히 당신이 신경 쓸 일이 아닌걸요. 게다가 잘 생각해 보면 이건 이거대로 즐거운 추억일지도 모르고요……."

미아 황녀는 늘 주위를 배려하는 마음가짐을 잊지 않는, 마음 착한 사람이었다.

"게다가, 보세요……. 아무래도 신께서도 우리를 버리지 않은 것 같아요."

그렇게 미아가 가리키는 곳. 그곳에는 조금 높은 언덕에 동굴이 입을 떡 벌리고 있었다.

"배에 최소한의 선원을 남겨두고 저 안에서 폭풍이 지나가길 기다리는 게 좋지 않을까요?"

"오오! 다행이다!"』

"흐음, 역시 제가 겪은 것과는 조금 상황이 다르네요. 아벨이나 시온의 모습도 없고요. 그렇다면……, 제가 사람들을 이끄는 것도 이해가 가요. 저는 그런 면이 있으니까요."

……조금 우쭐거리면서도 미아는 다음 페이지를 펼쳤다.

『미아 일행은 동굴 안에서 하룻밤을 보내게 되었다.

쿠르르릉 울리는, 마치 괴물의 울음 같은 바람 소리. 미아는 두려워하는 일동을 열심히 격려했다.

"괜찮아요. 저건 바람이 동굴 안을 지나가는 소리예요. 괴물이 있을 리 없잖아요."

그렇게 밤이 밝은 다음 날, 동굴에서 나온 그들 앞에 펼쳐진 것은 맑게 갠 푸른 하늘이었다.

안도의 숨을 내쉬는 사람들. 미아 또한 어깨에서 힘을 뺐지만, 그것도 잠시.

미아는 바로 진지한 표정을 지었다.

"우선 누군가가 배를 살펴보고 와 주겠어요?"

그렇다. 미아의 예지는 냉정하게 상황을 분석하고 있었다. 그 폭풍 속에서 과연 배가 무사할 수 있었을지…….

미아의 염려는 바로 적중했음이 밝혀졌다.

"큰일입니다. 미아 황녀 전하. 배가……, 배가!"

정찰하러 갔던 병사의 보고에 따르면, 배의 모습을 어디에서도 찾을 수 없었다고 한다. 파도에 밀려 떠내려간 것인지, 아니면…….

"설마 어제 온 바람에 뒤집혀서 침몰해버린 것은……."

"세상에! 그럼 우리는 어떻게 해야……."

동요하는 사람들을 보고 미아는 작게 한숨을 쉬었다.

"침착하세요. 분명 구조대가 올 거예요. 그보다 지금은 물과 식량 확보를 서둘러야 해요. 특히 물은 금방 필요해질 테니까요. 세 명이 한 팀을 이루고 주위를 탐사. 물을 발견하면 바로 여기에 돌아와서 신호를 보낼 것. 저도 가겠습니다. 이 자리를 지키는 건 당신에게 맡길게요. 에메랄다 양."

미아는 척척 지시를 내린 뒤 손수 호위를 이끌고 숲을 탐험하러 갔다.

"괜찮아요. 숲이 있다면 반드시 나물이나 먹을 수 있는 버섯도 있을 거예요. 이 정도의 인원을 먹이는 것쯤은 어렵지 않아요!"

든든한 그 모습은 말 그대로 제국의 예지라는 이름에 부끄럽지 않은 자태였다.』

페이지에 책갈피를 끼운 뒤 미아는 '후우……' 하고 한숨을 쉬었다.

황녀전 안에서 미쳐 날뛰는 미사여구, 자신을 수식하는 과장된 표현. 그걸 읽은 미아는 무의식중에 중얼거렸다.

"흐음……. 이런 리더십 같은 건 현실적이네요. 분명 안느에게 제대로 이야기를 듣고 옮겨적은 게 분명해요!"

참으로 주제 파악을 못 하는 소리였다!

"특히 이, 버섯에 깊은 조예가 있다는 부분이 아주 현실적이네요. 읽다 보면 자꾸 정말 있는 일이었나? 하고 착각하게 될 것 같아요."

그렇게 감탄하며 페이지를 넘긴 미아는…… 다음 순간, 경악하며 눈을 부릅떴다.

"뭐, 뭐죠? 이건 대체……?"

비명을 삼키며 마저 읽어나갔다.

『그날의 탐사를 끝내고 거점인 동굴에 돌아오자 핏기가 사라진 병사가 달려왔다.

"어머? 무슨 일이 있나요?"

고개를 갸웃거리는 미아에게 병사는 뜻밖의 보고를 올렸다.

그것은…… 두 명의 병사가 돌아오지 않았다는 내용이었다.

"어떻게 된 일이죠? 돌아오지 않았다니……?"

"그것이……. 샘에 물을 뜨러 간 자들이 돌아오지 않았습니다."

오전 탐사 때 숲속에 샘이 있다는 게 판명되었다.

따라서 역할을 분담하여 두 명은 물을 뜨러, 남은 인원의 절반은 바다와 숲에 식량을 찾으러 보냈는데…….

"그 물 담당 두 명이 돌아오지 않았다고요……."

"네. 이미 상당한 시간이 지났습니다."

"그래요……. 무언가 일이 있었던 걸까요……?"

걱정하는 표정으로 미아가 일어났다.

"황녀님, 어디 가십니까?"

"당연한 것 아닌가요? 샘을 살펴보러 갈 필요가 있잖아요."

"황녀님께서 직접 가신다는 말씀입니까? 하지만……."

곤혹스러워하는 호위 기사를 향해 미아는 온화한 미소를 지어 보였다.

"호위들은 저의 소중한 병사. 에메랄다 양의 호위병이라 해도 상관없어요. 제국의 백성은 모두 제 총애를 받는 자들이니까요. 기억해두도록 하세요."

그것은 자애로 넘치는, 여신과도 같은 미소였다.

"전원이 움직일 필요는 없어요. 어디 보자……. 다섯 명, 저와 함께 와 주세요. 남은 사람은 이 자리에서 야영 준비를. 안느와 니나 양의 지시를 잘 따르도록 하세요. 모처럼 찾아온 식량을 낭비하면 안 되니까요."

"미아 님……."

불안해하는 안느에게 미아는 살며시 웃어주었다.

"괜찮아요. 바로 돌아오겠습니다."

미아는 단단히 고개를 끄덕이며 말했다.

문제의 샘은 동굴에서 동쪽으로 30분 정도 거리에 있었다. 그 동안 숲속을 지나가게 된다.

구불구불하고 좁은 길을 지나자 작은 샘이 보이기 시작했다.

나무들이 자리를 비킨 작은 공터, 맑은 물이 가득한 샘. 요정이 사는 곳이라고 해도 믿어버릴 만큼 환상적인 샘이었으나…… 지금은 기묘한 위화감이 느껴졌다.

——무언가가 이상해요. 하지만 대체 무엇이……?

그 정체를 알아차릴 때까지 그리 오래 걸리지 않았다.

"저건……."

위화감의 정체……. 그것은 물속에서 불쑥 튀어나와 있는 네 개의 봉이었다.

저녁놀을 받아 모습을 보이는 네 개의 옅은 주황색 봉……. 그, 정체는……!

"무슨……. 저……, 저건…… 대체?!"

말문이 막힌 호위병들. 그것도 어쩔 수 없는 일이었다.

왜냐하면 그것은…… 인간의 다리였기 때문이다!

　그 자리에 있던 자들이 망연자실해 하는 가운데, 오직 한 명. 미아만이 냉정했다.

　"서둘러 끌어내세요! 아직 살릴 수 있어요!"

　"아, 알겠습니다. 지금 곧!"

　미아의 질타에 반응한 네 명의 병사가 샘으로 달려 들어갔다.

　다행히 미아의 지시가 적절했던 덕분에 두 사람의 목숨을 구할 수 있었지만…….』

　"어? 어? 뭐, 뭐가 어떻게 된 거죠?"

　미아는 저도 모르게 당황하는 목소리를 냈다.

　"어, 어째서 샘에 호위병이 거꾸로 빠져있는 건데요……? 어라? 다리만 보이는 상황이라니…… 무슨……. 이, 이건 대체 어떻게 된 일이죠? 심지어 그 상황에서 목숨을 구했다고요? 어, 어떻게?"

　뒷내용이 궁금해진 미아는 서둘러 다음 페이지를 넘겼다.

　『구출한 두 사람을 동굴로 데려왔다.

　물에서 끌어낸 직후에는 의식을 잃고 축 늘어져 있었지만, 바로 눈을 뜨고 대화할 수 있을 때까지 회복되었다.

　하지만 그들의 하는 이야기에 미아는 무심코 고개를 기울였다.

　두 사람은 자신들의 몸에 무슨 일이 일어난 건지 전혀 파악하지 못했기 때문이었다.

"그, 그것이, 뭐가 어떻게 된 건지 모르겠습니다……. 저희 둘이 숲속을 걸어가던 것까지는 기억하고 있는데요……."

"저는 조금 더 나중까지 기억합니다. 샘에서 물을 뜨고 있을 때 누군가가 왔습니다. 그건 기억하지만……. 으, 으윽. 머리가……."

두 손으로 머리를 누르며 비통한 표정을 짓는 병사.

"죄송합니다. 황녀 전하의 호위로서 동행해놓고 이러한 추태를……."

"아뇨, 무사해서 다행입니다. 당신들은 저의 소중한 병사니까요. 이렇게 살아있는 것만으로도 기쁜 일이에요."

그렇게 미아는 안심시키듯이 웃었다. 그 따스한 미소에, 자애로 충만한 다정한 말에 병사들은 저도 모르게 눈물을 글썽거렸다.

"자, 물속에 있었으니 몸이 식었죠? 천천히 체온을 회복하도록 하세요. 이제 곧 요리도 완성될 테니까요. 아, 다른 사람들도 식기 전에 먹도록 해요. 무슨 일이 있을지 모르니까 든든하게 영양을 섭취해둘 필요가 있어요."

주위 사람을 독려하는 듯한 미아의 말에 호위병을 이끄는 대장이 맞춰주었다.

"그래. 너희들. 든든하게 먹을 수 있을 때 먹어두지 않으면 몸이 안 움직일 거다. 미아 황녀 전하께서 손수 채집해오신 버섯과 나물로 끓인 국물 요리야. 음미하면서 먹어라."

그렇게 병사들에게 말을 건 후.

"그럼 가장 맛있는 것은 내가……."

분위기를 띄우려고 한 것인지, 대장이 솔선해서 그릇을 들고 커다란 입을 벌려 한입 크게 먹었다.

　"으음……, 맛있어라……."

　뜨거운 건지 입을 뻐끔거리면서 환한 미소를 지은…… 지으려고…… 했으나…….

　"크헉?!"

　직후, 그의 얼굴이 고통으로 일그러졌다. 배를 두르며 그 자리에 쓰러지는 호위대장. 주위 사람들이 허둥지둥 달려갔다.

　"왜 그러는 거죠?"

　뒤늦게 미아도 달려갔다. 하지만 대장의 모습을 보더니 바로 눈썹을 찡그렸다.

　"이건…… 설마?! 독?"

　미아는 바로 병사가 먹었던 그릇에 새끼손가락을 찍고는 손끝에 묻은 국물을 할짝 핥아먹었다.

　"견과류의 냄새. 틀림없어요."

　그 후 미아는 천천히 냄비 앞으로 걸어가더니 그것을 발견했다.

　"역시……. 이건 독버섯이에요."

　그렇게 말하며 미아는 냄비 안에서 쥘렁이는 한 개의 버섯을 꺼냈다.

　파란 반점이 있는 흉악한 버섯을…….

　"이건 청산가리 버섯이라고 하는 맹독버섯이에요. 바로 해독하지 않으면 큰일이 날 거예요. 아, 다들 절대로 먹으면 안 됩니다."

지시를 내린 뒤 미아는 근처에 있던 병사에게 말을 걸었다.

"당신은 저와 함께 숲을 수색하러 갔던 분이었죠? 미안하지만 그때 캐온 나물이 아직 남아있으니까 여기에 가져와 주겠어요? 끝이 흰 나물이에요."

"네. 즉시 다녀오겠습니다!"

"그리고 물을 마련해주세요. 독을 중화시켜야 하니까요. 누가 대장에게 물을 먹여주세요."

한바탕 지시를 내린 미아는 가늘게 한숨을 쉬었다.

"이런, 오늘 밤은 잠들지 못하겠네요."

제국의 예지, 미아 루나 티어문이 의학 지식에도 풍부한 사람이라는 것은 주지의 사실이긴 하나, 이렇게 직접적으로 그녀의 지혜가 발휘된 것은 비교적 드문 일인지도 모른다.』

"정말이지, 터무니없는 녀석이 다 있네요! 하필이면 버섯 냄비 요리에 독버섯을 넣다니, 대체 누가 진범이고 무슨 생각으로 이런 짓을 한 거죠?!"

마구 화를 내는 미아였다. 미아는 자신에게 불리한 일은 마음대로 잊을 수 있는, 특별한 힘을 지니고 있다.

"독버섯을 넣다니, 버섯의 평판을 떨어트리는 짓이잖아요. 정말 말도 안 되는 인간이 다 있어요!"

……그래, 뭐. 그건 그렇다 치고…….

"하지만 이거 괜찮을까요? 독이 든 요리를 맛보았는데요……. 나중에 배탈이 날 것 같아요."

그렇게 황녀전 속의 미아를 걱정하면서도 미아는 다음 페이지를 펼쳤다.

이야기는 슬슬 클라이맥스로 접어들고 있었다……!

……이야기라고 해도 픽션이 아니고 논픽션이지만…….

『동굴 속에서 에메랄다가 한탄하는 목소리가 울려 퍼졌다.

"대체 왜, 이렇게 된 거죠……?"

미아는 묵묵히 그 목소리를 듣고 있었다. 그녀 본인도 혼란스러웠다.

대체 왜 이렇게 된 것인가.

냄비 요리 안에 독버섯이 들어간 후, 한동안은 평온한 나날이 이어졌다.

아직도 구조선은 나타나지 않았지만 큰 사건도 없이, 샘에 빠졌던 두 사람도 무사히 회복했다. 하지만…… 넷째 날 아침.

호위병 중 절반이 홀연히 사라졌다.

"저희가 잠들어있었다고 해도 아무도 눈치채지 못하고 사람이 사라지다니……. 이런 게 말이 되는 일인가요?"

자문자답하면서도 미아의 본능이 고하고 있었다.

그런 건 말이 안 된다고.

한 명만이라면 가능할지도 모른다. 두 명이나 세 명 정도라면 미리 짜고 모습을 감출 수 있었을 것이다. 하지만…… 그 이상은…….

"애초에 이 무인도에서 개별행동을 하는 의미를 모르겠어요.

무엇을 위해 그러한 짓을······."

팔짱을 끼며 중얼거리는 미아였으나······.

——아아, 안 돼요. 초조해지면 안 되죠. 냉정하게 생각하면 반드시 수수께끼가 풀릴 거예요.

제국의 예지, 미아는 알고 있다. 아무리 불가능해 보이는 수수께끼라 해도 반드시 해답이 존재한다. 그렇기에 생각을 멈춰서는 안 된다.

"애초에······ 첫 번째 수수께끼는 샘에 빠졌던 그 두 사람이란 말이죠. 대체 무엇이 두 사람을 공격한 건지······."

미아는 팔짱을 끼고 중얼거리면서 주위를 이리저리 걸어 다니며 답을 찾았다.

예리한 시선이 에메랄다를, 안느를, 니나를, 호위병들을 순서대로 훑어가다가······. 이윽고······ 그 현명한 예지가 단 하나의 답을 이끌어냈다.

"아아······. 그렇군요. 그래······. 그런 거였어요······. 그래서 그 두 사람은 그런 식으로 샘 속에 빠져있던 거였군요. 모든 것은····· 그것을 위해."

그렇게 미아는 그 인물을 향해 걸어갔다.

"당신이 호위를 사라지게 한 범인이었군요."

미아가 서글픈 눈으로 범인의 얼굴을 바라보았다.

그 범인은······ 바로······.』

꿀꺽······. 미아는 침을 꼴깍 삼키면서 무심코 한숨을 흘렸다.

"후우, 역시 에리스. 정신없이 읽게 만드네요. 제가 체험한 일이라고는 해도 대체 무슨 일이 일어난 건지 전혀 모르겠어요."

이미 미아는 황녀전의 기록을 실제로 일어난 일로서 받아들이고 있었다.

다른 시간축의 자신이라면 이 정도는 할 수 있으리라는 자신감이 있었기 때문이다.

참으로…… 주제 파악을 못 하는 소리이다.

"한숨 돌린 후에 다시 뒷이야기를 즐기도록 할까요."

꾸물꾸물 일어난 미아는 그대로 식당으로 향했다.

3시의 케이크와 홍차를 만끽한 뒤……, 자신의 방으로 돌아온 미아는…….

"어디 보자. 그럼 기합을 넣고 해결편을 읽기로 할까요……. 어라?"

그것을 보고 말았다.

황녀전의 페이지와 페이지 사이에서…… 무언가, 황금색으로 반짝반짝 빛나는 것이 흘러넘치는 광경을…….

"뭐죠……? 이건……."

고개를 갸웃거리면서 페이지를 펼친 순간…… 미아는 보았다!

적혀있던 글자가 황금색의 실이 되어 스르륵 풀리더니 허공으로 사라지는 것을!

"앗, 이, 이건!"

미아는 뒤늦게 떠올렸다.

황녀전은 갱신된다는 것을…….

그리고 자신이 올여름에 경험한 사건과는 동떨어진 이야기가 적혀있었던 이상, 그것은 언제 갱신되어도 이상하지 않다는 사실을.

"아, 안 돼요! 사라져버리겠어요!"

무심코 조금 전 읽다 만 페이지를 펼쳤다. 하지만 거기에 있었던 건……

『놀랍게도 미아가 식인 거대어를 주먹으로 날려버린 것이다!』

이런 문장이었다…….

"버……, 범인은요? 호위병들은 대체 어떻게 된 거죠?"

무심코 절규하는 미아였지만 그 목소리에 대답할 수 있는 사람은…… 한 명도 없었다.

미아는 절망에 빠졌다.

책의 가장 재미있는 곳에서 멈춰놓고 다음 내용을 읽을 수 없다는 압도적인 부조리.

왜 그때 한꺼번에 끝까지 읽지 않았던 건지!

만약 과거로 돌아갈 수 있다면 과거의 자신을 두들겨주고 싶은 미아였다.

이렇게 된 이상 반드시, 아무리 부끄러워도 읽기 시작한 챕터는 꼭 끝까지 읽겠노라 결심했다.

만약 자신이 성검을 휘두르는 기사로 등장한다고 해도 중간에 읽다가 멈추지 말고 끝까지 읽자! 그렇게 결심하는 미아였다.

"크윽. 하, 하지만 뒷이야기가 너무 궁금해요! 으으윽. 어, 어떻게 해야 하죠……?"

머리를 부여잡고 침대 위에서 버둥거리기를 며칠……. 고민에 고민을 거듭한 미아는 별안간 계시를 얻었다!

며칠 뒤, 미아는 에리스에게 이런 이야기를 했다.

"있잖아요, 에리스……. 그냥 물어보는 건데, 그…… 무인도에 표류한 귀족 일행이 연속살인사건에 휘말린다는 이야기는 어떤 가요?"

"흠흠……. 샘에 거꾸로 가라앉혀있는 다리……, 조금 무서울 것 같네요. 그래서 호위병의 절반이 사라지고……. 흠흠, 귀족 일행에 범인이 있는 거죠?"

이때, 에리스가 살을 붙여 완성한 원고가 대륙 최초의 무인도 미스터리 소설이 되었지만…….

그건 여기서는 생략하기로 한다.

Collection of short stories

성녀 미아 황녀전

~달밤의 결투 챕터에서 발췌~

BIOGRAPHY OF SAINT PRINCESS MIA
FROM THE CHAPTER OF
THE DECISIVE BATTLE ON A MOONLIT NIGHT

단행본 6권 TO북스
온라인스토어&제휴 서점 특전 SS

옐로문 공작가에서 일어난 사건으로부터 며칠 뒤.

그날, 미아는 자신의 방에서 '성녀 미아 황녀전'을 읽고 있었다.

솔직히 읽다 보면 정신력이 파스스 흩어지는 듯한 느낌이 들기 때문에 썩 내키지 않았지만⋯⋯.

"그래도 지난번에 읽었던 여름방학 때의 무인도 사건 부분은 조금 재미있었으니까요⋯⋯. 완전한 픽션으로 생각하고 읽으면 재미있지만요⋯⋯."

그렇게 중얼거리면서 페이지를 넘기던 손이 불현듯 멈췄다.

"⋯⋯이건."

미아의 시야에 들어온 것. 그것은 마침 얼마 전에 체험했던 일⋯⋯. 황야의 도주극에 관련된 서술이었다.

『미아 루나 티어문 황녀 전하가 승마술을 즐기는 것은 유명한 이야기이다.

세인트 노엘 학원 시절, 승마부에 재적한 미아 황녀 전하는 마찬가지로 그곳에 재적해있던 기마왕국의 사람과도 우애를 다지고 승마의 기초부터 배우셨다.

재능이 넘치는 미아 님은 곧바로 승마술을 습득하셨고, 그뿐만이 아니라 기마 왕국의 비법마저 습득하셨다.

유명한 에피소드로, 세인트 노엘 학원의 승마대회를 꼽는다.

이 책을 읽으신 여러분이라면 아마도 들어본 적이 있지 않을까?

　가을의 승마대회. 레드문 공작 영애와 일대일 대결을 펼친 그 대회는 당초의 예상을 배신하고 미아 전하의 승리로 끝났다. 그것이야말로 미아 황녀 전하가 승마 재능이 넘쳐나는……』

　거기까지 읽은 미아는 무심코 '으윽' 하며 신음했다.

　"……이건 역시, 속이 꽤 메슥거려요……."

　달콤한 케이크에 설탕을 뿌리고 벌꿀과 크림으로 데코레이션 한 것을 먹었을 때처럼 가슴이 울렁거리는 느낌이었다.

　기마 왕국의 비법은 또 뭔데……? 하는 수수께끼도 생겼다.

　"뭐, 제게 재능이 없다고는 할 수 없지만, 이 정도까지는 아닌걸요. 승마에 조금 천부적인 재능을 가졌을 뿐, 그에 맞는 노력은 필요했고요. 이렇게 쉽게 습득했다는 건 잘못된 서술이에요. 조금 재능이 있었을 뿐인걸요. 조금, 우후후……."

　겸손하게(……겸손?) 그런 말을 종알거리면서도 미아는 이어지는 페이지를 넘겼다. 무서운 것 같기도 하지만 조금 기대되는 것 같기도 한, 그런 복잡한 기분으로.

　『그런 승마 천재인 미아 전하이지만, 그 재능이 전하의 목숨을 구하게 된…… 그런 사건에 대해서는 알고 있을까?

　이것은 나의 언니인 안느 리트슈타인에게서 들은 사실에 기반하여 나, 에리스 리트슈타인이 보완하면서 적어낸 것이다.

　또한, 여기서부터는 이야기로서의 형식을 갖추기 위해 존칭을 생략할 것이니 양해를 구한다.』

솔직히 존칭을 생략한다는 건 그러거나 말거나 아무래도 좋은 부분이었지만…….

"사실에 기반한……, 보완하면서……."

조금 불길한 단어가 보이긴 했으나 미아는 그대로 계속 읽어보기로 했다.

……그곳에는 미아 본인도 모르는, 경악스러운 논픽션이 적혀 있었다!

『한 마리의 말이 노엘리쥬 호수의 호반을 걷고 있었다.

달빛을 받아 드러나는 유연한 몸뚱이, 쭉 뻗은 다리는 강인하면서도 어딘가 기품이 느껴지는 발걸음으로 걸어 나간다. 그것은 말 그대로 말들의 왕과도 같은 품격이었다.

하지만 그 말의 등 위에 앉은 사람의 아름다움은 그 말에게도 결코 뒤지지 않았다. 아니, 그것을 아득히 능가하는 아름다움이었다.

제국의 황녀, 미아 루나 티어문.

달의 여신에게 사랑받는 미모의 황녀 전하는 말 위에서 우수에 젖은 한숨을 쉬었다.

불현듯 불어온 밤바람에 머리카락이 흔들렸다. 백금을 빚어서 만들어낸 듯한 그 고운 머리카락은 단 한 가닥도 손상된 곳이 없어 찰랑찰랑 흔들릴 때마다 달빛을 받아 반짝반짝 빛을 냈다.

그 빛을 받아 두드러지는, 달빛처럼 몽환적인 뺨…… . 미아는 어둠을 꿰뚫어 보듯 맑고 푸른 눈동자를 가늘게 뜨면서 말했다.

"멋진 밤하늘이군요. 별도, 달도…… . 마치 우리를 지켜봐 주는 것 같아요. 황람."

친근함을 담아 애마의 목을 어루만졌다. 그 손길에 대답하듯이 황람은 고개를 움직였다. 그 눈에 깃든 이지적인 빛을 보고 미아는 희미한 미소를 머금었다.

"사실은 밤 산책을 즐기고 싶지만…… , 그럴 수만도 없겠네요. 우리의 도움을 기다리는 사람이 있으니까요."

그 가슴에서 불타는 것은 고귀하고 청렴한 정의의 불꽃. 그것을 확인하듯 가슴에 손을 올린 미아가 깊은숨을 내뱉었다.

자신을 달래듯이…… .

그것도 무리는 아닐 것이다. 지금부터 미아가 가려는 곳은 말 그대로 사지(死地). 교활한 적이 함정을 첩첩이 깔아놓은 장소. 보통 사람이라면 결코 제 발로 가겠다는 생각을 하지 않을 법한 장소이다.

하지만 미아의 의지는 흔들리지 않았다. 왜냐하면 도움을 기다리는 사람이 있기 때문이다.

미아의 고결한 영혼은 인질을 버린다는 비겁한 짓은 결코 용서하지 않았다.

"괜찮아요…… 괜찮을 거예요. 저는 지지 않아요. 정의가 질 리 없으니까요!"

고무하듯이 중얼거리는 미아를 애마, 황람이 격려하듯 돌아보았다.

"후후, 지금부터 사지로 들어가려 하는데 당신은 침착하군요. 황람."

그 목소리에 황람은 히히힝 울음소리로 대답했다.

"후후후, 든든하군요. 가요, 황람. 에스코트를 부탁할게요."

곧은 눈동자로 전방을 바라본 뒤 말의 옆구리를 가볍게 찼다. 그러자 황람은 크게 히히힝 우짖은 다음 달리기 시작했다.』

"미아 님, 차를 내왔습니다."

"아, 고마워요. 안느."

생긋 웃은 미아는 거기서 일단 책을 덮었다.

테이블 위에 놓인 마카롱을 한 입. 혀 위에서 퍼지는 행복한 단맛을 곱씹으면서 한 입 더.

그 후 안느가 우려준 차로 입을 헹궜다.

"좋은 홍차로군요. 이건 어디서 난 거죠?"

"네. 루비 님께서 선물하셨습니다. 황녀 전속 근위대에 입대한 기념 인사라고 합니다."

"아, 루비 공녀가……. 후후, 잘 지내고 있나 보네요."

생글생글 웃으면서 미아는 다시 황녀전의 서술을 떠올렸다.

"그나저나…… 황녀전 속의 저는 유독 반짝반짝 빛난단 말이죠. 뭐, 그날 밤은 실제로도 빛이 났지만요……. 빛이 나는 건 오히려 이보다 나중에 나오는 장면일 텐데요……."

그런 지적을 하면서 미아는 다시 읽기 시작했다.

『작은 낭떠러지 위. 미아가 고요히 내려다보는 시선 끝에 그 마을이 있었다.

황량해진 마을은 반쯤 어둠에 잠겨있어, 마치 검은 늪에 가라앉고 있는 것 같았다.

그 마을 중앙, 광장처럼 탁 트인 장소에 붉은 모닥불이 흔들리고 있었다.

"그 아이는 저곳에 잡혀있는 것이로군요……."

모닥불 주변, 어둠 속에 얼핏얼핏 붉은 점이 흔들리는 게 보였다. 횃불을 든 감시자가 마을을 에워싸듯 흩어져있기 때문이었다.

"감시는 많아 보이지만……. 후후, 저렇게 흩어져있으면 각개 격파의 표적이 되겠는데요."

제국이 자랑하는 예지는 군사 분야에까지 뻗어있다.

마음 착한 미아는 평소 그런 지혜는 숨기고 있다. 그것은 그녀가 평화를 사랑하고 누군가를 상처 주는 것을 싫어하기 때문이다.

하지만 지금은 다르다. 약자를 괴롭히는 악이 눈앞에 있다. 그렇다면 그 악이 설령 얼마나 거대하다 한들, 미아는 결코 겁을 먹지 않는다.

그 가슴에 깃들어 있는 용기를 힘으로 바꾸고, 빼어난 지혜로 사악한 적을 토벌한다. 그것이 성녀 미아이다.

"이쪽 낭떠러지에서 올 줄은 생각하지 못하고 있을 터. 갑니다.

황람! 이랴!"

미아의 호령이 떨어지나 황람이 달려나갔다.

머리 위로 검을 들어 올린 미아가 따그닥따그닥 작은 돌멩이를 걷어차면서 용맹하게 소리쳤다.

낭떠러지의 급경사를 단숨에 달려 내려온 미아가 마을로 돌입했다.

별안간 나타난 미아를 본 적들은 경악한 표정을 지었다. 하지만 그들 또한 보통내기가 아닌 자들이기에 곧바로 태세를 정비하여 반격해왔다.

"그 정도의 실력으로 저에게 덤비려 하다니, 웃음을 금치 못하겠군요."

짓쳐들어오는 적을 향해 미아는 위로 들어 올렸던 검을 내리긋고, 긋고, 그었다.

월제검(月帝劍) 미아칼리버가 빛을 반사할 때마다 적이 차례차례 쓰러졌다.

앞을 가로막는 적을 모조리 쓰러트린 후, 미아는 말머리를 돌렸다.

그러고는 땅바닥에 엎드린 남자들을 내려다보면서 입을 열었다.

"괜찮습니다. 칼등으로 쳤으니까요."

미아는 검을 부웅 휘두르며 말했다.

"하지만 본래대로라면 당신들은 여기에서 죽었을 테죠. 그러니 생각하도록 하세요. 앞으로 목숨을 어떻게 사용할지……. 그 목숨을 헛되게 써버리지 않도록, 악의 길에서 발걸음을 물릴 것을 기대하겠어요."

그 후 미아는 말을 몰았다.

그녀의 도움을 기다리는, 인질로 붙잡힌 소녀 곁으로……」

"월제검 미아칼리버가 대체 뭐죠……?"

미아는 어질어질한 머리를 누르면서 침음했다.

"그보다, 왜 제가 혼자 적을 쓰러트렸다고 되어있는 건가요?"

고개를 갸웃거리던 미아였으나…… 곧바로 그 이유를 추리해 냈다.

"아, 그렇죠……. 리나 양의 이름을 꺼낼 수는 없었기 때문이겠네요."

그때 미아와 벨은 슈트리나의 재치로 목숨을 건졌으나, 그걸 그대로 적을 수는 없었으리라.

당시 슈트리나가 한 행동은 미아와 벨의 목숨을 구하는 것이었지만, 그전에는 악행에 가담했었으니……. 그것을 공공연하게 드러냈다간 이래저래 곤란해질 것이다.

"하지만…… 이거, 읽은 사람은 제가 허풍을 섞었다고 생각할 거예요……. 월제검 미아칼리버……. 자신의 이름에서 따온 검이라니, 어쩐지 제가 무척 이상한 사람 같잖아요."

'끄으으응' 앓는 소리를 내던 미아였으나…… 문득 떠올렸다.

하지만…… 이 부분을 읽고 사람들이 다 이 내용을 진지하게 믿는다면, 그게 더 싫다고…….

"아니, 하지만 뭐. 아무리 그래도 이걸 믿는 사람은 그리 많지 않을 테니까요……. 음, 분명 웃으면서 허구가 들어갔다고 생각하며 읽을 거예요."

참고로 미아 황녀전은 어엿한 논픽션, 위인전으로서 제국의 민중들이 즐겨 읽은 책이다.

그런 것은 눈곱만큼도 모른 채 미아는 이어지는 페이지를 넘겼다.

『마을의 중앙에는 한 소녀가 형틀에 매달려 있었다. 두 팔과 두 다리가 나무 말뚝에 묶인 소녀는 미아를 보자 침통한 목소리로 소리쳤다.

"미아 언니, 오시면 안 됩니다! 죽을 거예요."

"괜찮습니다. 나쁜 자들은 모두 제가……, 윽?!"

직후, 미아의 몸이 휘청 기울었다! 그리고 그 가슴에는 화살이 깊이 박혀있었다…….

"안 돼애애애애애애애!"

소녀가 비통하게 절규했다. 하지만.

"흐음……. 저도 참, 방심했네요. 아직 있었군요?"

"미아 언니! 무사하세요?!"

"후후후, 걱정은 필요 없답니다. 보세요, 이런 일도 있을 것 같아서……."

미아는 몸을 일으키면서 가슴에서 무언가를 꺼냈다. 그것은 두꺼운 책이었다.

"이런 일도 있을지 몰라서 부적 대신 책을 넣어왔답니다. 제 전속 작가가 쓴 명작, 『가난한 왕자와 황금룡』이에요. 절찬 발매 중이죠!"

그 후 미아는 소녀를 말뚝에 묶어두고 있던 밧줄을 끊어버렸다.

힘없이 떨어진 소녀를 안아서 받아주자 소녀가 엉엉 소리 내어 울기 시작했다.

"정말이지. 제가 당신을 못 본 척할 리가 없잖아요?"

"흐, 흐윽, 감사합니다. 미아 언니."

"인사는 나중에 해요. 빨리 여기에서 도망쳐야죠."

주위를 향해 날카로운 시선을 보내는 미아. 그 눈이 보고 있는 것은 자신들을 쫓아오는 검은 말과 두 마리의 늑대였다.

"가요. 황람!"

미아의 목소리에 황람은 크게 울부짖은 뒤 달리기 시작했다.』

"에리스……. 본인 책의 선전도 잊지 않고 넣었군요……. 아니, 아니면 이건 제가 시킨 걸까요……?"

증거는 없지만, 에리스의 성격상 그녀가 자발적으로 한 것 같지는 않았다. 그보다는 독서 친구를 늘리겠다는 목적으로 자신이 시켰을 것 같다는 느낌이 드는 미아였다.

"그나저나…… 이걸 쓸 때의 에리스는 무척 즐거웠겠네요. 분명 안느에게서 룰루랄라 이야기를 들었을 게 분명해요."

대체 자신에 대해 어떻게 이야기하는 건지 궁금해지는 미아였지만…… 아무튼, 계속 읽어보기로 했다.

『빠르게, 빠르게, 더 빠르게! 황야를 쏜살같이 달리는 명마, 황람. 그 모습은 마치 들판에 휘몰아치는 바람. 그 신속(神速) 앞에 자객은 어찌해보지도 못하고 뒤쳐…… 지지는 않았다.

자객이 탄 흑마 또한 황람에 지지 않을 만큼 강인했기 때문이다.

게다가 그 좌우로 달리는 두 마리의 늑대도 몹시 빨라 쉽게 떨쳐낼 수 없을 것 같았다.

"큭……. 단단히 붙잡으세요."

미아는 구출한 소녀를 감싸듯이 껴안으며 거듭 말을 재촉했다.

늑대들은 교묘하게 연계하며 한 마리는 오른쪽으로, 다른 한 마리는 왼쪽에서. 좌우에서 압박하듯이 달려들었다. 그걸 알아차린 미아는,

"저쪽이에요! 황람!"

날카롭게 호령! 그 명령에 따라 황람은 질풍처럼 오른쪽으로 향했다.

"놓치지 않는다……!"

직후에 날아온 화살을 칼 하나로 쳐낸 미아가 적을 노려보았다.

"흐흥, 짐 덩어리가 있는 상황에서는 제대로 싸우지도 못하겠지?"

"비겁자! 제 목숨을 원한다면 정정당당하게 싸우세요."

"하하하하, 패자가 짖어대는 건 참 듣기 좋지. 자, 지금 그 목을 떨어트려 주마!"

자객이 칼을 높이 들어 올렸다. 반면 미아는 그저 자신의 애마, 황람에게 말을 걸 뿐이었다.

"부탁할게요, 황람."

미아의 신뢰 어린 말에 황람은 짧게 푸르릉 울었다. 그러더니 한층 속도를 올렸다.

"건방지긴. 도망칠 수 있다는, 안이한 생각을 하고 있다면, 예지라는 별명이 창피해서 울겠군."

"글쎄요. 안이한 사람은 어느 쪽인지 알게 해 드리죠!"

그때였다! 미아의 눈이 전방에서 날아오는 붉은 빛을 포착했다.

직후, 불꽃을 흩뿌리며 날아온 화살이 자객을 덮쳤다.

"읏!"

가까스로 불화살을 쳐내는 자객. 한편 미아의 얼굴에는 밝은 미소가 번졌다.

"우리들의, 동료의 인연을 우습게 본 대가예요!"

"미아 님! 늦게 와서 죄송합니다!"

목소리와 함께 모습을 드러낸 사람은 미아의 든든한 동료들이었다.

선두에 선 자는 말을 타고 달리는 미아의 충신 안느와 그 뒤에 타고 있는 티오나 루돌폰 변경백 영애.

루돌폰 영애는 활을 힘껏 당기면서 잇달아 화살을 쏘아 보냈다.

화살은 마치 밤하늘에 흘러 떨어지는 별처럼, 혹은 그 별조차도 꿰뚫을 것만 같은 기세로 자객을 향해 날아갔다.』

"……흐음. 이렇게 보면 은근히 안느의 묘사가 적은 것은 안느가 겸손해하며 사양했기 때문일 테지만……, 왠지 조금 치사…… 아니죠. 역시 제 충신에 걸맞게 제대로 활약하는 장면을 추가해야겠어요……. 아예 창이라도 들려주는 게 좋지 않을까요?"

미아 황녀의 메이드는 창술을 능숙히 구사하는 여걸, 안느 리트슈타인이었다…… 같은 문장이 적혀있다면 어떨까? 그런 상상을 하며 조금 즐거워지는 미아였다.

"그거 재미있을지도 모르겠네요. 흐음, 다음에 에리스에게 상의해보기로 할까요……."

작게 중얼거리면서 페이지를 넘기…… 자. 미아는 그곳에서 터무니없는 것을 보고 말았다.

『미아 일행은 어안이 벙벙해졌다.

눈앞에 나타난 깊은 계곡. 그곳에 걸려있던 다리가 적의 손에 의해 지금 막 끊어지려는 참이었기 때문이다.

"미아 님!"

계곡 건너편에서는 발이 묶여버린 동료들의 모습이 눈에 들어왔다. 그 얼굴에는 절망적인 표정이 떠올라 있었다.

"미아 언니."

미아가 품에 껴안으며 보호한 소녀도 불안해하는 표정이 되었다. 그런 소녀에게 미아는 기운을 불어넣듯이 웃었다.

"괜찮아요. 별일 아니니까요."

단단한 목소리로 말한 뒤.

"황람…… 지금에야말로 당신의 진정한 모습을 보여줄 때예요! 자, 본모습을 보이세요!"

미아의 명령을 받은 황람이 한층 더 크게 울었다. 직후, 변화가 나타났다. 황람의 등에 놀랍게도…… 커다란 날개가 나타난 것이다.

황람은 계곡을 향해 전력으로 달리더니 그대로 크게 도약. 등에 달린 날개를 펼쳐서 날았다!

밤하늘을 달리는 천마, 황람. 그 등에 올라탄 미아는 확인하듯이 뒤를 보았다. 그 눈에 비친 것은 경악하는 자객의 얼굴…… 이 아니었다!

"역시 그 말도 날 수 있었나……. 후후후, 그렇게 나와야 재미있지!"

"무슨!"

미아는 놀란 나머지 눈을 부릅떴다.

자객의 말 또한 천마였던 것이다.

날개에 바람을 가득 받으며 순식간에 거리를 좁혀오는 자객. 손에 든 검의 칼날을 혀로 핥으면서 자객이 승리의 미소를 지었다.』

"대단하네요……. 마침내 황람이 날기 시작했어요……. 자객의 말도 날았지만요……."

그러고 보면 예전에 천마조차 탈 줄 아느니 어쩌니 하는 소문이 퍼진 적이 있지 않았나……? 하는 생각이 퍼뜩 드는 미아였다.

"대단한 이야기네요. 식인 거대어를 때려눕혔다는 서술에도 깜짝 놀랐지만……, 설마 말이 날다니……."

어이없어하면서도 자꾸만 뒷이야기가 궁금해진 미아는 페이지를 넘겼고……, 한층 더 경악스러운 장면을 읽고 말았다!

『"그렇게는 안 되죠! 절대 당신의 뜻대로 두진 않을 거예요."

다부진 목소리로 그렇게 외친 미아는 허리에 찬 검을 빼 들었다.

월제검 미아칼리버가 달빛을 받아 날카로운 빛을 띠었다.

"황람, 이 아이를 부탁할게요."

말을 마치자마자 미아는 황람의 등에서 뛰어내렸다!

추락한다! 다들 눈을 가리려고 한 그 순간, 미아의 등에 빛나는 날개가 나타났다!

"갑니다! 비겁자! 마지막 승부예요."

검을 치켜든 미아가 날아올랐다.

그것은 말 그대로 달의 여신이라는 이름에 걸맞은 위용. 눈부신 날개를 퍼덕이며 자객을 향해 일직선으로 돌진했다.

"건방진 것! 제국의 예지, 미아 루나 티어문! 나에게 검으로 맞서려 하다니, 웃음을 금치 못하겠구나!"

돌격하면서 빛의 검을 내리긋는 미아. 그걸 정면에서 받아낸 자객이 히죽 웃었다.

"네 패배다!"

힘껏 검을 휘두르는 자객. 뒤로 밀린 미아는 크게 날아가며 밸런스가 무너졌다.

"각오해라, 제국의 예지!"

자객이 탄 검은 천마가 하늘을 달렸다. 미아의 몸으로 자객의 칼날이 파고들려고 한 그때.

"아뇨, 저는 지지 않아요. 저는 혼자가 아니니까요!"

그 말을 끝으로 미아는 천마의 콧등을 힘차게 걷어차면서 날아올랐다.

그리고…… 자객은 보았다! 미아의 뒤에서 날아오는 수많은 불화살을!

"크윽, 이놈! 제국의 예지!"

급히 말머리를 돌려 도망치려고 하는 자객. 그 뒷모습을 향해 미아가 다시 날아들었다!

"각오하세요! 비겁자!"

달의 광휘를 머금은 월제검 미아칼리버가 자객을 향해 날아갔다……!』

"……세상에, 결국 저도 날기 시작했네요."

솔직히 중간부터 불길한 예감은 들었다…….

황람이 날기 시작했을 때부터, 이건 틀림없이 자신도 날게 될 것 같다고……. 참 싫다고, 보고 싶지 않다고 생각하면서도 계속 읽어나갔고……. 역시나 날았다.

독자의 기대를 배신하지 않는 희대의 작가. 역시 에리스라고 해야 할까.

그러고 보면 승마대회에서 골인한 후의 장면에서는 감격에 겨운 '미아 황녀'가 요정처럼 관객석을 날아다녔던 것 같기도 한데……. 미아는 그 부분을 떠올렸다.

"흐음……. 그건 골인한 순간 제가 말에서 날려간 것을 각색해서 적은 것일 텐데요……. 그렇다면 혹시 이번 이야기에도 원본이 있지 않을까요……? 아! 저기, 안느. 어제 본가에 돌아갔었죠? 그때 에리스에게 늑대술사에게 공격을 받았을 때의 이야기를 했나요?"

"네? 어떻게 아셨어요? 미아 님."

깜짝 놀라서 눈을 크게 뜬 안느를 본 미아는 미소 지었다.

"그 정도는 알죠. 안느가 가족을 소중히 여긴다는 건 익히 아는 사실인걸요. 에리스가 이야깃거리를 들려달라고 조르면 당연히 할 만한 이야기고요."

그것 자체는 문제없다. 게다가 역시 에리스라고 해야 할지, 황녀전을 읽으면 슈트리나가 범행에 엮였다는 것 등 드러나면 곤란한 일은 적혀있지 않았다.

적절히 숨겨서 적어놓았다. 그러니 뭐, 그것 자체는 괜찮지만…….

"그래서 물어보고 싶은 게 있는데요……. 제가 말을 타고 도망갈 때의 모습을 어떻게 설명했나요? 아, 토씨 하나 틀리지 않게,

비유도 사용했다면 그것도 듣고 싶어요."

"네. 으음, 몸에서 빛이 나서 마치 달의 요정 같았다고……."

——저거예요! 에리스는 저기서 '마치'와 '같았다'를 빼고 달의 요정 그 자체로 만든 거예요!

"저기……, 안 되는 일이었나요?"

"네? 아, 아뇨. 괜찮아요. 다만 리나 양에 대해서는 비밀로 해 주었으면 하는데요……."

만약을 위해 그렇게 말하면서도 미아는 다시금 생각했다.

"뭐, 그래도 제가 겨울에 죽는다는 내용보다는 훨씬 낫죠."

그야 당연히, 자신이 살아남는 게 좋기야 하지만……. 미아가 말하는 건 그런 이야기가 아니었다.

"에리스는 이 내용을 쓸 때 분명 아주 즐거웠을 거예요."

미아가 암살당했을 때의 황녀전의 서술. 그 담담한, 무미건조한 문장을 떠올렸다.

무미건조하지만, 그래도…… 답답한, 무언가를 참는 듯한, 그런 문장을 떠올리면서 미아는 생각했다.

"역시 에리스의 문장은 이래야죠."

그렇게 미아는 황녀전을 펼쳤다. 설령 자신에 관한 조금 민망한 기록이어도 자꾸 다음 내용을 읽고 싶어질 만큼 미아는 에리스의 팬이었다.

"뭐, 아무리 그래도 이렇게 픽션 요소가 많아지면 아무도 진짜 있었던 일이라고 생각하지 않을 테니까요. 음, 괜히 어중간한 거짓말을 섞는 것보다는 이쪽이 훨씬 나아요."

그렇게 '음, 음' 하면서 고개를 주억거리는 미아였다.

참고로, 계속 말하는 거지만……. 미아 황녀전은 어엿한 논픽션으로 제국의 민중들이 즐겨 읽은 책이다.

몇 번이나 무대화도 되었으며, 이 황야의 결전 부분에서 미아가 하늘을 나는 장면은 밧줄을 사용한 새로운 무대장치 개발에도 한몫했으나…….

"설마…… 이걸 진짜라고 생각하는 사람은 없을 거예요……. 그럼요."

그렇게 스스로를 다독이면서 미아는 뒷내용을 읽어나갔다.

Collection of short stories

제국의 예지의 허상
......팽창 중.

EXPANDING...THE FALSE IMAGE OF
IMPERIAL WISDOM

단행본 7권 TO북스
온라인스토어&제휴 서점 특전 SS

"흐으음……."

미아의 탄신제가 끝나고, 선크랜드로 돌아오는 마차 안…….

키스우드는 조용히 자신의 주인, 시온을 관찰했다.

──어디 보자, 시온 님도 무슨 일인 건지…….

어딘가 여느 때와 다른 시온의 모습에 키스우드는 고개를 갸웃 거렸다.

기운이 없다…… 는 느낌은 아니다. 굳이 따지라면 사색에 잠겨있다고 해야 할까, 무언가 생각할 거리가 있는 모양이었다.

"저기, 무슨 일 있었습니까? 전하."

"응? 왜 그런 걸 묻지?"

"아니 거, 무슨 일 있었나? 하는 얼굴이라서요……."

편한 어조로 그렇게 지적했다. 그러자…… 시온은 뜻밖에 진지한 표정으로 고개를 끄덕였다.

"그런가……. 의식하진 않았지만…… 조심해야겠군."

그 뒤로 시온은 작게 한숨을 쉬었다. 절절하고도 참으로 우수에 어린 그 얼굴을 보고 키스우드는 쓴웃음을 지었다.

──어느 귀족 영애라도 봤다면 단숨에 사랑에 빠져버릴 듯한 얼굴이구나. 저런.

어깨를 으쓱이며 키스우드가 말했다.

"혹시 미아 황녀 전하의 생일 파티에서 무슨 일이 있었다거나?"

"그래. 뭐, 여러모로……."

뒷말을 흐리는 것이 참으로 수상했지만…….

"아하, 그렇군요……."

대충 느낌으로 눈치채버린 키스우드는 씩 웃었다.

"나쁜 일은 아닌 것 같아 안심했습니다."

"나쁜 일이 아니라고? 그런가?"

"네. 전부터 저는 시온 전하가 좀 더 청춘다운 경험을 해 두는 게 좋다고 생각했었거든요."

"딱히 일부러 멀리하는 것도 아닌데. 혹시나 해서 묻는데, 그 청춘다운 경험이라는 건 대체 어떤 거지?"

"그야 물론, 역시 사랑이 아닐까요?"

농담하듯 던지자 시온은 순간 굳어버리더니…….

"사랑이라……."

작게 중얼거렸다. 그 후 정신을 다잡은 듯 어깨를 으쓱했다.

"선크랜드의 왕위계승권 1위인 나에게 사랑을 권하다니, 제법 용기가 있잖아. 역시 늑대 사냥꾼 키스우드야."

"……아니, 딱히 사냥은 못 했지만요……. 애초에 살아남는 것만으로도 급급했지만요!"

지금도 떠올리면 등골이 오싹해진다. 그 늑대들을 상대로 용케 살아남았다며, 스스로도 감탄하는 키스우드였다.

"정말, 시온 전하도 용케 무사하셨지……. 참나, 진짜 딱 죽을 것 같은 기분이었다니까요."

"그래. 아벨과 내가 둘이 동시에 덤벼도 전혀 쓰러트릴 수 있을 것 같지 않았어. 실제로 전원이 살아남은 것만으로도 충분히 만족해야겠지만……. 언젠가 다시 전장에서 대치할 날이 올지도 몰라. 그때를 위해서도 빠짐없이 단련해야겠어."

아니, 애초에 그런 위험한 일에 끼어드는 걸 자중해달라는 생각을 하면서도 키스우드는 화제를 틀었다.

"그런데 미아 황녀 전하는 역시 대단하죠. 그런 위험한 상황에서도 전혀 두려워하는 기색을 보이지 않으셨잖아요."

그렇게 말하며 새삼 생각했다.

──실제로 미아 황녀 전하는 참 대단했어.

검을 잡아본 적이 없는 미아는 말 그대로 시온과 아벨이 졌다면 한순간도 버티지 못했을 것이다. 그럼에도 그 침착함. 심지어 중간부터는 응원을 시작하질 않나…….

──아니, 진짜 대단해. 간이 배 밖으로 나온 건지, 달관한 건지…….

키스우드라고 한들 무기도 들지 않고 그 자리에 있었다면 간담이 서늘했을 것이다. 그런데도 그런 태도다. 동료들을 철저하게 믿으니까, 그들이 패배해서 자신이 숨을 거둔다고 해도 어쩔 수 없다고 생각했던 걸까…….

"대체 어떻게 해야 그 상황에서 그렇게 침착할 수 있는지…… 요령을 물어보고 싶을 정도야."

시온의 말에 무심코 고개를 끄덕이는 키스우드였다.

한편 그 무렵. 백월 궁전의 식당에서…….

"저기, 미아 님. 이건 대체……?"

미아의 부름을 받아 식당에 온 안느는 테이블 위에 놓인 것을 보고 고개를 갸웃거렸다.

의자에 떡하니 앉아있는 미아. 그 눈앞의 테이블에는 조금 커다란 빵이 놓여 있었다. 노릇노릇하게 아주 잘 구워진 빵. 향긋한 냄새가 식욕을 제대로 돋우는, 참으로 맛있어 보이는 빵이었다.

하지만 그 빵은 평범한 빵이 아니었다. 어떠한 모양을 하고 있었다.

그건…….

"후후후……. 잘 물어봤어요. 이건 늑대 빵이랍니다. 주방장에게 부탁해서 만들어달라고 했죠."

미아는 득의양양한 얼굴로 말하고는 우쭐우쭐 가슴을 폈다.

"제가 문득 생각났거든요. 지난번에는 적의 마수에서 잘 도망칠 수 있었죠. 하지만 언제 또 비슷한 일을 겪을지 모르는 일. 또 그렇게 늑대가 공격하는 일이 있을지도 몰라요."

미아는 지극히 진지한 얼굴로 눈앞에 있는 늑대 얼굴 모양의 빵을 노려보았다.

"그렇기 때문에 마음가짐이 중요한 겁니다. 늑대들과 대치한다고 해도 이렇게, 사전에 먹어버린다면 별것 아니잖아요? 또 먹어버리겠다는 마음가짐을 가질 수 있다면 여유도 생기겠죠. 그래서, 그래요. 이건 일종의 예행연습 같은 것이랄까요?"

제법 그럴싸한 소리를 늘어놓는 미아였다.

참고로 그 늑대 빵은…… 눈 부분에는 건포도를 박고, 털의 질감을 내기 위해 설탕을 뿌려놓았다.

참으로 달콤하고 맛있는 빵이다.

평소였다면 미아가 그냥 달콤한 빵을 먹고 싶었던 것뿐이 아니냐는 의혹이 순간 고개를 쳐들 법도 하지만…….

"그렇군요. 그런 마음가짐이 중요하군요."

안느는 참으로 감탄한 듯 고개를 끄덕였다!

미아의 꿍꿍이를 알아차린 기색은…… 없다!

"어떤가요? 안느도 같이 먹는 건……."

맛있어 보이는 빵을 앞에 두고 미아는 기분 좋게 말했다.

"뭐, 그런 일에는 최대한 휘말리지 않도록 노력할 생각이지만요……."

"아뇨! 먹겠습니다! 아무리 위험한 때라도 미아 님 곁에 있고 싶으니까요."

뭐 이렇게…… 달달한 늑대 빵을 앞에 두고서 충성심으로 후끈후끈한 대화를 주고받았다.

이것이 바로 미아식 공포 극복 방법이다.

또다시 장소를 바꿔서 선크랜드 왕국. 왕도, 솔 살리엔테.

왕성 앞에는 많은 가신단이 줄을 지어 서서 제1왕자 시온의 귀국을 기다리고 있었다.

지략과 무용을 겸비한 미모의 젊은 왕자는 백성들의 자랑. 그런 왕자를 마중할 수 있는 것은 가신단에게도 더없는 영광이었다.

그런 많은 가신 사이에 한 명의 어린 소년이 있었다. 시온과 마찬가지로 반짝반짝한 백은색 머리카락을 지녔으며 시온보다는 조금 더 어린 소년……. 그는…….

"형님, 건강하실까……."

에샤르 솔 선크랜드. 선크랜드 왕국의 제2왕자, 즉 시온이 남동생이다. 조마조마 기다리기를 잠시, 이윽고 그 앞에 경애하는 형과 그 종자의 모습이 나타났다.

"형님……. 무사히 귀환하신 것을 진심으로 기쁘게 여깁니다."

"그래. 에샤르. 건강해 보여 다행이구나."

오랜만에 재회한 형, 시온은 부드러운 미소를 지으며 에샤르에게 말을 걸었다.

"잘 지냈어? 아바마마나 어마마마께도 별일은 없고?"

"네. 아바마마도 어마마마도 형님의 귀국을 손꼽아 기다리셨습니다. 자, 가시죠. 키스우드도."

조심스러운 미소를 지은 에샤르는 두 사람을 이끌듯이 앞장서서 성 안으로 향했다.

"그런데 형님. 티어문 제국은 어땠습니까?"

"아…… 그래. 우선 문제는 해결했다고 봐도 되겠지."

"그렇습니까. 역시 형님이세요. 제국의 문제를 해결하시다니……."

에샤르는 감탄했지만, 시온이 고개를 저었다.

"아니, 사실 나는 거의 아무것도 하지 않았어. 전부 제국의 황녀인 미아 황녀의 공적이라고 말해도 과언이 아니야. 그녀는 정말 대단해."

그 말을 들은 에샤르는 조금 장난치는 듯한 표정을 지으며 물었다.

"혹시 형님, 그 황녀님께 사랑에 빠지셨습니까?"

"사랑……? 사랑이라……. 글쎄."

그렇게 대답하는 시온을 에샤르가 놀란 눈으로 쳐다보았다.

"뭐야. 의외인가?"

"네. 형님께선 바로 부정하실 줄 알았습니다."

"그래. 불필요한 의혹은 나라를 혼란케 하고, 백성을 괴롭게 만들기도 하지. 본래대로라면 당장에라도 부정해야 할 테지만, 사랑이라……. 확실히 그녀와 맺어지게 된다면 선크랜드의 백성에게도 유익할 거야."

시온의 말에 에샤르는 고개를 갸웃거렸다.

"그렇게 대단한 분이십니까? 그 미아 황녀님은."

"그래. 훌륭한 지도자지. 지혜도 뛰어나지만, 그녀는 타인의 마음에 울리는 말을 지니고 있어. 선견지명도 있고. 본받아야 할 부분이 너무 많을 정도다."

그러더니 시온은 조금 아련한 눈빛이 되었다.

"분명 지금쯤 다른 공작가와 회담이라도 하고 있지 않을까."

미아가 예언한 대로 대기근이 왔다면, 국내 귀족의 협력은 꼭 필요해진다.

그러기 위해 대귀족들에게 미리 손을 써 두는 건 상식이라 할 수 있었다.

"열심히 하고 있겠지."

시온은 피식 미소 지었다.

한편 그 무렵, 미아는 뭘 하고 있냐면……

"흐음, 가죠……."

진지한 표정이 된 미아는 제국 사대공작가의 한 축, 그린문가의 영지를 찾아와 있었다. 영도에 있는 그린문 저택의 문을 지나가면 그곳에는 그린문가의 영애, 에메랄다가 기다리고 있었다.

"미아 님……. 잘 와 주셨습니다."

기뻐하며 쪼르르 다가오는 에메랄다.

그렇다. 미아는…… 오늘 그것을 실행할 생각이었다……. 파자마 파티 in 에메랄다 저택 계획을!

지난번 월광회에서 과거의 응어리를 완전히 버린 미아는 옛 우정을 돈독하게 다지기 위해 에메랄다의 저택으로 놀러 가기로 계획했다.

"생각해 보면 에메랄다 양의 집에 오는 것도 오랜만이죠."

이전 시간축에서는 몇 번 온 적이 있었으나, 이번 시간축에서는 처음이었다.

"조금 반갑네요……."

주위를 두리번두리번 둘러보며 미아는 뭐라 말할 수 없는 표정으로 중얼거렸다.

그린문가의 저택은 배를 타고 건너온 진귀한 물품을 많이 소장하고 있다. 또 외국의 지식을 수집하는 게 얼마나 소중한지 아는 그린문 가는 학문에 조예가 깊었고, 그러한 관계로 책 수집에도 힘을 쏟고 있었다.

그 장서량은 국내에서도 손에 꼽힐 정도이며, 흥미가 있는 자가 보기에는 천국과도 같은 장소이지만…… 그 집의 영애인 에메랄다는 해당하지 않았다. 따라서 미아의 독서 친구가 되는 일은 없었다. ……지금까지는. 하지만.

"미아 님. 이거, 이 책, 정말 굉장했어요."

미아와 대화할 화제의 폭을 넓히기로 굳게 결심한 에메랄다는 열심히 책을 읽었다. 그 결과, 훌륭하게 빠져버렸다!

닥치는 대로 책을 읽게 된 에메랄다는 나중에 미아의 전속 작가인 에리스의 열렬한 팬이 되기도 하지만, 그건 여기서는 생략하기로 한다.

방에 도착할 때까지 기다리지 못한 건지, 복도를 걸으면서 한 권의 책을 내미는 에메랄다. 그걸 본 미아는 '호오……' 하며 신음을 한 번 흘렸다.

"그렇군요. 에메랄다 양은 예상대로 연애에 관한 이야기를 좋아하는군요……."

그건 최근 항간에 유통되기 시작한 연애소설이었다.

"참으로 에메랄다 양답네요."

무심코 수긍해버린 미아였지만, 독서 친구가 늘어나는 건 그녀에게도 대환영이었다. 특히 에메랄다는 미아의 비위를 맞추기 위해 자신의 감상을 굽히는 사람이 아니다.

독서 친구로서 참 적합한 인재라 할 수 있다.

자연스럽게 두 사람의 대화는 열렬해졌고, 그날 밤 침대 위에서도 이어졌다.

　두 개 나란히 놓인 침대, 그 가장자리에 걸터앉은 두 사람은 떠들썩한 대화에 빠져있었다.

　이윽고 밤도 깊어졌을 무렵, 이야기의 주제는 연애소설에서 실제 연애로 넘어갔다.

　"역시 왕자님이 좋죠."

　은은한 램프의 불빛이 이상한 분위기를 조성한 건지, 에메랄다는 쿡쿡 웃으며 말했다.

　"아아, 어느 나라에 제 취향의 미남 왕자님이 안 계실까요."

　"어머, 세인트 노엘 학원에는 핏줄도 미모도 적절히 좋은 분이 많이 있지 않나요……? 아, 말하지 않아도 알고 있을 테지만 아벨은 안 되니까요? 가로채려고 하면 용서하지 않을 거예요. 후후후."

　뭐가 웃긴 건지는 알 수 없었지만, 미아도 작게 웃음을 흘렸다.

　어딘가 간지러운 것 같으면서도 달콤한 것 같기도 하고 조금 부끄러운 비밀 이야기를 하는 듯한…… 그런 보들보들한 분위기. 그건 먼 옛날, 에메랄다와 아무런 응어리도 없었던 시절을 떠오르게 했다.

　지금 이 순간을 맞을 수 있게 된 게 어쩐지 무척이나 기쁜 미아였다. 그래서일까……?

　"미아 님. 어쩐지 무척 행복해 보이시네요?"

　에메랄다의 그 질문을 들었을 때, 조금 우쭐해지고 말았다!

　"우후후, 네. 아주 행복합니다. 아, 그래요. 이렇게 된 거, 제가 에메랄다 양에게 왕자님과 좋은 관계를 먼저 맺은 선배로서 조언을 드릴게요."

"조언……? 그건 무척 감사한 말씀인데요……."

꿀꺽 침을 삼키며 진지한 표정이 되는 에메랄다. 등을 곧게 세우고는 미아의 얼굴을 똑바로 바라보았다.

그런 자세에 기분이 좋아진 미아는 당당하게 가슴을 폈다.

"잘 들으세요. 에메랄다 양……. 언젠가 얼굴도 성격도 좋고 든든한 왕자님이 데리러 와 준다……. 이런 건 소설 속에서만 있는 이야기랍니다."

미아는 마치 설득하듯이…… 혹은 연애를 속속들이 잘 아는 현자와도 같은 어조로 말했다.

"특히 무도회. 운명의 사람이 데리러 와 줄 테니까…… 같은 안이한 꿈에 젖어서 남성의 권유를 전부 거절했다간 피눈물을 흘리게 됩니다."

과거의 경험을 떠올리며 진지하게 충고하는 미아…… 였으나…….

"후후후. 미아 님도 참. 농담만 하시고. 아무리 저라고 해도 그렇게 생각 없는 짓은 안 한답니다."

에메랄다는 웃었다. 가벼운 쓴웃음이었다. 마치 웃기지 않은 농담을 들은 사람이 짓는, 사교용과 같은 미소였다.

그 얼굴을 보고 미아는 '으윽' 하고 신음을 흘렸다.

그렇다. 에메랄다는 이래 보여도 외교에 강한 그린문가의 영애다. 그런 외교계의 엘리트는 파티에서 외톨이가 된 경험이 없다.

단 한 번도…… 없다!

그렇기에 미아가 파티에서 외톨이가 된다는 상황을 상상할 수 없었고…….

"미아 님도 참. 그런 이상한 분이 계실 리가 없죠. 농담도 너무 심하세요."

"……그, 그렇죠. 우후후, 저, 저도 조금 농담이 지나쳤네요. 그런 사람이 있을 리가 없는데 말이에요. 흐아암, 어쩐지 졸리네요."

살짝 눈물이 맺힌 미아였지만…… 크게 하품해서 얼버무렸다.

이렇게 시온의 예상대로, 사대공작가의 저택에서 밤새 사교계에서 활용하는 대인관계 기술에 대해 이야기를 나누는 미아였다.

자 그럼, 선크랜드로 귀국한 시온은 오랜만에 가족이 모여 하는 식사를 즐기고 있었다.

티어문 제국의 황제만큼은 아니어도 선크랜드 국왕도 가족과의 식사를 중요히 여기는 사람이었다.

그것은 훗날 나라를 짊어질 왕자들과의 대화를 소중히 여기기 때문이었다.

"그나저나 시온, 무사히 돌아와서 다행이구나."

"또 위험한 일을 했던 건 아니니?"

온화하게 웃는 왕과는 대조적으로, 시온의 어머니인 왕비는 걱정하며 눈썹을 찌푸렸다. 아들이 때때로 무모한 짓을 벌이는 성격이라는 걸 잘 알고 있기 때문이다.

"물론입니다. 그렇게까지 위험한 일도 아니었습니다. ……그렇지? 키스우드."

왕가의 식탁에 동반하는 특권을 지닌 키스우드였지만……, 비교적 자주 시온의 억지 주장을 수습해야만 했기 때문에 마음이 편할 새가 없었다.

자칫 먹던 것을 뿜어버릴 뻔한 그는 당황해서 콜록콜록 기침한 뒤 대답했다.

"네, 넵. 음, 그렇죠. 그렇게까지 위험하지는 않았다고 할까……. 영애들도 함께 있었으니까요……. 그 정도로는……."

그 정도……. 뭐, 렘노 왕국에서 일어난 혁명 미수 사건에 휘말렸을 때도 그리 위험하진 않았다고 보고했었으니까? ……그때와 비교하면 이번에도 대충?

──아니, 그건 아무리 그래도 무리수지. 그때와 비교고 뭐고 둘 다 왕자가 경험해볼 법한 위기가 아니라고…….

스스로를 설득하려다가 성대하게 실패해버린 키스우드였다.

두 번의 위기 모두 호위도 대동하지 않고 홀랑홀랑 가버린 미아를 기본으로 생각하기 때문에 이상해지는 것이다. 속으면 안 된다.

키스우드는 자신의 판단기준을 리셋하고 마음을 다잡았다.

그런 그를 뒤로 대화가 계속 진행되었다.

"영애라고 하니 말인데, 어떻더냐. 네가 마음을 사로잡은 티어문 제국의 황녀는 여전히 재미있는 일을 하더냐?"

"네. 무척이나. 들려드릴 이야기가 무척 많습니다만……. 아바마마마저 놀리지는 말아주세요. 딱히 마음을 사로잡혔다거나 한 건 아닙니다."

시온은 쓴웃음을 지으며 고개를 저었다.

"애초에 아바마마 역시 본인을 보면 마음에 드실 겁니다. 그녀의 행동은 순수하게 흥미로울 테니까요."

그러더니 시온은 이야기하기 시작했다.

미아가 한 일에 대하여…….

승마대회에서 멋지게 말을 다룬다 싶더니, 섬에서 자라는 위험한 버섯을 발견한 일.

황야에서 늑대를 거느린 암살자와 대치한 일…… 은 혼날 것 같아서 적당히 생략하고. 이야기는 탄신제로 넘어왔다.

"뭐라……? 자신의 탄신제를 구실로 귀족들에게 백성을 위한 식량을 뿌리게 하다니……."

"미아 황녀의 종자인 루드비히 경에게 들은 이야기로는, 매년 상당한 식량을 낭비하고 있었다고 합니다. 그걸 참을 수 없었기 때문이라 들었습니다."

"확실히. 아직도 대귀족은 낭비로써 그 힘을 보여주는 것이라는 허튼 생각을 하는 자는 우리나라에도 있지. 그러한 귀족의 심리를 정면으로 부정하는 것이 아니라, 낭비하게 되는 식량을 민중에게 나눠준다고……. 그런 부류의 귀족은 백성에게 나눠주는 행위 자체를 낭비라고 생각하니, 낭비임은 변하지 않는다…… 고 수긍하게 되겠군."

그렇게 중얼거린 뒤로 왕은 침묵했다.

생각에 잠긴 얼굴로 팔짱을 끼나 싶더니, 곧바로 항복이라는 양 어깨를 으쓱했다.

"그래. 시온의 말대로 흥미로운 인물 같구나. 하지만 어린 황녀에게 그만한 권한을 주다니, 티어문의 황제도 제법 대단한 인물인 모양이야. 나이나 성별에 구애받지 않고 그저 그 능력만 평가하는 건 상당히 어려울 터. 주위 귀족들의 체면도 있을 텐데, 나라를 위해 필요한 것을 행하는 사심 없는 인물이란 건가."

"그렇겠죠. 만나 뵈었을 때의 인상은…… 눈매도 날카롭고, 저희의 힘을 가늠하는 듯한……, 그런 분위기였습니다."

시온은 미아의 아버지를 만났을 때를 떠올렸다. 몸을 보는 한 검술을 단련한 적은 없어 보였으나, 그 눈빛은 마치 전장에 임하는 자와 같이 날카로웠다.

……그 인상이 강하기 때문일까. 시온 안에서 황제의 등 뒤에 우뚝 서 있던 미아의 얼음 동상의 존재는 없었던 것으로 지워졌다.

무언가 커다란 게 있었던 것 같긴 한데, 뭐 신경 쓸 필요는 없겠지…… 하는 느낌이다.

"그래, 그럴 게다……. 사람이 지닌 힘을 간파하고, 힘이 있다는 걸 알고 나면 사사로운 감정은 배제하고 최선의 결단을 내린다. 좋은 통치자와 만난 일은 네게도 좋은 영향이 되었겠지."

시온이 고개를 끄덕이는 것을 본 뒤 왕은 흡족하게 미소 지었다.

"어쨌거나, 티어문과 선크랜드는 둘 다 대국이다. 검을 나누면 필연적으로 많은 피가 흐르겠지. 우호적으로 교류할 수 있다면 그게 백성의 안녕으로 이어진다. 황제와는 언젠가 얼굴을 보고 직접 대화를 나눠보고 싶구나……."

"네……. 언젠가, 반드시."

시온은 고개를 깊이 끄덕이며 말했다.

한편, 해가 바뀌고 며칠이 지난 티어문 제국의 황성 내 '백월 궁전'.

좋은 통치자라는 평가를 받은 마티아스 황제와 그 딸, 미아 또한 여유로운 저녁 식사를 하고 있었다.

눈이 많이 내리는 이 시기는 공무도 비교적 적은 편이고……, 그렇기에 최근에는 매일 아버지와 함께 식사를 하게 된 미아였다.

"아아……. 정말 주방장의 요리는 최고예요. 세인트 노엘에도 이 정도로 뛰어난 요리를 만들 수 있는 사람은 없더군요. 제국에서 벗어나기 싫어진다니까요."

뺨에 손을 올리고 그런 소리를 종알거리는 미아. 그걸 들은 황제는…….

"오오, 그러냐. 좋아, 주방장을 불러라. 미아를 제국에 머무르게 하기 위해서라면 최고의 훈장을 수여하는 것도 검토……."

"아뇨, 아바마마. 포상은 내려주고 싶지만 너무 과합니다……. 조금 더 간단한 것을……."

최고위 포상이라면 오늘 일을 그만둬도 먹고살기 곤란하지 않은 수준이 된다.

미아도 당연히 주방장이 잘 되길 바라고는 있으나…… 만약 포상을 받는 바람에 주방장이 일을 그만두기라도 했다간 커다란 문제가 된다.

여기서는 마이 퍼스트를 밀어붙이는 미아였다.

"그러고 보면 미아……. 세인트 노엘로 출발하는 건 닷새 뒤였던가?"

"네, 맞습니다. 우후후, 친구들을 만나는 게 기대되네요."

다들 지금쯤 뭘 하고 있을까? 쉬는 시간을 어떻게 보냈을까? 오랫동안 만나지 못한 클로에나 라피나는 잘 지내고 있을까……?

그런 생각을 하는 자신을 알아차린 미아는 무심코 생각했다.

이전 시간축에서는 이렇게 될 줄은 상상도 못 했다……. 변하려면 변한다고, 감개무량해지는 바람에 자칫 아버지의 말을 놓칠 뻔했다.

"……출발이 너무 이른 것 아니냐? 조금 더 제국에 머무르는 게……."

무지무지 진지한 얼굴로 그런 소리를 꺼냈다!

"아바마마……. 또 그런 제멋대로인 말씀을……."

조금 기가 막혀서 흘겨보듯 시선을 던지자…….

"아니, 딱히 나만을 위해 하는 말이 아니란다."

아버지는 몹시 진지한 얼굴로 말하더니…….

"다만……. 역시 네가 있는 게 백성들도 기뻐하고…… 물론 나도 기쁘단다. 그러니 나는, 모두의 행복을 생각해서 하는 말이지 결코 나만을 위한 말을 하는 게……."

"아바마마……."

미아는 재차 말없이 아버지를 빤히 쳐다봤다.

그 강렬한 시선에 패배한 건지, 아버지는 크게 한숨을 쉬었다.

"끄으응……. 이렇게 부당할 수가……. 귀여운 외동딸을 왜 외국에 보내야만 하는 것이냐……. 악독한 세인트 노엘 학원, 악독한 베이르가 놈들……."

"……그런 말씀을 하시면 전쟁이 일어날 겁니다. 황제로서 입장을 제대로 파악해주세요."

아버지를 타이른 뒤, 미아는 고개를 절레절레 내저었다.

──역시 이 나라에는 제가 없으면 안 되나 보군요. 피곤해요…….

이리하여 겨울은 끝나고 다시 봄이 찾아온다.

그 너머에 기다리고 있는 운명을, 미아는 아직 몰랐다.

티어문 제국
이야기

Collection of short stories

머나먼 이국땅의 친구여……

MY FRIEND, A FAR AWAY FROM FOREIGN LAND...

단행본 7권
전자판 특전 SS

티어문 제국의 황녀, 미아 루나 티어문의 탄신제는 장장 닷새에 걸쳐 치러지는 제국의 큰 행사이다.

올해는 특히 미아 황녀의 방탕 축제도 더해져 사람들은 성대하게 즐거워했다.

미아 본인도 여러 귀족의 영지를 돌며 여느 때보다 더 축제를 즐겼다. 그리고 축제를 마친 뒤 잠시 휴식…… 할 새도 없이 다음 행사에 나오게 되었다.

사대공작가의 제도 저택에서 열리는 생일 파티가 바로 그것이다.

첫날은 사피아스의 본가인 블루문가에서 열리는 파티였다.

회장에는 블루문가와 관계가 깊은 중앙 귀족 관계자가 가득했다. 문벌귀족이라고도 불리는 그들은 제도 근교에 위치한 중앙귀족령의 영주들이자, 오래전부터 황제를 모셔 온 역사 깊은 가문 출신들이다.

그런 그들이 보기에 개혁파 미아라는 건 참으로 껄끄러운 존재이긴 했으나…….

"하하하. 미아, 오늘도 드레스가 참으로 잘 어울리는구나."

"어머나…… 폐하. 부끄럽습니다."

"무슨 말이냐! 애초에 아빠라고 불러 달라고 누누이 말해오고 있거늘…….”

뭐 이렇게, 당대의 황제 마티아스와 함께 왔으니 입을 경솔하게 놀릴 수도 없다. 애초에 얼마 전 성녀 라피나에 시온 왕자, 아벨 왕자와 쌓은 인맥을 적나라하게 과시한 직후이기도 하다.

따라서 미아에게 인사하러 오는 태도는 굳이 따지라면 공손…… 하다는 수준을 넘어서 더 정확하게는 비굴하다는 형용사를 붙일 수 있을 정도였다.

하지만 그런 가운데…… 당당한 걸음으로 다가오는 한 소녀의 모습이 있었다.

호화로운 웨이브를 그리는 머리카락을 살랑이며 각이 잡힌 발걸음으로 걸어오는 그녀는 미아의 앞에서 스커트 자락을 잡고 살짝 들어 올렸다.

“처음 뵙겠습니다. 미아 황녀 전하……. 사피아스 님의 약혼자인 레티치아 슈베르트라고 합니다.”

아몬드형의 고운 눈에 미소를 머금은 소녀. 기품이 넘치는 미소에 미아도 친근한 미소를 돌려주었다.

“어머나, 당신이 그……. 우후후, 사피아스 공자에게 이야기를 들었습니다. 슈베르트 후작 영애. 사피아스 공자가 늘 자랑하더군요. 자신의 약혼자가 얼마나 대단한 여성인지.”

“어머……. 사피아스 님도 참…….”

미아의 익살에 경쾌한 웃음소리를 내는 레티치아. 그때…….

“미아 황녀 전하. 제 사랑하는 사람을 너무 놀리지 말아주세요.”

쓴웃음을 지은 사피아스가 다가왔다.

"어머, 딱히 거짓말은 하지 않았는데요…….."

미아는 장난기 어린 미소를 지으며 대답했고, 자연스럽게 담소를 나누는 흐름으로 넘어갔다.

이윽고 화제는 레티치아가 모르는 학원에서의 이야기가 되었고……. 시온, 아벨과의 만남에서부터 검술 대회까지 이야기가 흘러갔을 때……. 분위기가 약간 수상해졌다!

"그렇습니까? 미아 황녀 전하께서도 요리를 하시는군요…….."

불현듯 고개를 숙이는 레티치아. 그런 그녀에게 미아는…….

"네. 검술 대회를 앞두고 샌드위치를 만들었답니다. 이게 정말, 제가 만든 것이긴 해도 무척 맛있었는데요…….."

과장했다. 숨 쉬듯이 자연스럽게 과장했다!

"노릇노릇 잘 구워졌고, 제 아이디어로 모양에도 공을 들였는데 그게 또 대단한 호평을…….."

그 이야기를 들은 레티치아는 흥미진진하다는 듯 '흠, 흠' 하며 고개를 주억거렸다.

그런 약혼자의 모습에 사피아스는 어쩐지 조금 불안해하는 표정을 지었으나……. 그가 입을 열려고 한 바로 그 순간.

"사피아스. 이쪽으로 오너라. 저쪽에 계신 손님에게도 인사해야지."

사피아스의 아버지, 블루문 공작이 나타났다.

블루문 공작은 미아에게 꾸벅 인사한 뒤 사피아스에게 말했다.

"미아 황녀 전하의 이야기 상대가 되어드리는 것도 중요하지만, 남자가 숙녀들의 대화에 너무 끼어드는 것도 보기 좋지 않구

나. 게다가 오늘은 폐하께서도 와 계시고 이웃 나라의 귀족들도 있지. 주최인 블루문가의 장남에게 태평히 담소를 즐길 시간은 없다."

"아, 네. 그건 잘 알고 있습니다만, 그……."

"아무쪼록 다녀오세요, 사피아스 님. 미아 님의 이야기는 제가 듣도록 하겠습니다. 사전에 그리하겠다고 말씀도 드렸잖아요?"

레티치아는 의젓한 어조로 말했다. 그건 귀족의 사교계가 무엇인지 잘 아는 귀족 영애의 태도. 혹은 미래의 공작 부인에 걸맞은 말이었다.

여느 때였다면 사피아스도 그녀에게 완전한 신뢰를 보냈을 것이다. 게다가 미아도 황녀로서 제대로 교육받은 몸. 괜찮을 거라고는 생각한다. 생각하지만……, 어째서일까. 사피아스의 머릿속에 막연한 불안이 소용돌이쳤다.

그때 한 소년이 걸어왔다.

"사피아스 님. 해야 할 일을 하러 가시죠. 여기는 제게 맡기시고."

참으로 의욕이 없어 보이는, 졸린 눈의 소년. 그는 레티치아의 동생인 다리오 슈베르트였다.

"아, 다리오. 그래. 네가 있다면……."

중얼중얼. 아직 미련이 남긴 했지만, 어쩔 수 없다는 양 사피아스는 그 자리를 떠나갔다.

그래서……. 사피아스가 자리를 뜬 뒤에도 미아의 자랑은 계속 이어졌다.

"그러니까 뭐, 매번 할 수야 없겠지만 때로는 남성에게 요리를 만들어주는 것도 좋은 자극이 될 수 있을 거예요."

"명심하겠습니다."

열심히 듣는 얼굴로 고개를 끄덕끄덕 동의하는 레티치아.

"역시 그런 거로군요. 사피아스 님께서 요리를 무척 잘하시기 때문에 저도 좀처럼 직접 만들 기회가 없어서요."

"어머, 그건 곤란하네요. 그래요. 그렇다면 다음에 함께 요리해 보는 건 어떠신가요?"

"요리를요? 하지만……."

망설이는 기색을 보이는 레티치아. 직후, 바로 옆에 서 있었던 다리오가 소리 없이 스스슥 모습을 감춘 것을 미아는 눈치채지 못했다.

지금의 미아는 자신이 떠올린 좋은 아이디어에 푹 빠져있기 때문이다.

"아, 그래. 기왕이면 에메랄다 양이나 루비 공녀, 리나…… 아니지, 슈트리나 양도 불러서 같이 만드는 건 어때요?"

"별을 지닌 공작 영애분들과요……? 하지만……."

"상관없답니다. 당신도 장래에는 별을 지닌 공작가에 시집올 몸이잖아요? 그렇다면 지금 미리 다른 사대공작가와 친분을 다져두는 것도 좋은 일이죠."

그렇게 말하며 미아는 계획을 세우기 시작했다.

──에메랄다 양은 직접 요리하는 건 대귀족답지 않다고 주장할 것 같지만, 루비 공녀라면 수락하겠죠. 바노스 씨에게 직접 만

든 요리를 주고 싶다는 귀여운 생각을 할 법해요. 리나 양도 조합은 특기일 테니, 요리도 잘할지도 모르겠어요. 벨이 온다고 하면 의외로 바로 허락할 느낌이죠. 안느와 니나 양이 있다면 그다음은 대부분 어떻게든 될 것 같고요.

그렇게 미아가 머릿속으로 아주아주 즐거운 공상에 빠져있을 때였다.

"헉, 허억, 마이 스위트 레티. 미아 황녀 전하와 이야기하던 중이었어?"

어째서일까. 사피아스가 숨을 헐떡이며 돌아왔다. 그 옆에는 마찬가지로 가쁘게 숨을 쉬는 다리오 슈베르트의 모습이 있었다.

"어머? 그렇게 다급한 모습이라니, 무슨 일이야? 사피아스 님. 게다가 다리오마저. 미아 황녀 전하의 생일 파티이니 그렇게 허둥대는 모습은 보이면 안 돼."

"아, 아니, 갑자기 네가 보고 싶어졌거든. 아하하."

사피아스는 얼버무리듯이 웃었다.

"그래. 너는 오르간 연주가 특기였잖아. 어때? 미아 황녀 전하게 들려드리는 건."

"그건 상관없지만, 왜 그래? 갑자기."

"아니, 마이 스위트의 특기를 미아 황녀 전하께 꼭 자랑하고 싶어서. 부디 들어주십시오. 정말로 근사한 연주를 합니다."

그렇게 말하며 미아 쪽을 힐끗 살피는 사피아스. 미아는 그 시선에는 조금도 눈치채지 못한 채 팔짱을 끼고 있었다.

"……내일 있는 레드문가의 파티에서 권유하고…….."

"미아 황녀 전하?"

"네? 아, 네. 부탁드릴게요."

미아는 사피아스를 향해 생긋 미소 지었다. 그걸 본 사피아스는…… 마치 경계하듯이 미아를, 그리고 약혼자 레티치아에게 시선을 보냈다.

다음 날…….

미아는 레드문 저택에서 열린 파티를 찾아갔다.

제도 루나티어에 있는 레드문 저택은 사대공작가의 저택 중에서도 가장 큰 면적을 자랑한다. 그건 저택의 건물 크기가 아니라 그 정원이 넓은 까닭이었다.

사병을 행진시키는 훈련에도 쓸 수 있는 넓이, 혹은 승마 연습에도 쓸 수 있는 넓이를 자랑하는 정원이었다.

그런 널따란 정원을 내려다본 뒤, 미아는 다시금 파티장으로 시선을 돌렸다.

차가운 바람이 불어닥치는 바깥과는 다르게 저택 안에서 열리는 파티장은 따뜻한 공기로 가득했다. 초대객은 어제 있던 블루문 가와는 다르게 체격이 좋은 자가 많았다. 흑월청의 고위 관료나 군대 관계자들이다.

그런, 일종의 위압감이 흘러넘치는 회장에서 미아를 맞아준 것은 아름다운 파티 드레스를 입고 치장한 루비 에트와 레드문이었다.

심홍빛의 호화로운 드레스를 입은 루비는 미아 앞으로 나와 우아하게 인사했다. 스커트 자락을 살짝 들어 올리며 완벽한 귀족 영애의 예법을 보여준 뒤, 루비는 쾌활한 미소를 지었다.

"미아 황녀 전하. 탄신일을 경하드립니다."

"평안하셨나요, 루비 공녀…… 어머? 오늘은 화장이 조금 다른가요? 어쩐지 전보다 더 예쁜 느낌이 드는데요……."

그 지적에 루비는 생각지도 못했다는 듯 굳었다.

"네? 그렇습니까? 그런 변화를 주지는 않았습니다만……."

"하하하. 딸아이가 최근 일이 너무 즐거운 모양입니다. 그 때문이 아니겠습니까?"

루비의 뒤에서 나타난 장년의 남자, 만사나 레트와 레드문 공작은 미아를 보며 온화한 미소를 지었다.

"아아, 레드문 공이로군요. 평안하셨나요."

가볍게 인사한 뒤 미아도 완벽한 미소를 돌려주었다.

"그나저나 루비 공녀가 즐겁게 일하고 있다니 다행이에요."

"명예와 보람이 있는 일을 맡겨주셔서 감사드립니다."

깊이 머리를 숙이는 만사나였다.

"아뇨. 레드문가의 영애가 입대해주시다니, 저야말로 든든하기 그지없죠."

그 말에 거짓은 없었다.

루비는 입대할 때 레드문가의 사병도 데려왔기 때문에, 황녀전속 근위대의 남녀 비율에 약간 변동이 발생했다.

여성 대원이 늘어나면 자연스럽게 미아의 신변 경호도 한층 충실해진다. 미아에게는 무척이나 기쁜 일이었다.

──디온 씨의 옛 부하들은 검 실력은 뛰어나지만, 다소 박력이 지나치기 때문에 미아 학원에 동행하면 아이들이 무서워할지도 모르니까요.

　황녀전속 근위대가 다양한 타입의 강자를 갖추는 것은 참으로 든든한 일이다.

　"미아 황녀 전하께는 못 당하겠군요……."

　한편 만사나의 얼굴에는 씁쓸한 미소가 번졌다. 물론 그가 그런 미소를 지을 수 있게 되기까지는 다소 시간이 필요했으나…….

　아무튼 만사나에게는 루비만이 아니라 아들들도 있다. 황위 계승권을 지닌, 황제가 될 가능성도 있는 남자아이들이다. 만약 미아가 여제가 된다면 그 기회는 사라질 것이다.

　그게 아쉽지 않을 리 없었다.

　하지만…… 동시에 그는 알고 있었다. 자신의 아들은 황제의 그릇이 아님을.

　유일하게 그 그릇을 가지고 있을 법한 자식은 루비이다. 만약 여제라는 가능성이 열려있다면 전력으로 루비를 응원하는 것도 즐거움이었을 것이다. 하지만…… 미아는 그 가능성을 먼저 없애 버렸다.

　루비에게 황녀전속 근위대에 입대를 권하여 다른 영달의 길을 제시함으로써.

　그리고 그 길은 레드문 공작가에 지극히 잘 어울리는 길이었다.

　미아 여제의 군대, 그중에서도 가장 영예로운 전속 근위대. 그 부대장. 그것은 가늠할 수 없을 만큼 명예로운 데다 지루한 황위 같은 것보다는 루비의 적성에 더 잘 맞는 역할이기도 했다.

기뻐하는 딸의 모습도 보았기에, 만사나는 일찌감치 황위계승권 다툼에 관심을 잃었다. 그가 지금 관심을 주는 것은 다른 쪽이었다.

그건…… 즉, 루비의 영달이다.

그녀가 소속한 조직이 '황녀' 전속 근위대인지, 아니면 '여제' 전속 근위대가 될 것인지…… 그것은 커다란 차이이다.

루비를 더욱 높은 명예로 이끌기 위해서는 미아가 여제가 되는 게 지름길이다. 그렇다면 레드문가가 선택할 길은…….

만사나가 그런 복잡한 생각을 하는 줄도 모른 채, 미아와 루비는 환담을 계속 이어갔다.

"맞아요. 루비 공녀, 실은 제가 생각하고 있는 게 있는데요. 상담해주실 수 없을까요?"

"상담 말씀입니까? 무엇이죠?"

"아, 그렇게 심각한 표정은 짓지 마시고요. 거창한 건 아니랍니다. 사실 사피아스 공자의 약혼자인 슈베르트 후작 영애와 이야기를 나누다가…….”

뭐 이런…………, 참으로 좋지 않은 상담을…….

"루비 양…….”

파티도 마무리에 접어들 무렵……. 불현듯 루비를 부르는 목소리가 들렸다.

목소리가 난 쪽으로 시선을 돌린 루비는 순간 의외라는 듯 고개를 갸웃거렸다.

"이런, 별일이 다 있군. 네가 우리 레드문 가의 파티에 오다니 말이야. 창월의 귀공자."

"아니야. 매년 결석하는 것도 실례일 테니까. 게다가 올해는 특별한 해이니……."

사피아스는 얼마 전에 열린 월광회를 떠올리며 말했다.

"그런데, 무슨 일 있나?"

고개를 옆으로 기울이는 루비에게 사피아스는 어떻게 설명할지 고민했다.

위험을 회피하기 위해 어떤 수단을 쓸 수 있을까……. 아이디어를 조합해서 말을 꺼내려고 한 바로 그 순간, 사피아스는 발견하고 말았다!

"……그나저나 그분은, 어떤 음식을 좋아하실까……?"

사랑에 빠진 소녀의 눈을 한 루비의 모습을!

──아…… 이거, 틀렸구나.

사피아스는 바로 깨달았다. 루비는 아군으로 포섭할 수 없음을.

이미 요리할 생각에 가슴이 들뜬 듯한 루비를 보고 무심코 머리를 부여잡을 뻔했다.

"이봐, 창월의 귀공자 사피아스. 남성은 어떤 음식을 좋아하지? 체격이 좋고…… 이렇게, 근육이 참으로 훌륭한! 분인데……."

"……글쎄. 그런 인간은 네 주변에 더 많이 있을 텐데……."

경직된 미소를 지으며 사피아스는 전율마저 느꼈다.

──미아 님의 영향력은 가늠할 수 없구나.

그리고…… 또 그다음 날.

"오오……."

옐로문가의 파티장에 발을 들여놓은 순간, 미아는 저도 모르게 감탄사를 터트렸다.

"이것 참, 너무도 호화롭군요……."

테이블 위에 나열된 색색의 과자, 과자, 과자!

더욱이 그 중앙에는 수많은 디저트를 거느린 황제와도 같이 거대한 케이크가 우뚝 솟아 있었다. 새하얀 크림으로 코팅된 그것은 말 그대로 하얀 케이크 거탑. 미아는 압도당하면서도, 마음속에 불타오르는 도전욕에 부르르 떨었다.

아무튼 오늘은 미아의 생일 파티다. 주역은 미아다.

아무리 먹어도 아무도 불평할 수 없다는 멋진 환경이 미아의 마음을 설레게 했다.

아니……. 뭐 실제로는, 아주아주 많이 먹으면 안느가 화낼 테지만……. 그런 건 미아도 알고 있긴 하지만……. 괜찮지 않은가. 지금은. 두근거림에 몸을 맡겨도 되는 순간이라는 게 가끔은 존재한다. 아마도.

그런 고로, 곧바로 인사 대신 아름다운 쿠키를 쏙쏙 집어먹고 있었더니……

"미아 황녀 전하. 탄신일 경하드립니다."

가까이 다가온 슈트리나가 스커트 자락을 살포시 들어 올렸다. 바로 뒤에는 옐로문 공작인 로렌츠의 모습도 보였다.

"어머나, 리나 양. 평안하셨나요. 옐로문 공도."

미아는 달달한 쿠키의 맛에 풀어진 표정을 지으며 인사했다.

"저희 옐로문가에서 총력을 기울여 갖춘 디저트는 어떻습니까? 미아 님."

"네. 정말, 훌륭한 과자를 갖춰두셨군요. 대단히 감복했답니다. 눈이 여기저기로 빨려 들어갈 것 같아요."

흡족해하는 한숨을 내쉰 뒤, 미아는 불현듯 고개를 갸웃거렸다.

"어라…… 그런데 신기하네요. 저는 매년 참석하고 있는데 옐로문가의 파티에서 이토록 훌륭한 과자가 나왔던 기억이 없는걸요."

"하하하, 그도 그럴 겁니다. 눈에 띄지 않도록, 최대한 수수한 파티를 열고자 노력하였으니까요. 가장 약한 옐로문에 걸맞게 말입니다."

"그렇군요……. 이 풍부한 과자는 옐로문가가 해방되었다는 증명이군요."

그런 것이라면 먹는 걸 사양하는 게 오히려 실례. ……라는 양, 미아는 기합을 넣었다.

……참고로 처음부터 사양할 생각 같은 건 털끝만큼도 없었다는 설이 있는 것 같기도 하고 없는 것 같기도 하지만, 뭐 그건 아무래도 상관없는 일이다.

그래서 드디어 메인 디시라는 듯 눈앞에 우뚝 선 케이크 거탑 공략에 임하려고 한 미아였으나……. 퍼뜩. 떠올랐다는 얼굴로 슈트리나 쪽을 보았다.

"아. 맞아요, 리나 양. 이번에 사대공작가의 여러분과 함께 요리 모임을 열려고 생각하고 있는데, 어떤가요?"

"어어, 거기에는 벨도 참가하나요?"

어리둥절한 얼굴로 고개를 갸웃거리는 슈트리나였다.

"흠……."

미아, 찰나의 숙고. 벨에게도 인맥을 만들어줘서 나쁠 건 없다고 판단을 내렸다.

"음, 그렇죠. 벨도 참가하라고 하는 게……."

"그럼 가겠습니다."

슈트리나는 아주 적극적으로 대답했다.

무심코 주춤거릴 뻔한 미아를 뒤로 슈트리나는 싱글벙글, 콩닥콩닥, 잔뜩 신난 표정이었다.

"우후후. 기대된다. 아, 예행연습도 해야지……. 이 집에 있는 걸로 연습할 수 있을까……. 조합하는 요령으로 하면……."

작은 목소리로 중얼중얼 혼잣말하는 슈트리나. 한편 미아는 다시금 거대 케이크 공략에 임했다.

참고로 이날 사피아스는 미아가 여제가 되는 걸 반대하는 귀족들에게 붙잡혀 비밀회담이라는 것에 끌려가고 말았다.

……솔직히 황위 계승 같은 것보다는 훨씬 더 코앞에 닥친 문제가…… 생명의 문제가 있었기 때문에! 이 방해 행위에는 무척이나 짜증이 난 사피아스였다. 그가 화풀이 겸 자신을 붙잡은 귀족들에 대해 미아에게 털어놓았다고 해도 아무도 비난할 수 없을 것이다.

아무튼 목숨이 달린 문제이니까!

그렇게 또 다음 날……. 사대공작가에서 주최하는 생일 파티의 마지막을 담당하는 것은 그린문가였다.

"흐음……. 하지만 어떻게 말을 꺼낼까요……. 에메랄다 양은 분명 반대할 것 같은데요……."

미아와 사대공작가의 영애(엄밀하게 말하자면 블루문가에서는 슈베르트 후작 영애)가 참가하는 요리 모임에 어떻게 권유할 것인가.

"틀림없이 대귀족의 영애가 요리라니! 같은 말을 할 거라고요. 그렇다고 부르지 않으면 않은 대로 시끄러울 것 같고요. 흐으음……. 어떻게 하죠……."

그런 고민을 하던 미아였으나…….

"평안하셨나요, 에메랄다 양."

회장에 들어가 에메랄다의 얼굴을 보고 위화감을 느꼈다.

"미아 님. 저희 그린문가에 잘 오셨습니다."

그렇게 말하며 웃는 에메랄다였으나, 어딘가 동작이 어색했다.

"흐음? 무슨 일이 있었나요? 어쩐지 상태가 이상한데요……."

미아의 지적에 꼼지락꼼지락 몸을 배배 꼬는 에메랄다. 그 두 팔은 어째서인지 등 뒤로 돌리고 있었다.

"저, 저기…… 미아 님. 그, 제가 드리는 선물 말인데……. 예전에, 미아 님께서 말씀하셨거든요. 가격은 비싸지 않아도 괜찮으니까, 직접 만든 것이 좋다고. 기억하고 계신가요? 그래서, 그……."

"아…… 그리고 보면, 그런 말을 했었죠. 네……."

물론 완전히 잊고 있었다.

그건 예전에 세인트 노엘 섬에서 있었던 일. 어느 날 휴일이라 우연히 마을을 걷고 있던 미아는 쇼핑하는 에메랄다를 발견. 미아의 생일 선물을 고르고 있다는 에메랄다가 어마어마하게 비싸 보이는 보석을 사려는 걸 온 힘을 다해 저지했다.

그때 수제 액세서리에 사용하는, 작고 저렴한 보석을 보고는 말했다.

저렴해도 괜찮으니까 세상에 하나밖에 없는 수제 장신구를 갖고 싶다고.

"혹시…… 정말로 만드신 거예요?"

미아의 질문에 말없이 고개를 끄덕 움직이는 에메랄다. 부끄러워서 그런지 뺨이 은은하게 붉게 물들어 있었다.

솔직히 설마 기억하고 있었을 줄은 꿈에도 몰랐던 미아였지만……. 막상 기억해주고 있었다니 조금 기쁘기도 하고……. 어쩐지 기대감에 가슴이 간질거리기도 하고…….

"봐도 될까요……?"

그렇게 묻자, 에메랄다는 어쩐지 굉장히 부끄러운 듯 우물쭈물 몸을 비틀었다.

"저기…… 너무, 기대는 하지 말아주세요. 저는 그, 이런 건, 그리 잘하는 편이 아니라……."

그런 소릴 하는 에메랄다에게서 작은 나무상자를 받았다.

조심조심 열어보자 안에서 나온 것은 조금 큼직한 브로치였다.

딱 미아의 손바닥만 한 크기일까. 작은 보석이 어설프게 배치된 그것을 보고 미아는 무심코 웃어버렸다.

에메랄다가 서툰 손놀림으로 그걸 만드는 모습이 상상이 갔으니까…….

그 후 미아는 드레스의 가슴께에 브로치를 달았다.

"아아…… 역시. 영 별로네요. 저기, 미아 님. 무리해서 달지 않으셔도…….”

"감사합니다. 에메랄다 양. 이거…… 무척 기뻐요.”

미아는 에메랄다의 얼굴을 보며 생긋 미소 지었다.

"소중히 간직할게요.”

그 말을 듣자 에메랄다는 순간 얼떨떨한 표정을 지었다가,

"네. 물론이죠. 소중히 아껴주세요!”

얼굴 가득 환한 미소를 지었다.

──이 반응이라면……, 괜찮을지도 모르겠어요.

지극히 자연스럽게 떠올린 미아는 별다른 고민도 없이 에메랄다에게 말했다.

"저기, 에메랄다 양. 사실은…….”

이렇게 미아는 요리 모임에 에메랄다를 권유했다.

그런 감동적인 우정 에피소드가 펼쳐지는 무대의 뒤에서…….

에메랄다의 메이드, 니나는 분주히 회장을 오가고 있었다. 그러던 도중 그녀는 별안간 팔을 잡아당기는 손길에 복도 구석으로 끌려갔다.

"앗……, 사피아스 님. 무슨 일이십니까?"

그녀로서는 드물게 조금 놀란 표정으로 물었다. 그런 니나에게 사피아스는 소곤거리는 목소리로 말했다.

"그게……. 실은 조금 큰 문제가……."

"조금…… 큰 문제?"

어리둥절해서 고개를 갸웃거리는 니나에게 사피아스가 뻣뻣한 미소를 지었다.

"무시무시한 일이 일어나려 하고 있어. 부디 네 힘을 빌리고 싶어. 아니, 이제 너 말고는 부탁할 수 있을 법한 사람이 없거든……."

자……. 이리하여 별을 지닌 공작 영애와 미래의 별을 지닌 공작 부인 feat. 미아의 요리 모임이 열리게 되었다.

그 전말이 어떻게 되는지……, 그건 여기서는 생략하기로 하지만…….

모든 것이 끝났을 때, 새하얗게 불태운 사피아스가…….

"……아아, 키스우드 씨, 잘 지내? 또 조만간 술잔이라도 나누고 싶은데……."

머나먼 이국땅의 친구를 그리워하였다.

해피엔딩.

막간 할머니와 손녀의 옛날이야기 Ⅲ

"블루문 공작은 선크랜드의 키스우드 님과 친구셨죠. 조금 뜻밖이라는 느낌이 들었는데, 세인트 노엘 시절부터 아는 사이셨군요."

벨은 호기심으로 얼굴이 반짝반짝 빛났다.

천칭왕 시온도, 그 종자 키스우드도 유행에 민감한 벨은 아주 좋아하는 화제였다. 아무리 사소한 이야기라도 가슴이 두근두근 뛰었다!

미아는 그런 벨을 보며 쓴웃음을 지었다.

"네, 저도 의외였답니다. 그 두 사람은 성격도 꽤 다르니까요. 무엇보다 사피아스 공작은 어린 시절부터 약혼자인 레티치아 부인에게 순애를 바쳤고 지금도 그건 변함이 없는 분. 반면 키스우드 경은 굳이 따지라면 바람둥이 기질이 있으니……. 그런 덕분에 터득하였을 요리 실력에는 종종 도움을 받기도 했지만요……."

종종 도움을 받았다……. ……키스우드는 울어도 된다.

"그나저나 시온 폐하도 그렇고 미아 할머니도 그렇고, 10대일 때는 다양한 사랑을 하셨겠죠? 그런 이야기도 듣고 싶어요. 분명 에리스 리트슈타인의 연애소설에 나올 법한 극적인 연애를 경험하셨겠죠?!"

반짝이는 눈동자로 바라보는 벨. 반면 미아와 안느는 스스슥 시선을 돌렸다.

과거…… 에리스의 연애소설을 교과서로 삼았던 두 사람이었으나…… 이렇게 결혼하고 손주도 태어날 나이가 되니 그게 얼마나 무모한 짓이었는지 잘 알게 되었다.

소설과는 다르게 현실에서는 그리 로맨틱한 사건이 일어나지 않는 법이다.

"그, 그러고 보면 성녀 미아 황녀전 제10권 원고가 곧 완성된다고 에리스에게 들었습니다. 미아 님."

화제를 바꾸려고 한 건지 안느가 그런 말을 꺼냈다. 하지만…… 미아에게는 그건 그거대로 골치 아픈 문제라고 해야 할지…….

"와! 새 미아 황녀전이 나오는군요. 후후후, 기대돼요. 소녀는 달밤의 결투 챕터를 정말 좋아하거든요……. 미아 할머니가 너무 멋있고……."

"아, 아……. 그, 그러고 보면 그런 이야기도 있었죠……."

"월제검 미아칼리버! 저도 휘둘러 보고 싶어요!"

붕붕 주먹을 흔드는 벨을 보고 미아는 무심코 쓰게 웃었다.

그랬다. 벨 같은 어린아이가 진짜 있었던 일로 받아들이는 건 그래도 괜찮다. 어쩔 수 없다. 어린아이는 순진무구하니까 황녀전에 픽션이 들어갔다고 생각지도 못할 것이다.

──무시무시한 건 어른들도 그 황녀전을 진지하게 읽는 사람이 있다는 점이죠…….

아직도 과거 미아는 검을 휘두르며 하늘을 날았다는 이야기를 믿는 사람이 많았다. 그런 사람들을 보면 미아는 무심코 '이분…… 괜찮은 건가……?'라며 걱정되었지만…… 아무튼.

"아, 그러고 보면 미아 할머니에게 여쭤보고 싶은 게 있었어요."

"어머? 그게 뭔가요?"

"저 그 무인도에서 연달아 사건이 일어나는 미스테리 소설을 아주 좋아하는데요……."

벨은 호기심 왕성한 눈동자로 미아를 빤히 바라보았다.

"그거 주인공이 공주님이었는데, 혹시 미아 할머니의 과거 경험이 모델이거나 한 건가요?"

"네? 어, 글쎄요, 어땠더라……? 그랬던 것 같기도 하고 아닌 것 같기도 하고……. 다, 다음에 에리스에게 물어보는 게 어떨까요?"

미아는 벨의 추궁을 가볍게 회피했다.

"에리스하니 말인데, 에리스도 그렇지만 안느의 다른 가족은 잘 지내나요?"

"네. 덕분에 가족 일동 모두 건강합니다."

"다행이군요. 후후, 하지만 이렇게 옛날이야기를 하고 있으니 안느의 집에서 생일 파티를 열었던 때가 생각나요. 매년 성대하게 축하해줘서 무척 기뻤답니다."

Collection of short stories

신약 열흘 늦은 생일 파티

『가난한 왕자와 황금룡』(미완)

NEW TESTAMENT
TEN DAYS LATE BIRTHDAY PARTY

단행본 8권 TO북스
온라인스토어&제휴 서점 특전 SS

왕자는 죽음의 그림자 계곡으로 간다.

그저 친구인 황금룡을 구하기 위해. 그 생명의 불꽃을 다시 틔우기 위해.

"기다려. 반드시 너를 되살릴 테니까."

조용한 결의를 품고 계곡을 내려가는 왕자. 그 앞에서 기다리는 거대한 시련을 그는 아직 몰랐다.

자기 전. 에리스 어머니에게 이야기를 듣는 깃은 벨에게는 잊을 수 없는 무척 즐거운 시간이었다.

가장 좋아하는 건 위대한 제국의 예지인 할머니가 이룩한 위업을 듣는 것이지만, 그와 비등하게 에리스가 쓴 모험담도 좋아했다.

『가난한 왕자와 황금룡』은 벨이 특히 좋아하는 이야기다. 듣다 보면 너무 즐거워서 잠을 못 자게 된다는 게 조금 곤란하지만……

그날 밤도 침대에 누운 벨은 설레는 얼굴로 에리스에게 물어보았다.

"에리스 어머니, 다음! 그다음은 어떻게 되죠?"

신이 나서 물어보는 벨을 향해 에리스는 쓴웃음을 지으며 대답했다.

"그러게. 어떻게 될까……"

"네……? 아직 완결이 안 난 건가요?"

"그래. 이 이야기는 여기까지만 썼어."

의아한 듯 고개를 갸웃거리는 벨. 그 머리를 다정하게 쓰다듬으며 에리스는 말했다.

"옛날에 이 이야기를 아주 좋아하던 사람이 있었거든."

에리스는 온화하게 눈을 휘었다. 마치 시선 너머에서 그리운 사람을 찾는 것처럼.

"늘 내가 쓴 이야기를 생글생글 웃으면서 읽어준 사람이었지. 어떤 이야기든 마음에 들어 했지만, 만나게 된 계기였던 이『가난한 왕자와 황금룡』을 특히 좋아해 줬어. 다 읽고 나면 꼭 이렇게 말하는 거야. 다음은 어떻게 될지 기대되어서 견딜 수 없다고. 그런 말을 들으니 좀처럼 끝내는 게 어려워져서."

그러고는 쓸쓸하게 웃으며 말했다.

"하지만 제대로 끝내야 했었다고 생각해. 제대로 끝내야 한다며 마지막 이야기를 쓰기 시작한 건 그분이 쓰러진 뒤였어. 어떻게든 살아계실 때 끝내고 싶었는데…… 늦었지. 그래서 깨달은 거야. 나는 그분을 위해 이 이야기를 쓰고 있었다는 걸. 그래서 가장 읽어주길 바란 사람이 읽어주지 못하는데, 이 이야기의 다음 내용을 쓰는 의미가 있는 걸까……. 그렇게 생각했더니 더는 뒷이야기를 떠올리지 못하게 되었어……."

"그거…….."

입을 열려고 한 벨의 머리에 살며시 손을 올려놓은 에리스가 고개를 저었다.

"어떤 엔딩이었다면 그분께서 기뻐해 주셨을까⋯⋯."

그⋯⋯ 조금 후회가 섞인 중얼거림을 벨은 잊을 수 없었다.

미아와 안느의 합동 생일 파티는 즐거운 여흥 시간을 맞았다.

특히 미아를 기쁘게 한 건 케이크⋯⋯ 였다는 건 말할 필요도 없지만, 그 후에 이어지는 에리스의 신작 낭독회 또한 미아에게는 행복의 시간이었다.

"⋯⋯꽃의 나라의 백성은 아쉬워하며 왕자에게 말을 걸었습니다. 왕자는 그런 그들에게 미소로 화답하며 말했습니다. '또 오겠습니다. 다음 봄에, 이 나라에 꽃이 만발하는 시기에. 부디 그때까지 건강하시길' 그렇게 왕자와 용의 여행은 계속되었습니다."

에리스는 조용히 원고를 내린 뒤 머리를 깊이 숙였다.

낭독이 끝나자 미아는 '후우⋯⋯' 하고 만족스러운 한숨을 내쉬었다.

조용한 여운에 잠긴 뒤 환한 미소를 지으며 박수를 보냈다.

"아아, 멋져요. 정말 멋져요. 에리스, 이번에도 무척 훌륭했어요."

미아는 가장 좋아하는 이야기인 『가난한 왕자와 황금룡』의 신작을 듣고 크게 기뻐했다.

"에리스 어머니의 **미완의 대작** 『가난한 왕자와 황금룡』 제5권인 『고대의 용에게 장송의 꽃다발을』이군요. 무척 반가워요."

벨도 방긋방긋 웃으며 고개를 끄덕였다. 아무래도 그녀도 이 이야기의 팬인 모양이다. 좋은 독서 친구를 발견했다! 벨과 작품

이야기를 나누자! 같은 생각을 하던 미아였으나…….

"후후후, 그렇죠. 제가 제일 좋아하는 이야기예요……, ……응? 미완?"

벨의 말속에서 묘하게 불길한 키워드를 포착한 미아는 눈썹을 찡그렸다.

"미완이라니, 어떻게 된 거죠?"

"네.『가난한 왕자와 황금룡』은 무척 인기가 많은 이야기로…… 아주 오래 연재했는데, 결국 제49권인『황금빛 친구의 죽음』을 끝으로 속편이 나오지 않았거든요…….'"

"잠깐만요, 벨. 그거 소제목이 굉장히 신경 쓰이는데요! 아니, 하지만 딱히 내용을 알려달라고는 안 하겠어요. 오히려 만약 말했다간 당신이라고 해도 용서하지 않을 거예요!"

우선 단단히 못을 박은 후.

"크흠, 뭐 그건 그렇다 치고. 즉 49권에서 제대로 엔딩이 났기 때문에 후일담 같은 게 나오지 않았다는 건가요?"

"아뇨. 미아 언니. 그…… 소제목에서도 느끼셨을 테지만 아주 흥미진진한 타이밍에 연재가 중단된 거라서요…….'"

그 말을 듣고 미아는 '히이이이익!' 하며 경직된 비명을 질렀다.

"아이아, 그, 그 소제목에서 딱 흥미진진할 때 끝났다는 건 정말로 가장 독자를 피 말리게 하는 상황에서 멈췄다는 느낌이 드는데요! 대체 어째서……? 혹시 나라가 황폐해졌기 때문인가요? 내란 등으로 책을 낼 수 있는 환경이 아니게 되었다거나……?"

미아의 질문에 벨은 조용히 고개를 저었다.

"아뇨. 나라의 상황이 서서히 악화하는 중이긴 했지만, 아직 책을 내지 못할 정도는 아니었던 모양이에요. 다만 미아 할머니가……."

"제가요……? 뭐죠?"

"독에 당해 쓰러지셔서……."

"아……."

그 말에 떠올렸다. 그러고 보니 잊고 있었지만, 자신은 벨이 있던 세계에선 독을 먹고 꽃처럼 져버렸다고 했었다…….

"흐음. 그건 알겠지만요……. 어디까지나 제가 읽지 못했을 뿐인 것 아닌가요? 그게 미완의 이유는 되지 않을 것 같은데요……."

미아의 지적에 벨은 작게 고개를 저었다.

"에리스 어머니가 그러셨어요. 미아 언니가 읽어주지 못하는데 이 이야기를 완성시키는 건 의미가 없는 일이 아닐까……. 그런 생각이 들자 뒷이야기를 쓰지 못하게 되었다고요."

"아하……. 그렇군요."

그제야 미아도 이해가 갔다.

요컨대 에리스는 자신의 작품을 미아에게 가장 먼저 보여줌으로써 충성을 보여왔다. 마치 햇곡식을 신에게 바치는 것처럼.

확실히 그것은 충성을 보이는 하나의 방법일지도 모르지만…….

"흐음……."

미아는 고개를 한 번 끄덕인 뒤 에리스에게 갔다.

"에리스……."

"아, 미아 님."

미아의 모습을 본 에리스는 생긋 웃었다.

"올해의 탄신일도 축하드립니다."

"고마워요. 기쁘네요. 그런데 몸 상태는 어떤가요?"

"마음 써 주셔서 감사합니다. 이렇게 일어나서 평범하게 생활할 수 있게 되었습니다. 이것도 미아 님 덕분이에요."

"그렇군요. 네, 확실히 안색도 좋아 보이고⋯⋯."

몸이 약한 에리스다. 너무 무리하면 안 된다. 제대로 건강하게, 끝까지 집필하기를 절실히 바라는 미아였다.

그리고 그러기 위해서 꼭 해야만 하는 말이 있다.

"에리스, 당신은 무엇을 위해 이야기를 쓰고 있나요?"

그 질문에 에리스는 바로 진지한 얼굴이 되어 대답했다.

"그건 물론 미아 님께 즐거움을 드리기 위해서입니다. 저는 미아 님의 전속 예술가이니까⋯⋯."

거기서 말을 한 번 끊은 에리스가 불안하다는 듯 고개를 기울였다.

"⋯⋯저기, 제 이야기에 무언가 마음에 안 드는 점이 있으셨어요?"

그런 에리스를 향해 미아는 쓴웃음을 지으며 고개를 저었다.

"아뇨, 아닙니다. 오히려 반대예요. 정말 멋진 이야기였어요. 저는 이 이야기를 무척 좋아해서, 다음 내용이 어떻게 될지 늘 궁금해한답니다. 그래서 저에게 가장 먼저 보여주는 건 아주 기뻐요. 영광이에요."

그 후 미아는 본론에 들어갔다.

"하지만 오직 저만을 위해 이야기를 쓰지는 말아주었으면 해요."

"어떤 의미인가요?"

눈을 깜빡이는 에리스를 보며 미아는 짧게 '으음' 하고 고민했다.

"당신 자신도 이야기를 좋아할 테니 제가 말할 필요는 없다고 보지만요. 이야기란 한 명이 독점해서는 안 됩니다. 모두가 즐거움을 나눠야 하죠."

세인트 노엘에서 독서 친구 클로에를 만났을 때, 그녀와 책 이야기를 할 때 마음이 설렜던 걸 떠올리며 미아는 말했다.

"당신의 이야기는 분명 재미있어요. 하지만 그것만이 아니에요. 사람들에게 희망을 나눠주는, 읽는 이의 마음을 밝혀주는…… 그런 힘을 지니고 있지 않나. 저는 그렇게 생각해요. 그러니 저만을 위해서 쓰는 게 된다면 무척 아까운 일이 아닐까요."

그렇게 강조하며 주장하는 미아였다. 진심으로 역설했다!

왜냐……? 답은 간단하다.

확실히 『가난한 왕자와 황금룡』은 문제가 없을지도 모른다. 미아가 살아있기만 하면 되니까. 하지만 예를 들어, 에리스가 누군가를 사랑하게 되고 그 사람을 위해 이야기를 쓰게 된다면?

그때는 뭐, 미아도 당연히 읽게 해줄 수도 있지만…… 그 이야기가 굉장히 재미있는데, 혹여라도 상대가 중간에 읽을 수 없게 되었을 때는 어떻게 될까……?

미아는 재미있는 이야기와 만났는데도 완결을 읽을 수 없다는 무시무시한 사태가 일어나게 된다.

그건 어떻게든 피하고 싶다. 너무너무 궁금해서 지분 좋게 낮잠 잘 수 없게 될지도 모른다.

사람은 자신이 뿌린 씨앗은 자신이 거둬야 하는 법. 『가난한 왕자와 황금룡』과 관련해 자신과는 상관없다고 생각하면, 언젠가 다른 이야기에서 쓴맛을 보게 될 것이 틀림없다…….

게다가…… 좋아하는 이야기를 중간에 읽지 못하게 된다는 건, 다음 권이 없이 완결되지 않는다는 건 누구에게나 슬픈 일이다. 그래서 미아는 설령 자신이 죽은 뒤라고 해도 『가난한 왕자와 황금룡』이 완결되어 사람들에게 널리 읽히는 게 더 좋았다.

따라서 미아는 주먹을 불끈 쥐고 말했다!

"그러니 당신은 저를 신경 쓰지 말고 자유롭게, 마음껏 집필에 임해주세요. 저를 배려할 필요는 전혀 없으니까요."

그 말이 자신의 황녀전에 어떠한 영향을 미치는지 조금도 상상하지 못했던 미아이지만…….

여하간, 에리스는 미아의 말에 감동하며 머리를 숙였다.

"감사합니다. 미아 님……. 눈을 뜬 기분입니다. 확실히 최근에 쓴 이야기는 조금 스케일이 작아진 느낌이 들어요. 더 자유롭게, 풍성하게, 이야기를 전개해나가고 싶습니다!"

에리스는 안경 너머로 눈동자를 반짝반짝 빛내며 고개를 끄덕였다.

『가난한 왕자와 황금룡』.

그것은 대륙 문학사에 이름을 남긴 문호, 에리스 리트슈타인의 대표작인 장편 판타지 소설이다.

완결까지 실로 20년 가까운 세월을 들인 그 책이 그려낸 것은 왕자와 드래곤의 따뜻한 우정 이야기.

그 책의 후기에 저자는 이러한 내용을 적었다.

후원자로서 저를 응원해주신 미아 폐하께 더 없는 감사를 드립니다. 제가 도중에 아이디어가 막혀 붓을 꺾으려 했을 때마다 폐하의 말씀이 저를 지지해주었습니다. 제 이야기에는 사람들의 마음을 밝혀주는 힘이 있다, 그러니 모두와 함께 그 즐거움을 나누고 싶다. 그 말씀에서 저는 미아 님께서 이상으로 삼은 나라의 모습을 본 느낌이 들었습니다. 미아 님의 이상 실현에 이 책이 조금이라도 도움이 되었다면, 어둠이 많은 이 세상을 조금이라도 밝게 비춰줄 수 있었다면 좋겠습니다.

에리스 리트슈타인.

한편 그 이야기의 완결을 가장 먼저 읽은 열광적 독자이기도 한 미아는, 책을 다 읽고는 만족스럽게 고개를 끄덕이며 이렇게 중얼거렸다고 한다.

"후후후, 이 이야기라면 분명 앞으로 태어날 그 아이도 만족해주겠죠."

그 말이 어떠한 의미를 지녔는지…….

후대를 살아갈 그녀의 자손을 즐겁게 해주는 멋진 이야기였다는 의미인지, 아니면…….

그 진정한 의미는 공표되는 일 없이…….

티어문 제국 최초의 여제이자 예지라 칭송받는 여성, 미아 루나 티어문의 가슴속에 그 답이 숨어있었다.

티어문 제국 이야기
이야기

Collection of short stories

신약 열흘 늦은 생일 파티

~무욕의 재상 루드비히의 비밀~

NEW TESTAMENT
TEN DAYS LATE BIRTHDAY PARTY

단행본 8권 TO북스
온라인스토어 특전 SS

티어문 제국의 황금시대를 구축한 명재상, 루드비히 휴이트는 물욕이 적은 인물로 알려져 있다.

이런 에피소드가 있다.

재상부(宰相府)가 화재로 무너졌을 때의 일이다. 한발 먼저 위기를 감지한 그는 직원에게 피난 명령을 내린 것과 동시에 본인은 필요한 서류 반출에 집중하여, 그 후의 행정작업에 올 타격을 최소한으로 줄였다.

그때 그는 개인적인 물건은 일절 가지고 나오지 않았다.

그의 개인실도 화마에 휩싸였음에도 아무것도 가지고 나오지 않았다. 한눈 한 번 팔지 않고, 그저 공적인 서류만을 구출한 그는 무욕의 공무원으로 이름을 떨치게 되었으나…….

여기에 이의를 제기하는 자가 있었다. 그 인물이 말하기를, 루드비히 재상은 딱히 물욕이 적은 건 아니다. 다만 그는 가장 소중히 여기는 것을 늘 몸에 지니고 다녔을 뿐이라는 것이다.

그 진실은…….

한 해가 끝나고 추운 겨울을 맞은 시기.

탄신제도 무사히 마치고 점점 차분함을 되찾아가는 제도(帝都)를 한 대의 마차가 달려갔다.

좁은 골목 앞에서 소리 없이 멈추는 마차. 이어서 마차 안에서 나타난 이는 제국의 예지, 미아 루나 티어문 황녀 전하였다.

"후우……."

작게 내뱉은 숨은 희게 물들어 있었다. 위를 올려다보자 잿빛으로 탁해진 구름에서 드문드문 눈이 내리기 시작했다.

"미아 님. 이쪽입니다."

앞서 걷는 안느의 안내를 받아 미아는 서둘러 걸어갔다.

이윽고 도착한 장소에는 한 채의 집이 세워져 있었다.

그곳은 충신 안느의 본가였다.

"축하드립니다. 미아 황녀 전하."

문을 열자마자 밝은 목소리가 미아를 맞았다.

따뜻한 미소를 머금고 축하하는 말을 건네는 안느의 부모와 명랑한 동생들. 그 환대에 미아의 얼굴도 자연스럽게 풀어졌다.

이렇게 연말의 하루를 안느의 집에서, 안느와 함께 축하받는 것은 미아 안의 연례행사가 되었다.

작지만 따스함이 넘쳐흐르는 이 가족이 미아는 무척 마음에 들었다.

"올해도 초대해줘서 감사해요."

안느의 가족들에게 시선을 보내며 미아는 온화한 미소를 지었다.

"그런데 어땠나요? 탄신제 때는 다들 배부르게 드셨을까요?"

그렇게 묻자 아이들은 저마다 무언가 말했지만…….

그런 그들을 제지하고 대표로 입을 연 사람은 미아의 전속 작가이기도 한 에리스였다.

"저는 더 못 먹겠다는 생각이 들 만큼 먹었습니다."

본래 몸이 약해서 소식하던 에리스였지만, 미아의 전속 작가가 된 뒤로 완전히 건강해져서는 식사량도 늘었다고 들었다. 혈색도 좋아졌고…… 솔직히 말해, 조금 포동해진 건지도 모른다.

시험 삼아 미아는 에리스의 위팔을 붙잡아 보았다.

"힉, 무, 무슨 일이세요? 미아 님."

놀라는 에리스를 뒤로 미아는 자신의 팔을 잡아보았다……. 그리고 작게 서글픈 한숨을 내쉬었다.

"어쨌거나 다행입니다. 음식은 먹을 수 있을 때 먹어두지 않으면 나중에 후회하니까요."

그러니 조금쯤은 이것저것 축적해두어도 괜찮다! 고…… 미아는 자신의 배를 문질렀다.

……그래, 괜찮다!

"혹시 식욕이 별로 없으신 건……."

미아의 행동을 본 안느가 걱정하며 눈썹을 찌푸렸다.

"후후후, 설마요. 그럴 리 없습니다. 전혀 문제없어요."

미아의 눈앞에는 따끈따끈한 김이 올라오는 요리가 있다. 파티에서 나오는 것처럼 화려하지는 않다. 하나, 미아의 눈을 속일 수는 없다.

그 요리에서 풍기는, 형언할 수 없을 만큼 좋은 냄새……. 이건 틀림없이 맛있다. 미아의 감이 알리고 있다.

"오히려 너무 많이 먹어버리는 게 아닌지 걱정될 정도예요."

그때였다.

"실례합니다."

현관 쪽에서 남성의 목소리가 들렸다.

잠시 후 모습을 드러낸 건 미아의 또 다른 충신인 루드비히였다.

"아, 왔군요."

미아는 안경을 쓴 충신의 모습을 확인한 뒤 환영하듯 미소 지었다.

"미아 님. 이것은 대체……."

반면 루드비히는 곤혹스러운 얼굴이었다. 그도 무리는 아니다. 지금부터 이뤄지는 것은 지극히 사적인 생일 파티이기 때문이다.

본래 루드비히가 부름을 받을 이유는 어디에도 없다.

그렇다면 미아는 왜 부른 것인가. 그건…… 보답하고 싶었기 때문이다.

예전에 미아는 이전 시간축의 보답을 위해 안느에게 생일 선물을 건넨 적이 있었다. 그때 반대로 안느의 집에서 열리는 이 생일 파티에 초대받았다.

이 파티는 말하자면 미아와 안느, 두 사람이 고마워하는 마음을 담아 서로를 축하하는 자리이다.

그리고 올해도 그런 생일 파티를 맞이하며 미아는 불현듯 생각했다. 과거의 안느에게 보답한다면, 루드비히에게도 보답해야만 하지 않을까.

──뭐, 이러니저러니 해도 망할 안경은 저를 구명하기 위해 탄원하고 다녔던 모양이니까요. 안느에게 은혜를 입었듯 망할 안경…… 아니, 루드비히에게도 은혜를 입은 거죠. 그렇다면……

보답하는 게 도리예요.

안느를 전속 메이드로 지명한 건 그녀에게 좋은 대우를 해주는 것이 목적이었고, 고마움을 담은 선물도 여러 번 건넸다. 반면 루드비히에게는 딱히 아무것도 하지 않았다는 걸 떠올렸다.

이쯤에서 한 번 포상을 내리는 것이 황녀의 의무…… 같은 생각을 한 미아는 루드비히를 이 자리에 부르기로 했다.

"사실 오늘은 평소의 보답을 위해 당신에게 선물을 준비했답니다."

"선물…… 말씀입니까?"

의아한 듯 고개를 갸웃거리는 루드비히를 향해 미아는 작은 나무상자를 내밀었다. 안에는 얼마 전 거리에서 발견한 독특한 펜이 들어있다.

"이건 새롭게 개발된 만년필이라는 필기구랍니다. 필기감이 좋고, 손에 잘 붙고…… 무엇보다 잉크가 안에 들어있으니 꼬박꼬박 잉크를 묻힐 필요가 없는 우수한 물건이죠."

상인이 권유하는 대로 시험 삼아 써보았던 미아는 바로 만년필이 마음에 들었다. 이것이라면 요인의 이름을 외울 때 종이에 거듭 적는 일이 편리해질 것 같다고 흡족해하면서 동시에…….

망할 안경에게 주기에 딱 좋은 물건이 아니냐는 생각이 들었다.

하지만 만년필을 본 루드비히는 떨떠름한 표정이었다.

"이러한 고가의 물건을 구매하신 겁니까……?"

눈썹을 찡그리며 바라보는 루드비히. 그 이유는 미아도 잘 이해하고 있었다.

그는 재정을 담당하며, 낭비를 없애기 위해 귀족에게 절약을 호소하는 입장이다. 그런 그가 쓸데없이 고급스러운 펜을 사용할 수는 없다. 그렇게 생각하는 것이리라.

하지만, 그렇기 때문에.

"네, 샀습니다."

일부러 당당히 고개를 끄덕였다. 루드비히의 반응은 미아가 예상한 범주였기에 침착한 태도를 보일 수 있었다.

"어째서인지…… 여쭤어봐도 되겠습니까? 당신께선 돈의 가치를 알고 계시죠. 이 펜에 낸 금화가 있다면 여러 명의 백성이 며칠간 먹을 수 있었을 겁니다. 왜 그런 낭비를."

──왔군요……!

미아는 근엄한 얼굴로 루드비히를 바라보았다.

계속 고민했다. 루드비히에게 어떻게 이 선물을 받아들이게 만들지.

그가 과소비를 싫어하는 건 알고 있다. 그렇기에 아마 이 펜을 평범하게 받아주지는 않을 것이다. 그런 건 뻔히 알았다.

그렇다고 이 펜이 아니라 다른 저렴한 물건을 포상이라고 말하며 주는 것은 또 미묘했다.

확실히 흔히 팔고 있는 과자 정도라면 그도 받아들일 테지만, 그래서는 역효과다. 자신이 일한 대가가 이 정도냐며 의욕이 깎일지도 모른다.

포상을 내린다면, 그 행적에 걸맞은 가치 있는 것을 본인이 수긍하며 받아들일 수 있게 해야만 하는데…….

──포상을 받게 만드는 것만으로도 이렇게 번거롭다니, 역시 망할 안경이에요. 정말 귀찮은 녀석이라니까요!

머리를 굴리면서도 미아의 눈꺼풀 뒤에는 그리운 충신의 모습이 어른거렸다. 그 밉살맞고, 귀찮고…… 그래도 누구보다도 충성을 다했던 망할 안경……. 늘 미아를 교육하기 위해 어려운 과제를 냈던 친애하는 충신.

그 얼굴을 떠올리며 미아는 생각했다.

──이건 망할 안경의 도전장 같은 거죠. 그렇다면 무슨 일이 있어도 극복하겠어요!

굳게 다짐한 미아는 고민의 성과를 전개했다.

"당신이야말로 이 펜을 사용해야 한다고 생각했기 때문이랍니다, 루드비히. 저는 이렇게 생각해요. 비싼 물건에는 비싼 이유가 있다고. 돈을 낼 가치가 있다고."

그렇게 말하며 조용히 만년필을 집어 들었다. 만년필은 그 손 안에서 희미한 광택을 띠었다.

"저는 이 펜에는 그런 가치가 있다고 생각합니다. 제대로 관리하면 오랫동안 사용할 수 있고, 필기감이 좋으면 사용자의 피로도 경감하겠죠. 많은 돈을 낼 가치가 있는 좋은 물건이라고 생각했기에 샀습니다. 그리고……."

미아는 루드비히를 물끄러미 바라보았다. 그 안경 너머, 지금은 이미 없는 과거 충신의 모습을 찾아내려는 것처럼.

"저는 당신에게도 그런 가치가 있다고 생각합니다."

"제게…… 말입니까?"

의표를 찔린 듯 중얼거리는 루드비히를 향해 미아는 고개를 끄덕였다.

"네, 그래요. 확실히 이 펜을 팔면 가난한 사람들을 여럿 구할 수 있을지도 모르죠. 하지만 당신은 이 펜을 사용해 그보다 더 많은 사람을 구할 수 있습니다. 당신의 수완으로 수백, 수천의 사람을 구할 수 있어요. 아닌가요?"

그것이 바로 미아가 내놓은 대답.

그리고 미아의 마음속에 있는 본심이기도 했다.

이러니저러니 하면서도 미아는 루드비히의 실력을 의심한 적이 없었다. 그라면 이 펜은커녕 그보다 훨씬 값비싼 물건에도 걸맞은 능력을 발휘한다. 아니, 포상으로 가늠할 수 없을 만큼 일할 것이 틀림없다고 미아는 믿는다.

"그러니 이건 낭비가 아닙니다. 아니면 이렇게도 말할 수 있겠네요. 이걸 낭비로 만들지, 아니면 적절한 투자로 만들지는 당신이 보여주는 성과에 달려있다고⋯⋯."

미아는 두 손으로 든 만년필을 루드비히를 향해 내밀었다.

"그러니 받아줄 수 있을까요? 루드비히."

"그건⋯⋯ 즉 이 고가의 펜에 걸맞은 능력을 발휘하리라 기대하신다고⋯⋯. 그런 의미입니까?"

그 질문에 미아는 고개를 옆으로 살짝 기울이고는⋯⋯.

"물론 저는 이미 당신은 이 펜에 걸맞은 공적을 세웠다고 생각합니다. 하지만 만약 당신이 앞으로도 제 밑에서 힘써준다면 그보다 더 기쁜 일은 없을 거예요."

그러고는 슬쩍 곁눈질로 루드비히의 얼굴을 살폈다. 아무 말도 하지 못하고 침묵하는 루드비히를 보며 미아는 승리를 확신했다.

──후후후, 성공이에요. 제가 보기에도 트집 잡을 구석이 없는 완벽한 논리……. 반해버릴 정도라니까요. 망할 안경에게 완승했어요!

그렇게 승리의 감동에 젖은 미아였으나…… 직후, 경악해서 굳어버렸다.

왜냐하면 눈앞에 있던 루드비히가 주저 없이 무릎을 꿇었기 때문이다.

그는 미아를 똑바로 올려다보며 엄숙한 어조로 말했다.

"그렇다면 저는 맹세하겠습니다. 당신께서 필요하지 않다고 말씀하시는 날이 올 때까지 제 모든 힘으로 당신을 섬기겠습니다."

"어…… 아, 아니, 그렇게까지 크게 받아들이지 않아도……. 그, 맹세 같은 게 아니라, 약속 정도여도 괜찮은데요?"

너무나도 진지한 대응이 돌아오는 바람에 조금 당황하는 미아였다.

이리하여 사대공작가의 뒤를 이어 미아와 루드비히 사이에도 새로운 약속이 맺어졌다. 그해 겨울은 제국의 역사에 무척이나 큰 의미를 지닌 겨울이 되었다.

티어문 제국의 황금시대를 구축한 명재상, 루드비히 휴이트는 물욕이 적은 인물로 알려져 있다.

하지만 그를 잘 아는 인물은 그것을 부정하다.

루드비히 재상에게는 무척 소중히 여기는 것이 있다고.

어떤 때에도 그의 가슴 주머니에 넣어두는 몹시 소중한 보물…….

그것은 조금 손때묻은, 한 자루의 만년필이었다고 한다.

티어문 제국
이야기

Collection of short stories

미아 황녀의 X 프로젝트

~무한의 케이크를 위하여!~

PRINCESS MIA'S X PROJECT
AIMING FOR INFINITE CAKES !

단행본 8권
전자판 특전 SS

"……흐음."

페르쟝에서 돌아온 미아는 백월 궁전에 있는 자신의 방에서 신음을 흘렸다.

"이건 제법 어려운 문제로군요……."

호화로운 침대 위에서 뒹굴뒹굴. 생각이 정리되지 않는다면서 뒹굴뒹굴.

그대로 잠들어버릴 뻔했던 미아는 다급히 뺨을 찰싹찰싹 때렸다.

"안 되겠네요. 제대로 생각해야죠……. 모처럼 떠올린 좋은 아이디어가 물거품이 되어버릴 거예요."

그건 페르쟝 미식 투어를 통해 얻은 착상……. 미아 학원에 음식을 배우는 학부를 개설하는 아이디어였다. 불현듯 떠올린 생각은 안느가 만든 카티라로 인해 한층 진화를 이루려 하고 있었다.

"그 카티라는 무척 맛있었죠. 평범한 밀을 사용하지 않는데도 무척 훌륭한 맛이었어요. 설탕도 아주 조금만 사용했다던데…… 그런 케이크가 존재하는군요."

그건 미아의 눈앞에 희망의 빛을 드리우는 근사한 케이크였다.

"타티아나 양은 단것을 너무 많이 먹으면 건강을 해친다고 했었죠. 설탕이 좋지 않다고……. 하지만 그런 케이크를 만들 수 있다면…… 어쩌면."

미아에게는 꿈이 있다.

그건 케이크 성에 살면서 케이크로 배를 채우는 것.

삼시세끼 케이크를 먹으며 낮잠까지. 여기에 건강도 챙긴다면 그걸 천국이라고 부르지 않고 무엇이라 부르리오.

"주방장의 채소 케이크도 너무 많이 먹는 건 금물이라고 했는데, 만약 밀이나 설탕을 사용하지 않고 몸에 좋은 재료만으로 만들 수 있다면…… 세끼 모두 케이크를 먹는 것도 꿈이 아닐지도 몰라요!"

그렇다. 미아는…… 그 가능성을 깨닫고 말았다!

밀과 설탕을 사용하지 않아도 카티라를 만든 안느의 노력이 미아가 기존에 지니고 있던 개념을 파괴하고 새로운 가능성으로 이어지는 길을 제시했다.

"역시 연구가 필요해요. 안느도 페르쟝에 가지 않았다면 그런 멋진 카티라를 만들지 못했을 테죠. 그렇다면…… 전문으로 요리를 배우는 장소를 미아 학원에 만드는 건 제 꿈을 실현하기 위한 첫걸음이 될 터……."

분명 대륙 각국에는 미아가 모르는 재료가 잠들어있을 것이다. 그걸 사용하면 어쩌면, 아무리 먹어도 전혀 문제 되지 않는 궁극의 케이크를 만들 수 있을지도 모른다.

"흐음……. 무한히 먹을 수 있는 케이크를 개발하는 프로젝트……. ∞(무한) 케이크 프로젝트라고 이름을 붙이죠."

고개를 주억거리던 미아는 바로 눈썹을 찡그렸다.

"아니, 하지만……. 말을 꺼내는 방식이 문제예요. 삼시세끼 케

이크를 먹는 생활을 하고 싶으니 요리 연구에 매진하라고는 할
수 없잖아요."

그런 소릴 했다간 루드비히까지 가기도 전에 안느에게 혼날 것
이다. 게다가 뭐니 뭐니 해도 주방장. 뭐든 균형 잡힌 식생활을 권
장하는 그 곰 같은 요리사에게 그런 요구는 통할 리가 없으니……

"이름은 신중하게 정할 필요가 있겠네요. 케이크는 숨기기로
하고, 무한도 이름으로 남겨놓는 건 위험할지도 몰라요. 루드비
히라면 눈치챌지도……. ∞…… 가 아니고, X……. 그래요, X 프
로젝트라고 명명하죠!"

그제야 마음에 드는 이름에 정착하여 만족스러워하는 미아
였다.

"뭐, 최종 목표는 그렇다 쳐도 그 앞 단계인 각국의 요리 연구
는 분명 나쁜 일이 아닐 거예요. 그렇게 기초적인 요리 기술을 향
상시켜서, 그 끝에 이상적인 케이크를 만들어낸다면 좋고. 이건
그걸 위한 첫걸음이라고 생각해야죠."

그렇게 미아는 바로 미아 학원의 학원장, 갈브에게 한 통의 편
지를 보냈다.

"새 케이크를 만든다면 그 사람의 협력이 필수죠. 지난번 채소
케이크를 만들어낸 그 실력, 이번에도 기대하겠어요."

더불어 궁정 주방장 무스타 와그만에게도 언질을 준 미아…….
였으나……, 직후에 이 일련의 일을 완전히 잊어버리게 되었다.
왜냐하면…….

"자, 그럼 황녀전을 확인하도록 할까요."

황녀전에서 시온 암살 사건이라는 특대의 난제를 발견해버렸기 때문이다.

그날, 발타자르 브란트는 성 미아 학원을 방문했다.

제국의 지방행정을 관장하는 적월청에 소속된 그에게 제국에 만연한 반농사상을 일소하는 건 몇 년에 걸친 커다란 과제였다. 그런 그이기에 성 미아 학원과는 최대한 긴밀한 연계를 맺고 싶었다.

적월청 내부에선 성 미아 학원에 의혹의 시선을 보내는 자도 있지만, 그런 걸 일일이 신경 쓸 수는 없다.

"뭐, 소중한 친구의 부탁이기도 하니까. 여기서는 힘을 쏟도록 할까."

그렇게 어깨를 으쓱이긴 했으나, 실제로 그 자신도 지금 하는 일에 보람을 느끼고 있었다.

아무튼, 여느 때처럼 학원장 갈브의 사무실을 찾아간 그는 '어라?' 하고 작게 눈썹을 꿈틀거렸다.

자신의 은사이자 성 미아 학원의 학원장인 현자가 심각한 얼굴로 양피지를 읽고 있었기 때문이다.

"무슨 일 있습니까? 스승님."

그렇게 말을 걸자…….

"아아…… 왔느냐. 제자 발타자르여."

갈브는 조용히 시선을 들어 깊이 한숨을 내쉬었다. 미간에 주름을 만들고 무언가 고뇌하는 듯한 그 모습에 발타자르는 고개를 갸웃거렸다.

"무언가 문제라도 있습니까? 스승님께서 고민할 만한 문제는 아무것도 없다고 보는데요…….."

"문제는 아니다. 다만 내 지혜가 너무도 얄팍하여 한탄하고 있었을 뿐."

그렇게 말하더니 갈브는 들고 있던 양피지를 발타자르에게 던졌다.

"이것은……?"

아무래도 그건 편지인 모양이었다. 보낸 이는 갈브를 이 학원의 학원장으로 임명한 장본인…….

"미아 황녀 전하의 편지입니까……. 흐음, 타국의 요리를 연구하는 학부라."

발타자르는 한숨을 쉬며 어깨를 으쓱했다.

"그렇군요. 이건 예상하지 못한 발상입니다. 하지만 확실히 외교사절을 맞을 때 등에는 좋을지도 모르겠군요."

외국에서 온 사절을 맞을 때는 당연히 제국의 요리로 환영한다. 하지만 미아는 그 부분에 이의를 제기했다.

"여행의 피로가 쌓인 상대에게는 익숙지 않은 제국의 요리보다 오히려 고국의 요리가 더 좋지 않은가. 무언가 하나라도 그리운 고향의 맛이 있다면 자연스럽게 회담의 분위기가 좋아질 터. 미아 황녀 전하의 노림수는 이런 것이려나요."

제국 내에서도 각 귀족령마다 나오는 요리가 조금씩 다르다. 그걸 즐기지 못해서는 적월청의 관리로 일할 수 없으나…… 그래도 가끔은 고향의 맛이 그리워지니…….

"상대방을 배려하는 착안점이라니, 역시 제국의 예지라고 해야 겠군요……."

그렇게 시선을 든 발타자르는 조용한 눈빛으로 편지를 바라보는 스승의 얼굴을 발견했다.

"왜 그러시죠……?"

"아니……. 나도 처음에는 그렇게 생각했다. 그래, 그건 확실히 필요한 일이지. 미아 학원이 농업의 소중함을 가르치는 학교라면 그것과 관련이 깊은 요리를 배우는 학부를 개설하고 싶다는 것도 그리 이상한 이야기라고는 할 수 없으나……, 과연 그것뿐일까?"

"무슨 의미입니까? 스승님. 이 편지에 무언가 다른 의미가……?"

그러자 갈브는 편지에 적힌 한 단어를 가리켰다.

"X 프로젝트……? 이게 뭐죠?"

"이런 생각은 안 드느냐? 발타자르여. 미아 황녀 전하께선 괜한 일은 하지 않는 분. 그 하나하나에는 이중, 삼중의 의미가 있지. 그렇다면 이 X 프로젝트라는 이름에는 아무런 의미가 없는 걸까……?"

"X…… 흐음, 글쎄요. 무언가의 머리글자라는 가능성도 있어 보이는데요……."

"그 부분을 잠시 고찰해보았을 때…… 불현듯 이것이 아닌가, 답을 깨달아서 말이다……. 나도 모르게 경악해버렸구나."

"답을 아셨습니까? 그건……?"

고개를 갸웃거리는 발타자르를 향해 갈브는 득의양양한 얼굴로 자신의 고찰을 설명했다.

"X란 즉 크로스……. 두 개의 것을 교차시킨다는 의미지. 그렇다면 무엇과 무엇을 교차시키는가? 하나의 선을 미아 학원으로 가정한다면…… 다른 하나의 선은?"

갈브는 의미심장하게 손가락을 교차시키고는…….

"이건 외교와 교육에 영향력을 지닌 그린문가가 아닐까? 즉 미아 황녀 전하는 이것을 계기로 그린문 가와의 관계를 수복하라고 말씀하시는 게 아닐까……?"

조금 뻐기는 얼굴로 말했다!

확신으로 넘치는 스승의 말에 발타자르는 허를 찔린 듯 굳었다. 하지만 바로 그의 머리가 움직이기 시작했다.

"그렇…… 군요. 확실히 그린문가와 미아 학원의 관계는 아직 단절된 상태였죠. 경솔했습니다……."

교육계에 강한 영향력을 지닌 그린문 공작가. 그 가문의 에트왈린인 에메랄다는 과거 미아 학원에 훼방을 놓은 적이 있었다.

그녀의 방해 공작으로 인해 학원에 부를 예정이었던 강사가 여럿 사퇴하는 위기를 맞았었다.

다행히 갈브가 움직여서 무사히 학원을 굴릴 수 있게 되었으나, 그 이후 그린문가와는 소원한 관계가 이어지고 있다.

하지만…… 상황은 바뀌었다.

루드비히에 의하면 이미 사태의 원인이었던 에메랄다와 미아의 관계는 개선되었다. 오히려 겨울에 새로이 맺은 맹약으로 이전보다 양호한 관계를 구축하고 있다고 해도 과언이 아니다.

그럼에도 성 미아 학원과 그린문가의 관계는 단절된 상태다. 이래서는 제국 내에 힘을 지닌 강사진을 초청할 수 없다.

그건 학원에게도, 학생들에게도 바람직한 사태가 아니다.

"외국 요리를 연구한다면 그린문가의 외교력을 활용하게 되겠죠. 그렇게 이쪽에서 부탁하여 저쪽에 명예를 만회할 기회를 주고, 그럼으로써 그린문가와의 관계를 개선한다……."

"그래. 조금 전 네가 말한 목적을 첫 번째 목적이라고 한다면 그린문가와의 관계 수복이 두 번째 목적. 이 두 가지를 교차하여 해결하라는 것이 바로 X 프로젝트의 의미가 아니겠느냐……?"

확실히 갈브의 추측은 참으로 타당해 보였다.

"역시 미아 황녀 전하……. 그 빛나는 지혜는 하늘에 뜬 달처럼 빛바랠 줄을 모르는가."

무심코 감탄의 한숨을 흘리는 제자에게 갈브는 날카로운 안광을 보냈다.

"아무래도 미아 님은 진심인 모양이야……."

"무슨 의미입니까?"

갈브는 수염을 쓰다듬으며 무겁게 고개를 끄덕였다.

"진심으로…… 성 미아 학원을 제국 최고, 그리고 대륙 유수의 배움터로 만드실 생각이라는 게다. 그 세인트 노엘과도 견줄 수 있는 최고봉의 학원으로 만드시려는 거지."

그 말에 발타자르의 팔에 소름이 돋았다.

대륙의 최고봉, 세인트 노엘 학원과 견주는 교육기관. 그걸 목표로 세워진 학교는 다른 나라에도 여럿 존재한다. 하지만 그 목적을 달성한 곳은 단 한 군데도 없다.

하지만 미아는 그에 비견할 수 있는 학원을 진심으로 만들려고 하고 있다.

"그리고 그 명성을 이용해 제국 내에서 농업을 바라보는 의식을 개혁한다…… 그런 의도일 테지."

"그렇군요. 발언력을 고려하였다는 겁니까……."

황녀가 떼를 부려서 만든 삼류 학교의 발언이 아니라, 제국 교육계의 협력을 받는 대륙 유수의 학교로서 하는 발언…….

농업을 대하는 의식 개혁을 이끌어가는 상징이 되는 학원. 미아 황녀는 그것을 만들려 하고 있다.

"그래서 곤란하구나, 발타자르."

어안이 벙벙해졌던 발타자르는 불현듯 스승의 말에 정신을 차렸다.

"곤란하다고요? 왜죠? 이렇게 보람이 있는 일을 마다하실 스승님도 아니실 텐데요."

고개를 기울이는 발타자르를 보며 갈브는 장난기 어린 얼굴로 웃었다.

"1, 2년쯤 하고 후진에게 양보해줄 생각이었거늘, 이렇게 즐거워지면 그만둘 수 없지 않으냐."

그런 스승을 보고 발타자르는 무심코 쓴웃음을 지었다가……, 어깨를 으쓱했다.

한편…… 궁극의 케이크를 만들기 위해 미아가 꼬드긴 또 다른 인물은 무엇을 하고 있었냐면…….

"학교에서 요리를 배운다……."

미아가 가져온 이야기에 무스타 와그만 주방장은 무심코 신음
했다.

"요리는 학문이 아니라고 보는데……."

요리의 세계는 장인의 세계다.

자신의 혀로 스승을 찾고, 제자로 입문하여 스승의 기술을 훔
쳐 자립한다.

그렇게 요리 기술을 단련한 그였기에, 학교에서 배운다는 전제
에 위화감을 느끼고 말았다.

그래서 그런 건 아니지만, 딱히 그 일에 적극적으로 관여할 마
음이 없었다.

미아가 시킨 것도 특별한 협력을 요구한 건 아니고, 그저 나중
에 조언을 구하러 갈지도 모른다는 정도였기에 무언가 요청이 있
다면 그때 검토할 생각이었다.

상황이 바뀐 것은 그로부터 조금 지난 뒤였다.

"뭐지? 이 빵은……."

백월 궁전의 넓은 조리실에 무스타 와그만의 고통스러운 목소
리가 울렸다.

"주방장님……."

그의 밑에서 일하는 젊은 요리사도 무척 곤란한 표정이었다.

그들의 눈앞에는 여러 개의 빵이 놓여 있었다.

그중 하나를 먹어본 무스타는 깊은 한숨을 흘렸다.

"이건 실패작인가?"

문제는 버석버석하고 맛없는 식감이었다.

딱딱하기만 하고 맛 자체도 흐릿하다. 풍미도 썩 좋지 않지만, 역시 가장 큰 문제는 식감이다.

질이 나쁜 밀을 사용해서 만든 빵……. 딱 그런 인상의 빵이었다.

"이건 어느 밀을 사용해서 만들었지?"

"네. 시중에 유통되는 밀입니다. 시장 사람들의 평판이 아주 나빴기에 어느 정도인가 궁금해서……."

젊은 요리사는 머리를 긁적이며 몹시 씁쓸한 표정을 지었다.

"올해는 평소 사용하는 밀의 수확량이 감소했다더군요. 이 대용 밀 덕분에 부족하지는 않은 것 같지만…… 그래도 이건…….."

쓴웃음을 짓는 젊은이를 뒤로 무스타는 밀가루의 봉투를 보고는 눈썹을 찡그렸다.

"미아 2호 밀……. 그래, 이게 미아 님의 학원도시에서 만들었다는……."

그 이야기는 널리 알려져 있었다.

미아 황녀의 기근 대책. 그 일환으로 개발되었다는 신규 품종 밀.

추위에 강하다는 그 밀은 대신 맛이 썩 좋지 않다고 한다. 그러나…….

"미아 황녀 전하의 이름을 딴 밀의 품질이 나쁘다니, 도저히 간과할 수 없는 일이지."

무스타는 저도 모르게 그렇게 말했다. 참을 수 없었으니까…….

──어쩌면 그분께서는 신경 쓰지 않으실지도 모르지만…….

백성을 먹이고 생명과 건강을 유지할 수 있다면 맛이 나쁜 건 신경 쓸 필요가 없다고…… 그렇게 말할지도 모른다.

하지만 그래도…… 그렇다고 해도…….

"지금까지 사용하던 밀과 다르다면, 분량을 바꿔보면 돼. 굽는 시간, 불의 세기, 물의 양, 시험할 요소는 얼마든지 있어. 연구가 부족하니까 맛이 나쁠 뿐, 그걸 밀 때문이라고 치부하는 건 요리사로서 부끄러운 일이지."

조용히, 결연한 목소리로 말한 무스타는 일어났다.

이리하여 요리사들의 도전이 시작…… 되었으나……. 그들은 높디높은 벽에 부딪혔다.

"주방장님, 이거 빵으로 만드는 게 불가능한 거 아닙니까?"

무스타 휘하에서 일하는 요리사들은 오래 지나지 않아 백기를 들었다.

무스타 본인도 마음이 꺾일 것 같았다.

분량, 불의 세기, 굽는 시간, 굽는 법, 다양한 방법을 시도했지만 맛있는 빵은 만들어지지 않았다. 시행착오 결과 만들어진 것은 맛없는 빵뿐이다.

가슴속에 응어리진 원통함은 점점 그들의 의욕을 빼앗아 갔다.

"이 식감을 어떻게 할 수가 없는데……."

억울함을 곱씹는 무스타를 향해 조리실의 누군가가 말했다.

"어쩔 수 없죠. 종래의 밀을 입수할 수 없으니까요. 대용품이라고는 해도 먹을 수 있잖아요. 이게 없으면 굶었을 테니까, 맛을 따지는 건 사치 아닐까요?"

그 말을 진심으로 부정하지 못하는 자신이 속상했다. 그렇기에 무스타는 완고하게 고개를 저었다.

"아직이야……. 어딘가에 돌파구가 있을 터……. 무언가 방법이……."

그런 때였다. 그는 불현듯 떠올렸다. 성 미아 학원에 있는 요리 학부를…….

미아 황녀의 명령으로, 학원에서는 각국의 요리법을 배우기 위해 다양한 문헌을 수집하고 있다고 들었다. 어쩌면 그곳에 무언가 힌트가 있지 않을까?

결심한 무스타는 바로 휴가를 받아 성 미아 학원으로 향했다.

그곳에서 그를 기다리고 있던 건 무시무시한 수의 문헌이었다. 외국에 발이 넓은 그린문 가에서 총력을 들여 모은 수많은 문헌. 그건 대륙만이 아니라 바다 건너의 나라도 포함할 만큼 대단한 양이었다.

"이건……."

압도되는 느낌을 받으면서도 문헌을 뒤지던 무스타는 지금까지 자신이 본 적도 없는 조리법을 발견하고는 무심코 눈을 부릅떴다.

요리 연구를 게을리한 적은 없다. 그 나름대로 책을 조사하고 다양한 요리사의 요리를 먹어보며 기술을 훔쳤다.

하지만 그런 무스타라고 해도 멀리 떨어진 나라의 요리는 모르는 것도 많다. 하물며 해외의 요리를 아는 방법 같은 건 존재하지 않는다.

그런 것을 이토록 쉽게 접할 수 있다. 그 의미를 알지 못하는 무스타가 아니었다.

"그래, 이게 학교의 장점인가……."

감명을 받으며 주위를 둘러보자 그와 마찬가지로 문헌을 조사하는 아이들의 모습이 보였다. 물어보니 신분과 상관없이 일류 교육을 베푼다는 미아의 이상에 기반하여, 귀족부터 고아원 출신까지 다양한 학생이 학원에 다닌다고 했다.

"미아 님의 이상의 학원……."

그는 미아가 말을 꺼냈을 때 보수적인 태도를 보였던 자신이 부끄러워졌다.

이 건을 끝낸 뒤에는 꼭 협력하겠다며 새롭게 결의하는 무스타였다.

"저기, 실례합니다."

그때였다. 무스타에게 말을 거는 사람이 있었다. 시선을 굴리자 아직 어린 소년 한 명이 서 있었다.

"혹시 당신은 궁정 주방장인 무스타 와그만 님이 아닙니까?"

작게 고개를 갸웃거리는 소년을 보고 무스타는 자세를 바로잡았다.

어딘가 기품이 느껴지는 말투, 더불어 자신을 알고 있다는 점으로 보아 상대방이 귀족 자제일 것이라 예상했다.

"네. 백월 궁전에서 궁정 주방장으로 일하는 무스타 와그만입니다. ……당신은?"

"아, 역시 그렇군요. 실례했습니다. 저는 세로 루돌폰이라고 합니다. 잘 부탁드립니다."

소년, 세로는 당당한 태도로 이름을 밝혔다.

"루돌폰…… 이라면, 루돌폰 변경백의 자제셨군요……."

미아의 친구, 티오나 루돌폰과는 면식이 있는 무스타였다. 확실히 잘 보니 어딘가 누나와 비슷한 분위기가 느껴지는 것도 같았다.

"그런데 궁정 주방장이 왜 여기에 계시는 거죠? 혹시 미아 님께 무언가 지시를 받으셨습니까?"

"아뇨. 실은……."

딱히 숨길 일도 아니라고 판단한 무스타는 간략하게 여기에 온 사정을 설명했다. 그러자 세로의 얼굴이 순식간에 심각해졌다.

"왜 그러십니까?"

고개를 갸웃거리는 무스타를 향해 세로가 살짝 머리를 숙였다.

"불편을 끼쳐서 죄송합니다. 사실 그 밀을 만든 건 저희입니다."

"세상에!"

경악하며 바라보는 무스타를 향해 세로는 씁쓸한 얼굴로 고개를 끄덕였다.

"미아 2호는 페르쟝의 아샤 왕녀 전하와 제가 발견한 밀을 기반으로 만들어낸 것입니다. 맛에 관해서는 저희도 마음에 걸리던 참이었습니다……."

그렇게 말한 세로는 조용히 고개를 들었다.

"불편하게 해드려서 죄송합니다. 하지만 꼭……. 지금껏 먹었던 밀과 같은 맛을 지녔으면서도 추위에 강한 밀을 만들어내겠습니다. 아무쪼록 지금은 인내해주셨으면 합니다."

"새 밀을 만들겠다니…… 그 밀을 더 개량하려는 겁니까?"

"페르장에는 그런 기술이 있다고 하니까요. 수년 내에는…… 만들고 싶습니다. 그게 저희의 사명입니다."

어린 소년의 얼굴에는 확고한 자부심이 있었다.

제국의 예지, 미아 루나 티어문이 사명을 내려주었다는 자부심.

그것을 본 무스타는 저도 모르게 자세를 바로잡았다. 그 후 떠나는 세로의 등을 바라보며 불현듯 생각했다.

"그래…… 그렇구나. 미아 황녀 전하께선 이럴 때를 위해 이 요리학부를 만들려고 하신 거야……."

그것은 하늘의 계시와도 같은 번뜩임이었다.

미아는 흉작이 왔을 때 먹을 것이 없어지지 않도록 세로 루돌폰과 아샤 왕녀에게 사명을 주었다.

그리고 그 밀이 맛없을 때를 위해…… 미아 학원에 요리학부를 만들고 궁정 주방장인 무스타 와그만에게 언질을 준 것이다.

먹을 것이 없을 때 맛을 따지는 건 사치다.

──맛이 없다고 해도 배를 채우기 위해 대용 밀을 먹어라. 불평하지 말고 먹어라……. 그런 말을 그 미아 황녀 전하께서 하실리가 없었는데.

어느새 자신을 옭아매고 있던 말……. 무스타는 그것을 조용히 벗어던졌다.

"그래. 그분은…… 결코 음식을 가벼이 여기지 않으시지. 음식의 가치를 정확하게 이해하고 계셔."

맛과 상관없이 먹기만 할 수 있다면 굶주림은 버틸 수 있다. 생명을 유지할 수는 있다. 하지만 마음은?

눈앞에 떠오르는 광경이 있었다.

미아 황녀의 탄신제……. 그 기적과도 같은 축제.

배부르게 먹고 빛나는 웃음을 짓던 사람들…….

맛있는 요리는 먹은 자의 마음도 건강하게 만들어준다. 그래서 미아는 대용 밀을 확보하여 백성의 육체를 지키고, 그 대용 밀을 맛있게 요리하여 사람들의 마음에 힘을 불어넣으려고 하는 게 아닐까…….

"그리고 그걸 나에게 알려주셨지. 나에게 기대하고 계신다는 건가……."

그렇다면 그 마음에 보답해야만 한다. 늘 자신이 만든 요리를 맛있다고 말해주는 그분의 기대에 부응해야 한다……. 그런 뜨거운 마음이 등을 떠미는 것을 느끼며 주방장은 문헌을 계속 조사했고, 마침내 발견했다.

"굽지 않고 삶는 건 어떨까……."

그건 발상의 전환이라고 할 수 있을지도 모른다.

제국의 요리에는 빵이 불가결하다. 밀은 빵을 만드는 것. 그런 생각에 사로잡혀 유연함이 부족했음을 새삼 실감했다.

그 후로 그는 다시금 높이 쌓아 올린 문헌에 시선을 주었다.

"대륙만이 아니야. 전 세계에 이렇게 많은 조리법이 있다면, 분명 그 밀에도 어울리는 조리법이 있을 거다."

이때 무스타의 시행착오와 세로 루돌폰의 분투, 더불어 미아 학원에 얽힌 갈브와 그 제자들의 움직임이 어떠한 결실을 보았는지는 널리 알려진 대로이다.

미아 황녀에게서 각자 신임을 받은 자들의 마음이 교차하는, 그것은 말 그대로 X 프로젝트라는 이름에 걸맞았다……. 하지만 그 배후에.

"흐음……. 주방장이 고안한 새 디저트도 제법……. 이 쫀득한 느낌이 참을 수 없어요. 이런 식으로 다양한 조리법을 시험하면 언젠가는……. 우후후. 무한 케이크, 기대되는데요."

이런 미아의 무한한 욕망을 포함하고 있음을 아는 사람은 없었다.

티어문 제국
이야기

Collection of short stories

속·성녀 미아 황녀전

외전 (엠프리스 편집판)

Continued Story of Saint Princess Mia
Spin-off (Empress cut version)

단행본 9권 TO북스
온라인스토어&제휴 서점 특전 SS

"흐으으음……."

백월 궁전에 있는 미아 황제의 집무실.

그곳에 고뇌하는 신음이 울려 퍼졌다.

다름 아닌 이 방의 주인, 미아 루나 티어문은 눈앞에 있는 서류에 시선을 주며 미간을 찌푸리고 있었다. 현재 미아는 지극히 중요한 일을 하는 중이었다.

"미아 님, 괜찮으십니까?"

걱정하며 얼굴을 살피는 안느에게 미아는 작게 미소 지었다.

"네. 괜찮습니다. 에리스의 원고에는 문제없어요. 다만 중요한 원고이니 정성을 기울이는 것뿐이랍니다."

그렇다. 그녀가 지금 열심히 읽고 있는 것, 그것은 에리스 리트슈타인이 제출한 원고……『속 · 미아 황녀전』의 원고였다.

이것은 정말, 지극히 중요한 작업이라 할 수 있었다.

아무래도 미아는 과거의 터무니없는 황녀전을 알고 있기 때문이다.

과거…… 아니, 이미 세상에 돌아다니고 있는 황녀전이지만, 그건 참으로 터무니없는 내용이었다. 구체적으로는 미아가 날았다.

요정처럼 날아다니며 검을 휘둘러 싸우기도 한다…….

아무리 그래도 독자들은 픽션이라 생각할 거라고 믿고 싶은 미아였으나…… 과연?

"뭐, 픽션이라고 생각한다면 그건 그거대로, 제가 요구했다고 오해받는 건 참으로 본의가 아닌데요……."

독자가 이 미아라는 황녀님은 참으로 유치찬란한 사람임이 틀림없다고 생각할 것 같아서 참으로 무서웠다.

그런 고로 이번에 기존 황녀전에서는 채 담지 못했던 부분을 새롭게 추가하고 관계자의 증언도 덧붙인 완전판 '속ㆍ미아 황녀전'의 편찬이 시작되는 것에 맞춰 직접 검수하기로 한 미아였다.

이번 책에서 다루는 선크랜드의 사건은 특히 정치적으로 민감한 일이 많았기 때문에 검수…… 라는 명목으로 개입할 생각이 넘쳐나는 미아였다.

"여하간 지나치게 저를 칭송하는 문구는 최대한 자르는 방향으로 수정하도록 할까요……. 어디, 처음 부분은…… 음? 순례상인 베렌겔? 누구였죠……?"

가볍게 원고를 읽어보고 바로 알아챘다.

"아아. 선크랜드에 가는 길에 동행했던 상인 중 한 명이었군요. 반가워라. 그때는 시온을 암살에서 구출하는 일로 머리가 가득했었는데……."

그렇게 당시를 돌아보는 미아였으나…… 정말로 그랬던가?

그 머릿속의 절반 정도는 먹을 것으로 점령되어 있지 않았던가?!

그런 의문을 뒤로 미아는 원고를 읽기 시작했다.

● 순례상인 베렌겔 씨의 인터뷰

베렌겔 씨는 현재 미아 폐하께서 설립한 대륙기근대책기구 '미아넷'의 운송을 담당하는 전속 상인으로 일하고 있다. 미아 폐하께서 내건 이념을 실현하기 위해 최선을 다하는 사람 중 한 명이다.

　그날은 날씨가 쾌청했습니다. 행상하기 좋은 날이라고 할 수 있는 날씨였죠.

　저는 몇 명의 순례상인과 함께 상단을 꾸려 선크랜드 왕국의 왕도 솔 살리엔테를 향해 가던 도중이었습니다.

　그 무렵 순례가도 일대에는 도적이 출몰한다는 소문이 아주 신빙성 있게 퍼져 있었습니다. 그렇다고 해서 호위를 고용하면 적자가 되니 경로를 바꿔서 우회할까 고민하던 때 미아 폐하 일행과 마주치게 되었습니다.

　처음에는 당황했습니다. 뭐니 뭐니 해도 호위 기마대만으로도 상당한 수였으니까요. 순간 소문의 도적단이 공격한 건가? 하며 식은땀을 흘렸습니다.

　하지만 그 호위 부대의 호위를 받으며 나타난 멋진 마차를 보고 무심코 고개를 갸웃거렸습니다. 근사한 마차였기에 대체 어디의 귀족님이 행차하셨는지 신기해했는데……. 사정을 알고 한층 경악했습니다.

　그 티어문 제국의 황녀 미아 황녀 전하 일행이라는 게 아닙니까. 심지어 별을 지닌 공작가의 영애도 동행하고 계시다니, 부끄럽게도 다리가 풀릴 뻔했습니다.

　처음 미아 폐하를 뵈었을 때의 일을 잊은 적은 없습니다.

　마차에서 내려 우아하게 걸어오는 그 자태……. 무척이나 아름답고 기품이 넘쳐났습니다. 달의 여신이란 바로 그분과도 같은 사람을 가리키는 거라며 동료들끼리 수군거리기도 했습니다.

심지어 저희 같은 평민은 말을 거는 것조차 망설이게 될 만큼 구름 위의 존재이신데, 폐하께선 참으로 친근하게 말을 건네주셨습니다. 예법까지 갖추시면서 인사해주셨죠.

"흐으음……."

거기까지 기사를 읽은 미아는 무심코 신음했다.

"여기, 제 외모를 이야기하는 부분이…… 어쩐지 에리스의 개인적 해석이 섞인 듯한 느낌인데요……."

책상 위의 홍차를 한 모금. 마음을 가라앉히면서 재차 해당 부분을 읽어보았다.

"역시 그래요. 여기는 아무리 그래도, 마차에서 내리기만 했는데 달의 여신 같다는 건 너무 과장이 심하잖아요. 제가 미모의 황녀라는 걸 고려해도 조금 부풀렸어요. 조금 축소해서…… 사실에 준거한 묘사라면 괜찮을 테니까……."

현재 안느는 추가 홍차와 다과를 준비하러 나갔다.

집무실에는 미아뿐……. 미아의 혼잣말은 아무도 듣지 못하고, 누구의 지적도 받지 않았다…….

빨간 글씨로 끄적끄적 첨삭을 넣은 뒤 미아는 원고의 다음 내용으로 넘어갔다.

● 순례상인 베렌겔 씨의 인터뷰 2편

그 후 저희 상단의 물건을 보고 싶다고 말씀하셨고…….

 일행인 영애분들과 함께 다양한 물품을 보셨습니다. 다들 빼어난 미모를 갖추고 계셨지만 역시 미아 님께서 가장 눈에 띄었습니다.

 상품을 구매해주시는 건 감사한 일이나, 솔직히 조금 불안했습니다. 아무래도 저희가 다루는 건 순례자를 위한 생활품이었으니까요. 만족하실 수 있을지 걱정이었습니다. 다행히 기뻐해주신 것 같더군요.

 아아, 그래. 미아 폐하께선 들풀과 버섯에 몹시 조예가 깊은 분이셨다고 기억합니다. 상품인 버섯의 이름을 척척 맞추셨죠. 물론 분간하기 어려운 송이싹 버섯과 붉은 송이싹 버섯은 틀리셨지만요.

 하지만 틀렸다는 지적도 선뜻 받아들이시고는, 호기심이 시키는 대로 버섯을 구매하셔서 놀랐습니다. 일행 중 한 분에게 구매한 버섯의 제독 처리를 시키셨는데요…….

 보통은 말이죠……. 실례지만 제국의 황녀님이시니 먹거리가 부족하지도 않으실 테고, 굳이 독버섯을 사실 필요도 없을 겁니다.

 하지만 그 끝없는 호기심이야말로 그분께서 제국의 예지라 불리는 이유라는 생각도 들었습니다. 그 눈동자에 지혜의 광채를 반짝이며 열심히 상품을 고르는 미아 폐하의 모습은 정말로…….

거기까지 읽고 미아는 다시 신음했다.

"그러고 보면 그런 일도 있었죠. 이때 충동적으로 독버섯을 사지 않았다면 큰일이 일어났을 거예요. 아슬아슬했어요."

에이브람 왕을 암살의 마수에서 구한 것이 바로 이 독버섯이었다.

그때 만약 슈트리나에게 지시하지 않았다면…… 그리고 슈트리나가 해독에 쓸 거라고 오해하지 않았다면 어떻게 되었을지…….

"무시무시하군요……. 무시무시한 이야기를 읽었더니 어쩐지…… 배가 조금 고파졌어요."

그렇게 중얼거리며 책상 위에 놓여 있던 쿠키를 오도독, 파삭, 꿀꺽한 뒤 다시금 원고에 시선을 보냈다.

"뭐, 이 베렌겔 씨의 증언 자체는 괜찮지만…… 버섯 부분은 조금 정정의 여지가 있군요. 이러면 제가 버섯에 대해 잘 모르는 어리석은 사람처럼 보이니까요……."

얼마 전 충성스러운 주방장에게 버섯 채집에 관해 호된 잔소리를 들은 미아는 붓을 들었다. 그리고 원고에 스스슥 적어 넣었다.

"흠, 이 부분을 삭제하면 제가 버섯에 해박하지 않다는 거짓 정보는 퍼지지 않을 거예요. 그러면 주방장도 눈감아줄지도 모르니까요…… 음."

참으로 쉽게 개찬당하는 속 · 미아 황녀전이었다.

어디선가 (……구체적으로는 선크랜드 왕국과 블루문 공작령 근방) 누군가의 비명이 들린 것 같은 느낌이 안 드는 것도 아니지만…….

그런 건 신경 쓰지 않는, 마음이 넓은 미아였다.

그로부터 반각 정도 지났을 때였다.

똑똑……. 노크 소리와 함께 미아는 재빨리 붓을 들었다!

대신 들고 있던 쿠키를 빠르게 입 안으로 치우고 우물우물 꿀꺽한 후 홍차로 목을 축여 자세를 가다듬었다.

"들어오세요."

마치 일하던 도중이었다는 양 가장하며 대답했다. 황제가 된 이래의 재빠른 솜씨는 제법 굉장…… 했으나.

영락없이 안느가 돌아온 줄 알았는데, 들어온 사람은 뜻밖의 인물이었다.

그곳에 서 있던 건 미아의 전속 작가인 에리스 리트슈타인이었다. 에리스에 이어 언니인 안느도 새 홍차와 다과를 들고 나타났다.

"어머나, 에리스. 여기까지 찾아와 주었군요."

그렇게 말하며 미아는 안느의 손에 들린 다과를 힐끗 살폈다.

──저것은……! 얼음과자?!

입 안에서 사르르 녹는, 달콤하고 차가운 극상의 과자에 미아는 무심코 눈을 부릅떴다.

"앗, 죄송합니다. 미아 님, 그…… 동생이 마실 차도 준비해버렸는데요……."

아무래도 미아의 날카로운 시선을 오해한 모양이다. 안느가 조금 죄송하다는 듯 말했다.

확실히 그녀가 가져온 쟁반 위에는 찻잔이 둘 놓여 있었지만······.

"아아. 그건 문제없어요. 오히려 이 기회에 안느도 같이 먹는 게 좋겠군요. 모처럼 에리스가 왔으니 자매간에 쌓인 이야기도 있을 테죠."

아무렇지도 않다는 듯 말한 뒤 미아는 에리스에게 시선을 던졌다.

"자, 저쪽에 앉으세요. 바쁜 와중에 미안해요. 황녀전의 속편이라는 귀찮은 일을 의뢰해서."

그렇게 말하자 에리스는 조용히 고개를 저었다.

"아뇨. 미아 폐하의 위업을 기록하는 건 제 기쁨입니다. 게다가 이전 황녀전에서는 미아 님의 영광을 완전히 담아내지 못했다고 생각했기에, 새롭게 기회를 내려주셔서 감사드립니다."

그렇게 말하더니 에리스는 안경을 슥 고쳐 쓰고는.

"보내주신 신뢰에 부응하도록 이번에는 제대로, 부족함 없이 썼다고 생각하는데······ 어떠십니까?"

조금 열정적으로 말하는 에리스. 솔직히 지난번 황녀전은 오히려 너무 많이 써버렸다고 해야 할까, 과장을 듬뿍듬뿍 얹었기에······ 기합이 너무 들어간 에리스를 보고 일말의 불안을 느끼는 미아였으나······.

그런 속내를 온화한 미소로 감추고 말했다.

"네. 지금 마침 맨 처음의 베렌겔 씨 기사를 읽던 중이었어요."

"순례상인이었던 분이로군요. 그분은 무척 협조적으로 미아 님에 대해 이야기해주셨습니다. 대화가 워낙 흥겨워서 정리하느라 고생했을 정도죠."

"그랬군요…… 음? 순례상인이었던…… 아, 그러고 보면 그런 게 적혀있었죠. 지금은 미아넷에 소속된 상인이라고……."

"네. 클로에 씨를 경유해서 만나 뵈었습니다."

클로에 포크로드는 현재 미아넷을 총괄하는 대표 자리에 앉아 있다. 각지의 상인과도 널리 안면을 튼 그녀는 어느 의미 미아보 다 더 각국에 인맥을 지니고 있었다.

"흐음. 그랬군요. 그러고 보면 클로에에게 받은 상인 목록에 베 렌겔이라는 이름이 있었던 것 같아요."

그 순간 미아가 희미하게 쓴웃음을 지었다.

"하지만 생각지도 못한 곳에서 생각지도 못한 인연이 생기는군 요. 뭐, 모르는 사이도 아니고, 안전하게 일할 수 있다면 그게 가 장 좋은 일이지만요."

호위를 고용하는 것도 망설일 정도인 순례상인 일을 계속하는 것보다는 대형 조직인 미아넷의 일원이 되어 일하는 게 아마 안 전할 것이다. 훗날 그때의 상인이 도적의 습격을 받고 죽었다는 이야기를 듣기라도 했다간 뒷맛이 나쁠 테니까.

그런 생각을 하며 원고의 뒤 내용에 시선을 준 미아는 다음에 나타난 이름에 쓴웃음을 지었다.

"란프론 백작……. 또 반가운 이름이네요……. 아니, 최근에 듣 긴 했으니 반갑다고 할 정도는 아닐지도 모르지만요."

얼마 전 선크랜드의 국왕 시온이 세운 중앙의회. 그 초대 의장이 란프론 백작이었다.

에샤르 건을 겪고 완전히 회개한 그는 젊은 왕 시온을 보좌하며 국정 안정에 힘을 쏟고 있었다.

"과거의 적이 손을 잡고 협력하며 나라를 다스려간다니. 세상은 제법 재미있다니까요."

미아의 뇌가 당분을 섭취한 덕분에 일시적으로 회전수를 올려 함축적으로 말을 꾸며내자 에리스는 깊이 고개를 끄덕였다.

"란프론 백작님도 무척 협조적으로 이야기를 들려주셨습니다. 물론 조금 분한 듯한 표정을 짓긴 하셨지만요……."

"분하다고요? 으음……?"

작게 고개를 갸웃거리며 미아는 원고를 읽기 시작했다.

● 선크랜드 왕국, 란프론 백작님의 인터뷰

제국의 예지 미아 루나 티어문 황녀 전하……. 아니, 지금은 여제가 되셨지.

후후, 그분과의 해후는 참으로 기습적이었지.

오해를 불사하고 말하자면, 당시의 나는 시온 폐하와 대립하고 있었네.

세인트 노엘에 가기 전의 시온 님께선 선크랜드의 정의를 체현한 훌륭한 분이셨지. 선량한 선크랜드 국왕에 의한 대륙 전역의 통치. 그로 인해 민심을 안녕케 하는 일에 아무런 의심도 품지 않으셨네.

하나…… 변해버리셨어. 선크랜드만이 정의가 아니라고……
그 자세에 나는 반감을 느꼈다네. 그리하여 또 다른 왕위계승자
인 에샤르 전하의 발언력을 키우기 위해 노력했지.

국내 귀족 중 시온 님과 거리를 둔 자, 선크랜드의 정의에 절대
적인 충성을 맹세한 자, 그 외 아군으로 포섭할 수 있을 법한 자
에게 말을 걸어 적극적으로 파벌을 만들어 나갔네.

그런 우리에게 가장 큰 문제는 당시 시온 전하와 미아 황녀 전
하 사이에 있는 유대감이었네. 선크랜드와 견줄 수 있는 대국,
티어문 제국과의 단단한 연결고리. 여기에 대항하기 위해 우리
도 제국 내의 영향력을 원했지.

그게 에샤르 전하와 그린문 공작 영애와의 혼담이었네만…….

비밀리에 진행한 이야기였음에도 불구하고 뚜껑을 열어보니
미아 황녀 전하에게는 완전히 알려져 있더군.

그때를 떠올리면 지금도 식은땀이 흐를 정도라네.

경비 체계를 갖추고 피로연 준비도 완벽했네. 그린문 공작 영
애는 혼담을 반기는 기색이 아니라고 들었지만, 사실로 만들어
버리면 별문제는 없지. 왕자와의 약혼을 파기할 수는 없으리라
고…… 다소 비겁한 계산까지 했거늘……. 설마 그곳에 적인 미
아 황녀 전하가 직접 나타날 줄이야…….

소식을 들었을 때, 부끄럽지만 떨림이 멈추지 않더군. 경악했
고…… 그리고 한 방 먹었다고 분하기도 했네.

하지만 나중에 생각해 보면 나는 그 순간 이미 패배를 인정했
던 건지도 모르지. 제국의 예지의 진정한 깊이, 그 바닥을 알 수

없는 혜안의 원천을 실감하고…… 그렇기에 나는 경외하며 떨었던 게 아니었는지…….

그 후에 일어난 일련의 사건, 왕가의 일원들이 가슴에 품고 있던 온갖 갈등을 풀어내고 시온 전하와 에샤르 전하의 관계를 수복하여 최선의 형태로 인도한 그 빼어난 수완.

하지만 신기하게도 나는 그다지 분하지는 않았다네. 정치적으로는 완전한 패배였음에도 불구하고 모든 것이 끝났을 때 내 가슴에 존재하는 건 그저 미아 폐하에 대한 경외심뿐이었지. 적의 같은 건, 억울함 같은 건 어느새 흔적도 없이 날아가 버리고 말았네.

그것은, 그것이야말로 말 그대로 예지(叡智)였네. 제국만이 아닐세. 이 대륙의, 아니, 아마도 대륙조차 잡아둘 수 없는 광활함을 보여주는 그것은, 이 세계의 예지라고 불러야 하지 않겠는가……?

거기까지 읽은 순간 미아는…… 원고를 살며시 덮고……. '으후우……' 하며 조금 이상한 한숨을 쉬었다.

"……참고로 에리스. 이 이야기를 들었을 때 란프론 백작은 어떤 상태였나요? 뭔가, 그…… 강한 술을 마셨다거나…….”

눈썹을 찡그리며 그렇게 물어보자 에리스는 재미있다는 듯 웃었다.

"확실히 상대방의 입을 풀어주기 위해 술을 권하기도 하지만, 이때는 그러지 않았습니다. 미아 님에 대해 여쭙고 싶다고 말씀드리자 기꺼이 많은 이야기를 해주셨죠. 게다가 란프론 백작님은 예의 바르고 상식적인 인물로 유명하시니까요."

"그래요……."

자신이 알지 못하는 곳에서 대단히 무거운 신뢰를 받는 바람에 살짝 진저리를 치는 미아였다.

──그분과는 그렇게까지 직접적인 면식이 있는 것도 아닌데 대륙을 넘어선 예지라니……, 얼마나 굉장한 건데요……? 아니, 저는 대체 무슨 기대를 받고 있는 건지…….

시험 삼아 다음 내용에 사아알짝 시선을 굴리자 그날 밤의 암살미수 사건에 관한 기사가 이어지고 있었다. 그와 관련된…… 미아 예찬 기사가…….

가슴이 메슥거린 미아는 반쯤 녹은 얼음과자의 마지막 한 조각을 혀 위에 올렸다.

입 안에서 퍼지는 달콤하고 시원한 맛에 머리가 냉정함을 되찾았다.

──하지만 그…… 이걸 읽다 보면 확실히 이 미아라는 사람은 대륙의 예지라고 불러도 과언이 아닐 만큼 굉장한 사람으로 보여요. 문장의 마법이라고 해야겠군요.

새삼 에리스의 문장력에 혀를 내두르면서도 미아는 주문을 덧붙이기로 했다.

이 기사를 진짜로 받아들인 독자가 이후 미아 황제에게 뭘 기대할지…… 상상하기만 해도 무서웠기 때문에…….

"우선……, 그래요. 이 부분의 란프론 백작 파트는 조금 줄이는 게 좋지 않을까요? 암살미수 사건은 세간에 드러낼 수 없으니까요. 물론 기록은 기록으로서 제국 문서 보관실에 보관해두기로 하고, 세상에 내보일 때는 조금 더 가공할 필요가 있겠어요.”

“그렇군요. 확실히 선크랜드 측에게는 추문이 되는 부분도 있고, 제 추측이지만 란프론 백작님도 미아 님께서 삭제하실 것을 예상하고 말씀해주신 것 같습니다.”

“선크랜드에 불리해질 법한 이야기를 제 이름으로 발표하면 큰일이죠. 에샤르 전하와도 관련이 있는 일이니, 에메랄다 양이 항의할 것 같기도 하고요. 뭐, 나중에 루드비히에게도 검수를 받겠지만 우선 이 부분은 지우고…….”

그렇게 오해가 발생하지 않도록 착실하게 지울 부분을 지적했다. 자신의 부풀려진 공적을 줄여나갔다.

미아의 요청을 들은 에리스는 고개를 크게 끄덕였다.

“네. 그렇다면 이렇게 하는 건 어떻습니까?”

그리하여 수정된 문장은 이런 느낌이었다.

● 에리스의 수정본

선크랜드에서 일어난 일, 그 전모를 여기에 적을 수는 없다. 미아 님의 공적을 모두 기록하는 일은 설령 온 대륙의 종이를 모두 사용한다고 해도 불가능할 테니까.

그러니 여기에선 그저 선크랜드 왕국의 중진, 란프론 백작이 남긴 미아 폐하에 관한 평가만을 기록해두기로 한다.

백작은 나에게 이렇게 말했다.

"미아 폐하, 그분은 틀림없는 세계의 예지일세."

즉흥으로 수정한 에리스의 글을 보고…… 미아는 어리둥절해서 고개를 갸웃거렸다.

"……묘하네요. 왠지 구체적으로 뭘 했는지 적지 않게 된 만큼 더 굉장한 일을 했다는 느낌이 강해졌다고 할까. 읽는 이의 상상력을 자극하는 문장이 된 것 같아요……."

그렇게 계속해서 고개를 갸웃거리는 미아였으나, 구체적인 반론이 떠오르지 않아 결국 원고를 허락해주고 말았다.

란프론 백작 기사에 관한 토론이 일단락되자 미아는 홍차로 목을 축였다.

후우 숨을 한 번 내쉰 뒤 불현듯 떠올랐다는 듯 에리스를 보았다.

"그리고 보면 황녀전도 좋지만, 소설 쪽은 어떻게 되었나요? 『가난한 왕자와 황금룡』의 신작은……."

"네. 그쪽도 계속 집필하고 있습니다. 이번 선크랜드 인터뷰 여행이 힌트가 되었으니, 또 재미있는 이야기를 읽게 해드릴 수 있을 것 같습니다. 역시 실제로 여행해보지 않으면 모르는 게 있네요."

생글생글 기뻐하며 웃는 에리스를 보고 미아도 조금 기뻐졌다.

——생각해 보면 에리스가 선크랜드 여행을 간 것 자체도 감개무량한 일이죠.

처음 만났을 때 그녀는 본인의 방 침대에 누워있었다.

몸이 약해서 집 밖에 잘 나오지도 못했다. 그렇기에 진짜 황녀인 미아를 만나자 몹시 기뻐했다.

그랬는데 선크랜드 여행을 견딜 수 있을 정도로 몸이 튼튼해진 것이 미아에게는 무척 기꺼운 일이었다.

"몸은 괜찮은가요?"

"감사합니다. 미아 님. 덕분에 몸에 좋은 것을 많이 먹어서 최근에는 건강함이 넘쳐 돌 정도랍니다."

에리스는 두 손으로 주먹을 쥐며 웃었다.

"다음에는 배 여행도 같이 가고 싶습니다."

"우후후, 배 여행 좋네요. 가누도스 항만국에서 배를 타고 나가는 건 제법 운치가 있으니까요. 다음에 계획을 세워볼까요?"

에메랄다는 여전히 여름이면 배 여행을 가는 게 습관인 모양이었다. 에샤르를 데리고 떠난 배 여행이 아주 즐거웠다며 얼마 전 자랑을 들은 참이기도 했다.

분명 미아 일행이 동행하고 싶다고 한다면 기뻐할 것이다.

"하지만 그 전에 선크랜드에도 가고 싶어요. 왠지 이야기했더니 그리워지고 말았으니까요. 한동안 바빠서 가지 못했지만……. 흐음, 에메랄다 양이 곧 에샤르 전하와 함께 선크랜드에 간다고 했던 것 같은데……. 그렇다면 배 여행 전에 그쪽에 동행해서……."

즐거운 여행 계획에 빠진 미아는 아직 모른다.

소소한 여행일 예정이었는데 생각지도 못한 커다란 조약을 체결하는 계기가 되어버린다는 걸…….

그걸 들은 루드비히를 비롯한 그녀의 충신들은 경악하고, 에리스가 쓰는 황녀전은 한층 더 두꺼워지지만…….

"후후후, 선크랜드도 요리가 아주 맛있었으니, 지금부터 계획을 세워야겠네요."

룰루랄라 신이 난 미아는 알 방도가 없었다.

Collection of short stories

루드비히와
「미아 황제 잠언집」

WITH LUDWIG
"EMPRESS MIA'S COLLECTION OF PROVERBS"

단행본 9권
전자판 특전 SS
. . . .

『미아 황제 잠언집』이라는 책이 있다.

티어문 제국이 자랑하는 명재상, 루드비히 휴이트가 편찬한 그것은 제국의 예지 미아 루나 티어문의 말을 정리한 서적이다.

그 함축적인 말들은 많은 사람에게 지혜를 주고, 깨달음을 주고, 위로와 격려를 주는 격언으로서 각국에 알려져 있다.

이것은 그런 『미아 황제 잠언집』과 편찬자 루드비히에 얽힌 에피소드이다.

● 미아 잠언 1
『달콤한 것은 인생을 밝게 만들어준다. 그러니 달콤한 것을 먹고 몸과 마음에 활력을 불어넣은 뒤에 움직이면 좋다.』

"실례합니다."

그날 루드비히는 미아 황제의 집무실을 찾았다.

노크한 뒤 안으로 들어갔다. 그러자 미아는 미간에 주름을 만들며 팔짱을 끼고 있었다.

"저기, 미아 님……? 말씀드린 서류를 받으러 왔습니다만……."

말을 걸자 미아는 퍼뜩 놀란 얼굴이 되었다.

"네? 아, 그래요. 그랬군요. 어디 보자……."

뒤적뒤적 책상 위를 뒤진 뒤 미아는 몇 장의 서류를 꺼냈다.

"이거로군요. 처리 부탁드려요."

어딘가 집중하지 못한 듯 건네는 미아를 보고 루드비히는 고개를 갸웃거렸다.

그 후 재빠르게 책상 위를 확인했다. 홍차와 다과가…… 있다! 그렇다면 당분이 부족해서 멍하니 있었던 건 아니다!

──무언가 생각하실 일이 있었던 건가.

그렇다면 방해할 수는 없다. 루드비히는 서류를 받기 위해 빠르게 미아에게 걸어갔다.

"……타티아나 양을 설득하기 위해."

변함없이 무언가 생각에 잠긴 미아. 그 입에서 작은 중얼거림이 들렸다.

──타티아나…… 라면, 미아넷에 소속된 여성 의관이었지.

집무실을 뒤로하며 루드비히는 생각했다.

"미아 님께서는 뭘 고민하시는 거지……."

제국의 예지 미아라는 인물은 혼자서 뭐든 다 할 수 있는 사람이다. 신하의 지혜 같은 건 필요로 하지 않는 일도 흔했지만…… 거기서 생각을 멈춰서는 안 된다.

뭐니 뭐니 해도 자신은 미아 황제의 신하다.

어떻게든 도움이 될 수 없을까? 자신도 할 수 있는 일이 반드시 있을 터. 그렇게 채찍질하며 루드비히는 자신의 집무실로 돌아왔다.

그 후 마음을 다잡고 미아에게 받은 서류를 읽기 시작했다. 그로부터 얼마 지나지 않아…….

"음? 이건…….”

그는 서류에 한 장의 메모가 섞여 있는 것을 발견했다.

그 메모에는 이렇게 적혀있었다.

《달콤한 것은 인생을 밝게 만들어준다.》

《달콤한 것을 먹은 뒤에 움직이면 좋다.》

휘갈겨 쓴 듯한 글자에 루드비히는 고개를 갸웃거렸다.

"이건…….”

거기에 적힌 문장을 읽은 뒤 미아가 중얼거린 이름을 떠올렸다.

"……그래. 그런 거였나.”

짜 맞춘 추론을 머릿속으로 곱씹은 루드비히는 만족스럽게 고개를 끄덕였다.

다음 날이었다.

마찬가지로 미아의 집무실을 방문한 루드비히는 여전히 심각한 얼굴로 침음을 흘리는 미아를 발견했다.

루드비히는 어제 짜 맞춘 추리와 미아에게 필요해 보이는 조언을 머릿속으로 떠올리며 말했다.

"고민이 크신 모양입니다.”

"네? 아, 네. 뭐, 그, 여러모로…….”

조금 당황한 듯한 반응을 보이는 미아였다. 그런 미아를 보며 루드비히는 자신의 추론을 늘어놓기로 했다.

"어제 타티아나 양의 이름이 들렸는데…… 그건 미아넷에 소속

된 의관 타티아나를 말씀하시는 겁니까?"

"아, 드, 듣고 있었군요? 아뇨, 그······."

"그녀는 고학생이라고 들었는데······. 혹시 미아 님께서는 그녀와 같은 환경인 학생 또는 미아 학원의 아이들을 위한 말씀을 생각하고 계신 것 아닙니까?"

루드비히는 스윽 안경을 밀어 올리며 미아를 바라보았다.

"네? 아······ 으, 음, 끄응······."

반면 미아는 무언가 떨떠름한 표정을 지었으나, 이윽고 어쩔 수 없다는 듯 고개를 끄덕였다.

"······네, 뭐 그런 느낌입니다. 대충······."

역시 그랬구나. 루드비히는 고개를 끄덕였다. 그리고 미아의 반응에 무심코 쓴웃음을 지었다.

아무래도 미아는 미완성의 원고를 보여주는 건 좋아하지 않는 모양이었다. 그런 사람도 있기에 딱히 신기한 일은 아니지만······. 그래도 루드비히는 웃을 수밖에 없었다. 왜냐하면 미아의 말은······.

"실례지만 미아 님, 지금 생각하신 그 말씀은 무척 훌륭하다고 생각합니다. 흔한 표현이라 죄송하지만, 몹시 감동했습니다."

그랬다. 미아가 떠올린 말은 무척 자비로우면서도 제대로 통치자의 위엄을 갖춘 것이었다.

"절망해서 쓰러진 자에게 아직 움직일 수 있다며 채찍질하는 것은 우둔한 통치자의 행위. 하나 영구히 게으름을 피울 수 있도록 돌봐주는 것 또한 평이한 통치자의 방식. 그렇기에 미아 님께서는 말씀하신 거죠. '달콤한 것은 인생을 밝게 만들어준다. 그러니 달콤한 것을 먹고 몸과 마음에 활력을 불어넣은 뒤에 움직이면 좋다'라고."

그 뛰어난 균형 감각에 루드비히는 새삼 감탄했다.

그저 엄하기만 한 것이 아니고, 그저 게으름을 부리게 내버려두는 것도 아니다. 미아는 나아가야 할 길을 가리킨 것이다.

"아이들에게 건네기에 아주 훌륭한 말씀이라고 생각합니다만……."

"네? 아, 뭐, 음…… 당신이 그렇게 말해준다면 안심이네요. 음……."

오묘한 얼굴이 되면서도 미아는 고개를 끄덕였다.

그 반응으로 보아 아무래도 확신을 더해준 것 같아 루드비히도 만족스러운 미소를 지었다. 하지만…… 다음 순간, 불현듯 심한 초조함에 휩싸였다.

──이번에는 우연히 메모라는 형태였으니 미아 님의 말씀을 읽을 수 있었지. 하지만 지금까지는 내가 모르는 곳에서 수없이 현명한 말씀을 하셨을 거야. 그걸 직접 들은 자는 그 말에서 힘을 얻을 수도 있었겠지만…….

하지만 그래서는 너무나도 아깝지 않을까? 한정된 인간만이 그 말씀을 들을 수 있다는 건 너무나도 아까운 일이 아닐까?

미아의 말을 후대에 전해주는 것이 동시대를 살아가는 자신들의 책임이 아닐까?

……치솟는 사명감이 가슴에 불을 지피는 걸 느끼며 루드비히

는 바로 움직였다.

다음 날, 미아의 집무실을 방문한 루드비히는 결의가 담긴 어조로 말했다.

"미아 님의 말씀을 정리한 잠언집을 만들려고 합니다만, 어떻게 생각하십니까?"

루드비히가 방에 들어왔을 때부터 미아는 불길한 예감을 받았다. 참으로 진지하면서도 귀기 서린 분위기에 그…… 소름이 스멀거리는 예감이 느껴졌다.

그리고 루드비히의 말을 들은 순간 생각했다.

"……잠언집이요?"

또 일이 이상하게 꼬여버렸다고…….

미아의 의문 어린 표정에 루드비히는 고개를 크게 끄덕였다.

"네. 미아 님의 말씀을 책이라는 형태로 후세에 남기고 싶습니다……. 물론 몇몇 말씀, 예를 들어 세인트 노엘에서 발표하신 빵·케이크 선언은 이미 다양한 방식으로 기록되어 있죠. 혹은 지난번 메모로 남기셨던 말씀도 많은 학생들의 마음에 남을 겁니다. 하지만 저는 그걸 실제로 들을 수 없는 후대 사람들에게도 전하고 싶습니다. 그렇게 해야만 한다고요."

"지난번 메모……."

고개를 갸웃거리는 미아였으나 바로 깨달았다. 며칠 전 깜빡 루드비히에게 주는 서류에 섞여버리고 만 메모다…….

물론…… 아니, 당연하기는 하지만…… 그 메모는 미아 학원의 아이들을 위한 축사 같은 게 아니다. 당연히 아니다. 그런 진지한 내용이 아니라, 그게 뭐였냐면…….

——달콤한 것을 너무 많이 먹으면 안 된다는 타티아나 양에게 어떻게 반론할지 고민했던 것뿐인데요…….

이것이었다.

단 것이 없는 인생 같은 건 색채를 잃어버린 잿빛 인생. 달콤한 것은 인생을 밝게 해준다. 만약 너무 많이 먹었다면 그만큼 제대로 운동하면 되지 않나? 먹고 나서 움직이면 건강에 좋지 않나?

그런 '변명'을 떠올리고 이건 제법 괜찮은 것 같다며 기록해둔 것이 예의 메모였다.

"그 메모에 적힌 글귀에 저는 큰 감명을 받았습니다. 균형 감각이 뛰어난 통치자의 말씀이었다고 봅니다. 그런 미아 님의 예지의 편린만이라도 후세에 남겨주고 싶습니다."

왠지…… 루드비히는 불타고 있었다.

이렇게까지 열렬하게 추진하면 미아로서도 좀처럼 거절하기 어려웠고…….

——뭐, 뭐어…… 저도 다양한 곳에서 다양한 말을 했으니까요? 그중에는 나름대로 멋지게 들리는 말도 있었을 테죠……. 그걸 루드비히가 엄선해서 정리해준다면 나름대로 그럴싸해 보일지도 모르겠네요…….

새롭게 뭔가 '멋진 말을 해!'라고 요구하는 것도 아니니 미아 본인의 부담은 별로 없다. 그렇다면, 뭐…….

그렇게 미아는 내키지는 않지만 고개를 끄덕였다.

"그렇게까지 말한다면 진행해도 괜찮습니다. 아, 만약을 위해 원고는 제가 감수할 건데, 그래도 괜찮을까요?"

"당연히 처음부터 그럴 생각이었습니다. 그릇된 해석이 있다면 큰일이니까요."

그렇게 말한 루드비히는 가슴을 세게 두드렸다.

"바로 편찬팀을 편성해서……."

"아…… 그, 그렇게까지 기합을 넣지 않아도 괜찮습니다. 아니, 정말로, 적당한 수준이어도 충분하니까요."

그런 미아의 말은…… 당연히 닿지 않았고.

이리하여 미아 황제의 허락을 받은 루드비히는 움직이기 시작했다.

● 미아 잠언 2

『사흘이나 씻지 않으면 냄새가 나는 것은 인간이라면 당연한 일. 먼 곳에서 오는 여행자와 그리 다를 바 없다.』

재상 루드비히의 업무는 다방면에 걸쳐있다. 그건 국내로만 한정된 것이 아니었다.

때로는 그가 직접 걸음을 옮겨 요인을 방문할 필요도 있다.

특히 미아 황제가 타국과의 관계를 중시하는 사람이었기 때문에, 필연적으로 황제의 오른팔인 그가 나라 밖으로 나가는 일도 적지 않았다.

그날 루드비히는 요인과의 회담을 위해 제국 남부에 있는 루돌 폰 국경백령을 방문했다.

베르만 자작과 회합하여 프린세스 타운에 있는 성 미아 학원에 들렀다가 룰루 족 족장과도 회담하는 강행군. 아무리 그래도 피로를 느끼기 시작했을 무렵에 간신히 숙소에 도착했다.

숙소에서는 먼저 와 있던 발타자르가 기다리고 있었다.

루드비히의 모습을 본 발타자르는 한숨을 쉬며 어깨를 으쓱하고는…….

"저런…… 루돌폰 님을 만나기 전에 씻어야 할 필요가 있겠는 데……."

"그래. 맞는 말이야. 아무리 그래도 이래서는 실례지."

그렇게 말한 뒤 문득 루드비히는 자신의 옷 냄새를 맡았다. 그후 무의식인 듯 쓴웃음을 지었다.

"왜 그래……?"

의아한 듯 눈썹을 찡그리는 발타자르에게 루드비히는 작게 고개를 저었다.

"아니…… 조금, 예전 일이 생각나서 말이야……."

그는 어딘가 멀리 그리운 장소에 시선을 던지듯 눈을 가늘게 휘었다.

귓가에 되살아나는 건 과거 신월지구에서 미아가 했던 말이었다.

──사흘이나 씻지 않으면 냄새가 나는 게 인간이라……. 그래, 진리였군. 미아 님께선 그 말씀으로 보여주신 거야. 빈민가에

사는 자들과 우리가 같은 인간이라는 것을…….

제도에 사는 사람 중에는 종종 그 빈민가의 냄새를 멸시하는 자가 있었다. 루드비히 또한 그 지역을 다가가기 힘든 장소로 인식하고 있었다.

그럼 그곳에 사는 사람들은 어땠을까.

그들 또한 제국의 신민이라고, 그렇게 생각했던가?

그때 길바닥에 쓰러진 꾀죄죄한 어린아이를 보고 달려가는 걸 주저하지 않았던가?

미아는 그런 루드비히와 기사들이 지닌, 빈민가에 대한 차별적인 시선에 이의를 제기한 것이다.

머나먼 땅에서 여행 온 사람과 큰 차이가 없다고.

타국에서 소식을 가져온 사자도 마찬가지로 땀과 때로 지저분할 터. 그런 사람을 멸시하는 눈으로 보는 것이냐고.

그리고 그 질문에 설득력을 더하듯 직접 행동하는 미아의, 그 행동의 결과가 얼마 전 재회한 와그루였다. 그때 미아가 부축한 소년이 바로 그였기 때문이다.

미아의 언동이, 행동이 개척한 미래. 룰루 족과의 우호 관계도 미아에게 충성을 맹세하는 우수한 청년 와그루도 그때 미아의 행동이 없었다면 존재하지 않았으리라.

"그 질문은 제법 엄격했었지……."

엄하고…… 하지만 진실을 꿰뚫고 있었다.

그 장소에 다가가지 않고 방치하는 자들에게 미아는 진실을 들이대고 추궁했다.

제국의 예지가 한 말은 눈 가리고 아웅을 용납하지 않는다.

문제가 어둠에 덮여 있다면 지혜의 빛으로 그것을 비추고, 해결의 길마저 제시한다.

"그래……. 그 말도 기록해두어야겠군……."

그렇게 결심하는 루드비히였다.

● 미아 잠언 3「빵·케이크 선언」

『오늘 먹을 빵이 없어서 굶주린 자가 있다면 내일 당신이 즐겁게 먹을 예정이었던 케이크를 꺼내와서 같이 먹어라. 케이크를 아끼기 위해 곤경에 처한 사람을 내버려 두면 안 된다.』

티어문 제국의 남동쪽, 소위 제국의 변경령과 베이르가 공국에 국경을 맞댄 나라가 있었다. 이름은 트로기니아 왕국. 국력으로 말하자면 티어문, 선크랜드는커녕 렘노 왕국보다도 다소 떨어지는 정도였다.

예로부터 베이르가 공국과의 관계를 다져온 이 나라는 베이르가의 종교적 권위를 추종하여 그 입지를 확립해온 나라였다.

그런 트로기니아 왕국에 인덕이 훌륭하기로 유명한 귀족이 있었다.

이스트 베르그스트롬. 트로기니아 왕국 북방에 영지를 지닌 백작이자, 미아의 동창생이다.

그날 티어문 제국의 재상 루드비히 휘이트의 방문에 이스트는 긴장한 얼굴을 숨기지 못하고 있었다.

──제국의 예지 미아 폐하의 오른팔이라 불리는 남자다. 평민 출신이라고는 해도 쉽게 대할 수 없지.

그는 통상적인 외교사절이 올 때보다 더 엄숙하게 루드비히를 맞았다.

"이번 회합에 응해주셔서 감사드립니다. 베르그스트롬 경."

깊이 머리를 숙이는 루드비히에게 이스트는 당황한 듯 고개를 저었다.

"아니, 그건 당연한 일이지. 우리 영지민은 티어문 제국의 원조 덕분에 목숨을 구했으니까. 아무리 감사해도 부족할 정도다."

"제 주인이신 미아 폐하께서 말씀하셨습니다. 곤경에 처했을 때는 서로 도와야 한다고. 그러니 저희가 곤경에 처했을 때는 단단히 도움을 받을 겁니다."

그렇게 말하며 웃는 루드비히에게 이스트는 호감을 품었다.

역시 제국의 예지의 심복. 참으로 유능해 보이는 남자였다.

"한데, 오늘의 용건은 무엇이지?"

"네…… 실은…….."

루드비히의 입에서 나온 것은 이스트가 생각지도 못한 내용이었다.

"잠언집이라. 그래…….."

"베르그스트롬 경은 미아 황녀 전하와 동시기에 세인트 노엘 학원에 다니셨죠. 그때의 우의에 따라 티어문에 원조를 요청했다고…… 기억하고 있습니다만…….."

루드비히는 안경을 고쳐 쓰면서 말을 이었다.

"베르그스트롬 경은 인덕이 훌륭하기로 유명하신데, 무언가 미아 님의 말 중에 인상에 남은 것이 있습니까? 만약 있다면 부디 듣고 싶습니다."

"인덕이 훌륭하다라……."

이스트는 턱을 문지르며 쓴웃음을 지었다.

"그럼, 그래……. 내가 그렇게 불리게 된 계기가 된 에피소드를 이야기할까."

그리고 이야기하기 시작했다.

그 해……. 떠올리는 것도 망설이게 되는, 그 지옥 같던 해…….

춥고 어두운 여름, 햇빛의 은혜가 고갈된 게 아니냐는 말조차 나왔던 그해. 베르그스트롬 영지는 심각한 식량부족에 빠져있었다.

영지 내 작물의 6할이 피해를 보았으니 미소도 얼어붙기 마련.

영지 내의 몇몇 마을에서는 기근이 일어났고, 이제 막 작위를 이어받은 청년 이스트에게 구조 요청이 들어왔다.

"이건 어떻게 된 일인지……."

"외람되오나 농작물이 모조리 흉작이어서……. 심지어 수단을 강구하려고 해도 움직일 수 있는 식량 비축이 너무나도 부족합니다……."

"그렇다면 시급히 국왕 폐하께 도움을 요청해야……."

"이미 왕도에 지원 요청을 보냈으나 가망은 희박합니다."

늙은 가신의 가차 없는 대답에 이스트는 경악했다.

"어째서지? 우리는 오늘에 이르기까지 국왕 폐하께 충성을 다하지 않았던가!"

언성을 높이는 이스트에게 가신은 작게 고개를 저었다.

"외람되오나 이스트 님. 그건 선대 베르그스트롬 백작님의 공적입니다. 이스트 님의 것이 아니죠."

"이럴 수가……."

이스트는 무심코 말문이 막혔다.

교만한 마음은 분명히 있었다.

베르그스트롬 영지는 트로기니아 왕국 본토에서 조금 떨어진 장소에 있었다. 그렇기에 다른 귀족들에게 영향을 받기 어렵고, 왕조차 간섭하기 어려운 땅이었다. 게다가 이스트의 아버지는 선대 국왕 시절에 왕위 계승을 도운 공신이기도 했다.

그래서일까. 그는 자신이 얼마나 성가신 존재인지 지금까지 한 번도 생각한 적이 없었다.

"게다가 그런 사정이 없어도 도움은 오지 않았을지도 모릅니다. 뭐니 뭐니 해도 우리나라 전체의 농작물이 괴멸적인 타격을 받았으니까요."

"우리를 도울 여지가 없다는 말인가?"

"그렇습니다……. 각지의 귀족도 제 영지 일로 버거울 테죠. 국왕 폐하께서도 직할령만으로도 힘에 부치시지 않겠습니까?"

"세상에……."

이스트는 아무런 말도 이을 수 없었다.

기산의 말을 이해할 수 없는 건 아니었다. 오히려 반대다. 지나칠 정도로 이해하고 말았다.

이런 이상한 날씨와 흉작……. 이것을 보고 불안해하지 않는 자는 없다. 자연스럽게 내일 먹을 것, 모레 먹을 것이 염려될 테고 다음 수확이 흉작이어도 문제가 없도록 수중에 식량을 비축해 두고 싶어 하는 게 당연하다.

이스트라고 해도 그렇게 한다. 비축량을 소모해 곤경에 처한 이웃 영지에 나눠준다? 말도 안 되는 폭거다.

"베이르가 공국에 도움을 요청하는 건 어떻지? 그 나라라면 우리의 궁지를 알리면 어쩌면……."

"진심으로 그렇게 생각하십니까?"

눈썹을 찡그리는 신하의 말에 이스트는 입을 다물었다.

스스로도 억지를 부린다는 건 알고 있었다.

베이르가 공국은 그 권세는 강력해도 국토 쪽은 그 정도까진 아니다. 비축해두었다고 해도 그리 많지는 않을 것이다. 아니면 베르그스트롬 영지를 돕도록 타국에 말을 전해줄 수는 있을지도 모르지만…….

과연 그 말에 따라 베르그스트롬 영지를 구해줄 나라가 있을까?

자국의 귀족들조차 도와주기 힘든 상황. 어떻게 타국을 도울 여유가 있을까?

"가망은 희박한가. 다만 아무것도 안 하는 것보다는 낫지. 이 상황에 대량으로 식량을 비축해둔 나라는…… 아니, 그래……. 분명 들었어. 식량을 비축해온 나라가 있다고……."

이스트는 퍼뜩 떠올렸다.

티어문은 식량을 대량으로 비축하고 있다. 그런 소문이 분명 있었다.

그 제국은 농업국인 페르쟝을 거느린 대국. 만약 도와달라고 하면…… 어쩌면…….

"아니…… 그것도 어려운가……."

개화하려던 희망의 꽃은 금방 시들어버렸다.

그의 이성이 가능성을 부정했다. 말도 안 된다고.

농작물 부족 사태는 명백하게 대륙 전역을 덮쳤다.

티어문이라고 해도 그 영향에서 벗어나지는 못했을 터이다.

애초에 티어문이 대량으로 식량을 비축해둔 건 그럴 필요가 있기 때문이다.

커다란 국토를 지닌 제국에는 그에 비례해 많은 백성이 살고 있다.

그 백성이 굶주리지 않도록 비축해둔 것이라면 그만큼 대량으로 모아야만 했으리라.

역시 제국에도 타국을 도울 여유는 없다. 없을 테지만…….

"하지만…… 그래. 그래도 가만히 죽음을 기다릴 수는 없지……."

한숨을 쉰 그는 베이르가만이 아니라 티어문에도 사자를 보냈다.

동시에 그는 해야 할 일을 시작했다.

"각지의 식량창고를 열어라. 티어문에서 원조가 온다고 해도 당장은 아닐 테지. 최대한 영지민에게 식량이 잘 전달되도록 만들어야 해.”

그의 지시는 몹시 신속했다. 곧바로 백작가가 보관한 식량이 영지민에게 배급되었다.

그렇게 원래도 적었던 비축분은 순식간에 바닥을 드러내고 이스트 본인도 먹을 것이 부족해졌다.

“이럴 수가……. 이스트 님…… 제정신이십니까? 백작가에서 보유한 비축분을 방출해버리면, 그건…….”

항의하러 나타난 가신에게 이스트는 고개를 저으며 대답했다.

“알아……. 아니까 아무 말도 하지 마라. 할아범. 나도 어리석은 짓을 했다고 새삼 느끼고 있으니까.”

대체 왜 이런 짓을 해버렸는가……. 자신도 잘 알 수 없었다.

다만…… 그래. 만약 자신이 그 제국의 황녀에게 도와달라고 손을 뻗는다면…… 해야만 하는 일이 있다. 그렇게 하지 않으면 모순을 만들어버리는 게 아니냐고 생각했다.

“그 제국의 황녀는 미래를 불안해하는 나머지 오늘 굶주린 자를 내버려 두지 말라고 했어. 나는 그 발언을 근거로 제국에 도움을 요청했지. 그런 내가 내일의 식사를 걱정해서 지금 굶주린 영지민을 버릴 수는 없잖아?”

“즉 자신이 있다는 겁니까? 미아 황녀 전하가, 아니, 티어문 제국이 원조를 보내줄 것이라고…….”

그런 자신감이 있을 리 없었다. 애초에 미아와 면식이 거의 없으니까…….

하지만……. 달리 방법은 없었다. 그렇기에 했다. 그뿐이다.

당시 일을 떠올린 이스트는 쓴웃음을 지었다.

"결과적으로…… 티어문이 보내준 식량으로 우리는 살 수 있었지. 나는 인덕이 훌륭한 영주라며 영지민에게 사랑받게 되었고. 사실 아슬아슬한 타이밍이었어. 일부 영지민은 폭동을 일으켜 식량창고를 덮치려고 했었더군. 선수를 쳐서 식량창고를 개방한 게 다행이었지."

이스트의 이야기에 루드비히는 감탄한 듯 고개를 끄덕였다.

"그렇군요. 미아 님의 말씀을 믿으셨기에 지금이 있다고……."

"믿음이라고 할 정도로 강한 마음은 아니었지만……. 그래, 매달렸다는 표현이 정확할 테지."

그렇게 말한 뒤 이스트는 작게 고개를 내저었다.

"그 말을 들은 당시엔 황당한 이상이라고 생각했는데……. 지금 생각해 보면 그 말에서 눈에 보이지 않는 힘을 느꼈기 때문에 따랐던 건지도 모르겠군."

"이해합니다. 미아 님의 말씀에는 사람을 움직이는 힘이 있으니까요……."

루드비히는 흥분해서 희미하게 떨리는 목소리로 긍정했다.

돌아가는 마차 안에서 루드비히는 조용한 감동에 잠겨있었다.

"미아 님께서 하신 말씀이 타국에서 싹을 틔운 모양이군……."

티어문에서 식량 원조를 보내도 만약 그때 영지가 내란에 빠진 상태라면 어떻게 해 볼 수 없었다. 적절한 때를 놓쳐서 영지민 중에 대량의 아사자가 나왔을 가능성도 있다.

하지만 이스트는 빵·케이크 선언을 떠올리고 그 말을 믿었다.

따라서 최악의 비극을 면했다.

그저 도움을 요청한 것만이 아니다. 미아의 말대로 행동하여 최선의 결과를 얻었다.

"역시…… 미아 님의 말씀은 사람을 선하게 이끌어줘. 후세에 남겨야 하는 말씀이야."

그런 확신이 강해진 루드비히였다.

이리하여 루드비히가 주선한 프로젝트가 진행되어 갔다.

"흠……. 그러고 보면 루드비히가 말했던 제 잠언집을 만든다는 이야기는 어떻게 되었을까요……? 뭐, 루드비히도 바쁘니까 잊어버렸을지도 모르겠네요."

이렇게 방심하고 있는 미아였으나……. 당연히 그럴 리는 없었고…….

그로부터 며칠 뒤, 방대한 원고 뭉치를 받고 비명을 지르게 되지만…….

그건 여기서는 생략하기로 한다.

Collection of short stories

역사서는 이렇게 기록한다

HISTORY BOOK WRITING

드라마CD 제1탄
특전 SS

제국 혁명 말기.

혁명군의 화염이 제국 전역을 불태우는 가운데, 백월 궁전에서 일어난 일.

"정략결혼…… 말씀입니까?"

알현실에 경악한 목소리가 울렸다.

목소리의 주인은 늙은 남자였다. 황제 마티아스 루나 티어문의 교육을 담당한 그는 지금도 황제가 깊이 신뢰하는 충신이었다.

한 번, 두 번 눈을 깜빡이며 늙은 충신은 황제를 바라보았다.

반면 황제 마티아스는 깊이 고개를 끄덕였다.

"그래. 식량을 얻기 위해 미아를 외국으로 시집보낼 생각이다. 나라는 어디든 상관없다. 상대의 작위도 문제시하지 않으마. 어떤가, 이 안건을 맡아주겠는가?"

"폐하의 명령이시라면……. 한데 식량은 얼마나 얻으면 되는 겁니까?"

"상대가 받아들일 수 있는 수준이어도 상관없다. 혼인이 성립되면 상대도 우리 제국을 홀대할 수 없을 테지."

"그렇다면…… 역시 상대는 어느 정도 나라를 움직일 수 있는 지위에 있어야만 하겠군요……."

"상세한 건 맡기마. 하지만 억지로 높은 지위를 찾을 필요도 없다. 상대가 누구이든 상관하지 않으마. 귀족이고, 어느 정도 돈이 있고, 온화한 남자라면……. 아무튼 혼담을 성사하는 것이 중요하다고 생각하도록."

고개를 저으며 낮은 목소리로 말하는 마티아스. 늙은 충신은 과거의 제자를 물끄러미 응시했다.

"폐하, 미아 님의 정략결혼을 성사하라는 명령을 잘 알아들었습니다. 또 이러한 상황에서는 그것도 어찌할 수 없는 일임을 압니다."

이미 티어문 제국은 죽었다. 타국과 교섭하고 싶어도 사용할 수 있는 카드가 너무나 드물다.

각지의 반란으로 이미 많은 귀족 가문이 소멸했다.

가장 큰 세력이었던 사대공작가 중 중앙 귀족을 통솔하는 역할인 블루문 가문은 이미 혁명군의 수중에 떨어졌다. 장남 사피아스는 약혼자가 인질로 잡혀서 투항. 공작을 필두로 일족과 식솔모두가 형장의 이슬이 되었다.

레드문 가문은 영지에 틀어박혀 철벽의 수비전에 들어갔다. 제도에 수비군을 파견하라고 명령해도 대답은 일절 없었다.

옐로문 가문 또한 침묵을 지키고 있지만, 가장 약한 별을 지닌 공작가인 그 가문이 대체 무엇을 할 수 있을지는 의문이었다.

그리고 그린문 가문은 이미 외국으로 도망쳤다.

외국으로 도망…….

그것을 떠올리며 늙은 충신은 똑바로 물었다.

"하나 이 정략결혼의 진의는, 식량을 얻는 것이 아니지요?"

오래전부터 자신을 모셔 온 중진, 한때는 스승이라 불렸던 신하를 향해 마티아스는 쓰게 웃었다.

"물론이지. 나라는, 백성은…… 이미 어찌 되든 상관없다."

그 후 그는 살며시 고개를 저었다.

"이것은 어쨌거나 황제의 교육 담당이었던 네게 할 말은 아니었군. 하나 오해하지 않도록 확실히 말해두마. 정략 같은 건 그저 대외적인 이유에 불과하다. 이 일은 결혼에 더 중요하다는 걸 명심하도록."

"즉 미아 황녀 전하를 외국으로 탈출시키는…… 그 준비를 갖추라는?"

"그래. 그냥 외국으로 도망치게 하면 아무도 협력하는 자가 없을 테지만, 나라를 구하기 위한 정략결혼이라면 혹시 협력자가 있을지도 모르지. 게다가 미아 본인도 받아들일 것이다."

마티아스는 어딘가 먼 곳으로 시선을 던졌다.

"황제가 처형되는 건 어쩔 수 없는 일. 짐의 무능함은 짐이 잘 안다. 하나 딸까지 연대책임을 지게 했다간 아내를…… 아델라를 볼 면목이 없지."

"그렇군요……."

"어떤가. 할 수 있겠는가."

그 질문에 늙은 충신은 깊이 머리를 조아렸다.

"제 목숨을 걸어서라도 반드시……."

그 말대로 늙은 충신은 바로 행동을 개시했다. 아직 황실에 충성을 맹세하는 귀족에게 협력을 구하여 열정적으로 미아의 결혼 상대를 찾았다.

……하지만 그 충성은 결실을 보지 못했다.

교섭하러 가던 마차가 제국 국경 부근에서 혁명군의 수중에 떨어졌고, 늙은 충신은 지조를 지킨 끝에 목숨을 잃어버렸기 때문이다.

역사서는 황제 마티아스 루나 티어문의 마지막 말을 이렇게 기록한다.

"아쉽구나……. 그 정략결혼만 잘 되었다면……."

그가 단두대에서 흘린 말. 이를 훗날 역사가는 '무능한 황제의 증거'라고 해석했다.

계획했던 정략결혼이 설령 잘 성립되었다고 해도 상황은 호전되지 않았을 것이라고.

그런 어설픈 희망에 매달리니까 절대적인 멸망을 계측하지 못했던 거라고.

그렇게 딸을 사랑하는 남자는 죽었다.

아무에게도 이해받지 못해 멸시당하고, 사람들의 증오를 한 몸에 받으며…….

시간은 거꾸로 흐르고…….

단두대의 운명을 피하고, 초대 황제의 계획에서 벗어나고…… 혼돈의 뱀의 계략을 타파하고, 새로운 맹약과 방탕 축제로 지지기반을 다진 미아.

그 후에도 각종 문제를 극복하고 눈앞에는 영광으로 가득한 미래로 이어지는 길만이 펼쳐져 있…… 어야 했는데.

백월 궁전의 침실에 서 있는 그녀의 얼굴은 어딘가 어두웠다.

아니, 어둡다기보다는 무언가 마음에 걸리는 게 있다는 듯이…… 그 미간에 주름이 파여 있었다.

"흐음……. 의외였네요. 아바마마께서 그렇게 쉽게 저와 아벨의 결혼을 인정해주시다니……."

팔짱을 끼며 고뇌에 차 신음했다.

"영락없이 더 고집을 부리실 줄 알았는데…… 그렇게 바로. 오히려 마음에 걸려요……."

'결혼이라니 말도 안 된다! 렘노 왕국의 왕자? 어림도 없는 소리!'라며 화를 낼 줄 알았는데……. 아니면 '결혼을 허락할 수도 있기는 하지만, 그 전에 앞으로 영원히 아빠라고 부르려무나……' 같은 곤욕스러운 요구를 밀어붙일 줄로만 알았는데…….

아버지는 뜻밖의 조건을 제시했다.

"웨딩드레스를 직접 고르시겠다니……. 참으로 상식적이잖아요. 아바마마답지 않아요. 이건 무언가 좋지 않은 꿍꿍이가 있는 게 아닐까요……? 으으, 신경 쓰여요."

"무슨 말이냐. 딸의 웨딩드레스에 참견하고 싶은 건 아버지로서 지극히 당연한 일. 게다가 소중한 날에 변변치 않은 드레스를 입게 했다간 아델라를 볼 낯이 없지……."

갑자기 들린 목소리. 시선을 돌리자 방 입구에 선 아버지, 마티아스의 모습이 보였다.

"······폐하, 딸의 방에 들어오기 전에는 제대로 노크하지 않으시면 아랫사람들에게 모범이 되지 않습니다. 우리 제국 국민에게, 딸을 둔 아버지들에게 모범이 되도록 행동하셔야······."

그런 미아의 항의를 웃는 얼굴로 흘려넘긴 마티아스가 말했다.

"폐하라니 섭섭하구나. 왜 그러느냐, 미아. 여느 때처럼 편하게 아빠라고 부르······."

"아바마마, 준비는 이미 다 되어있답니다. 자, 가시죠."

미아는 아버지의 헛소리를 깔끔하게 차단. 웃는 얼굴로 일어났다.

시착을 위해 준비한 방으로 이동했다. 준비를 완벽히 마치고 기다리던 재봉사는 베테랑 여성이었다. 주름이 진한 그 얼굴에 온화한 미소를 머금고 공손히 머리를 조아렸다.

"오늘의 시착과 의상 마무리를 담당하고 있습니다. 잘 부탁드립니다."

인사를 순식간에 끝내버린 그녀가 바로 움직이기 시작했다. 그 일머리가 무시무시할 정도였다. 빠릿빠릿하게 움직이며 재빨리 미아에게 웨딩드레스를 입혔다. 그리고 그 옆에서는 안느가 메모를 남기며 재봉사의 일거수일투족을 관찰했다.

"어머나, 아주 열심이네요. 안느."

움직이지 않은 채 시선만 보냈다. 그러자 안느가 진지함 그 자체인 얼굴로 고개를 끄덕였다.

"네. 결혼식 당일에 무슨 일이 일어나도, 그리고 만약 저 혼자

밖에 없는 상황이어도 대처할 수 있도록 최대한 방식을 익혀두려고 합니다. 어쩌면 말이 재채기를 뿌리는 일이 있을지도 모르니까요."

든든한 전속 메이드의 말과 그리운 추억에 미아는 무의식중에 웃었다.

"아아, 그러고 보면 그런 일도 있었죠⋯⋯. 우후후, 기억이 나네요."

하지만 그 미소는 바로 어두워졌다.

"그랬죠, 황람⋯⋯ 그 말은⋯⋯, 이젠⋯⋯."

어딘가 먼 곳을 보듯 미아는 허공으로 시선을 배회하며⋯⋯.

"베이르가를 떠났으려나요? 일찌감치 이쪽으로 온다고 했었는데⋯⋯. 생각해 보면 그 녀석을 결혼식에 불렀단 말이죠. 듣고 보니 안느의 우려도 타당해요."

평범한 결혼식에서 말을 타는 일은 없다. 당연하다.

하지만 미아하면 말. 말하면 미아. 미아의 승마 애호는 주위에 널리 알려져 있다. 따라서 결혼식의 볼거리로서, 미아와 관계가 깊은 말을 불러 미아가 말을 타고 등장하기로 했다.

그리고 황람은 미아의 추억 속에서 1, 2위를 다툴 정도로 인상적인 말이고⋯⋯ 당연히 등장하지 않을 수가 없지만⋯⋯.

"물론 웨딩드레스를 입고 타지는 않을 거지만요⋯⋯. 그 녀석이 몰래 마구간에서 빠져나와 저에게 재채기를 뿌리러 온다는 건⋯⋯ 참으로 있을 법한 일이에요."

미아는 그 광경을 선명하게 상상할 수 있었다. 심술궂은 얼굴로 살그머니 미아에게 다가오는 황람의 그 얼굴이…….

"……안느, 만약을 대비해 제대로 방식을 보고 배우도록 하세요."

"네. 물론입니다."

주먹을 불끈 쥐고 기합을 흡! 불어넣는 안느였다.

그렇게 시착을 마친 미아는 아버지에게 향했다.

긴 드레스 자락이 바닥에 끌리지 않도록 안느에게 들어 달라고 하고 천천히, 넘어지지 않도록 걸어가서…….

"아바마마, 시착이 끝났습니다."

그 목소리에 한참을 기다렸다는 양 벌떡 일어난 아버지는…….

"아……."

단 한마디만을 중얼거렸다.

"어때요? 아바마마. 이 웨딩드레스는……."

미아는 작게 고개를 갸웃거리며 아버지를 바라보았다. 하지만 그 물음에 마티아스는 대답하지 않았다.

"아……."

또다시 중얼거림. 흘러나온 그 목소리에는 만감의 울림이 담겨 있었다.

마티아스는 눈에 눈물을 글썽이면서 그저 하염없이 미아의 모습을 바라보고 있었다.

"어째서인지 모르겠지만…… 나는, 미아의 그 모습을, 볼 수 없을 줄로만 알았단다……. 그런데 이렇게 보게 되었다니. 이토록 기쁜 일이 없구나."

희미하게 떨리는 목소리로 그런 말을 했다.

"아바마마⋯⋯."

감격에 겨운 아버지의 말에 미아도 무심코 눈물이 욻을 뻔했⋯⋯지만!

"하지만⋯⋯ 아쉽구나⋯⋯."

이어지는 아버지의 말에 미아는 말문이 막혔다!

"아니!"

그러고는 눈꼬리를 매섭게 치켜세웠다.

"무, 무슨 의미이신 거죠?! 아바마마, 제, 제 드레스 모습이 아쉽다니⋯⋯."

당황하며 거울을 확인하자, 그곳에 비친 자신은⋯⋯ 뭐 최고라고 하진 못해도 평범했다. 평균 이하는 아니다. ⋯⋯아마도.

그러니 절대 아쉬운 수준은 아닐 것이다. ⋯⋯아마도.

──그, 그런데, 하필 저런⋯⋯ 딸의 웨딩드레스 모습을 보고 아쉽다니⋯⋯.

까드득 이를 간 미아는 퍼뜩 깨달았다.

"앗, 그렇군요! 드레스가 안 어울린다거나 그런 말로 결혼을 반대하실 생각인 거예요. 크으윽, 그렇게는 안 되거든요? 반드시 저에게 딱 맞는 드레스를 찾아내겠어요. 다른 드레스도 어서 입어보죠!"

미아는 재봉사를 재촉해 다음 드레스를 입어보러 갔다.

그래서 미아는 제대로 물어보지 못했다.

아버지가 무엇을 아쉬워했는지…….

쿵쿵 시착실로 돌아가는 미아를 배웅한 뒤 마티아스는 재차 중얼거렸다.

"정말로, 아쉬워……. 아델라에게도 미아의 이 모습을 보여주고 싶었거늘……."

살며시 감은 눈꺼풀 뒤로 아내의 모습을 떠올리며…….

"아쉽구나……. 아델라라면 분명 누구보다 미아에게 잘 어울리는 드레스를 준비해주었을 텐데……. 분명 웨딩드레스도 직접 만들었겠지. 후후후, 아델라는 손재주가 좋았으니……."

지금은 죽은 아내 자랑을 중얼거린 뒤 그는 조심스레 다시 앉았다.

미아가 돌아올 때까지 또 한동안 시간이 걸릴 것이다. 그동안 느긋하게 추억에 잠기고자…… 그는 아내의 얼굴을 떠올렸다.

빛바래는 일이 없는 그 얼굴은 어째서인지 쓴웃음을 짓고 있는 듯한 느낌이었다.

『아무리 저라도 웨딩드레스는 차마 못 만들어요.』

그렇게 조금 황당해하는 목소리가 들리는 것 같아서…….

"그래……. 그렇다면 적어도 아델라 대신 내가 제대로 골라줘야지."

마티아스는 살며시 눈을 감았다. 머나먼 기억 저편, 지금은 죽은 아내의 조언에 귀를 기울이듯이…….

이렇게 절망으로 점철된 '아쉬움'에서 행복으로 넘쳐나는 '아쉬움'으로…… 마티아스의 중얼거림이 바뀌었다.

후대 역사가는 그 말을 기록하면서 황제 마티아스를 이렇게 평가했다.

마티아스 루나 티어문은 제국의 예지로 이름 높은 미아 황녀의 아버지라는 게 놀라울 정도로 평범한 남자였다고.

통치자로서는 평범하고, 딸을 사랑하는 그 모습 또한 평범한, 지극히 일반적이고 선량한 아버지였다고.

그리고 죽은 아내를 사랑하는 마음은 통치자에게는 부적절할 정도로 성실했다고.

뭐, 아무튼. 미아의 웨딩드레스 시착은 이렇게 밤까지 계속 이어졌다.

에필로그~Most valuable days~

"우후후, 그때는 즐거웠죠. 결혼식을 앞두고 들떠있기도 했지만, 자꾸 신이 나서 이 옷 저 옷을 입어보았답니다."

쿡쿡 웃는 미아와 안느. 그러다 문득 안느가 무언가를 깨달았다는 듯 목소리를 죽었다.

"……미아 님."

살며시 손가락으로 가리킨 곳에서는…… 벨이 새근새근 숨소리를 내고 있었다. 몸을 웅크리고 기분 좋게 잠든 상태였다.

"어머나…… 벨이 잠들었네요……."

"아무래도 이젠 너무 늦었으니까요……."

"그래요……. 조금 오래 이야기하고 말았군요."

미아는 흐암 하품을 흘린 뒤 벨의 옆얼굴을 바라보았다.

평온하게 새근새근 잠든 그 얼굴은 아주 조금 웃고 있는 것처럼 보였다.

"후후후, 어떤 꿈을 꾸고 있을까요……?"

그렇게 중얼거린 순간, 불현듯 미아의 뇌리에 되살아나는 광경이 있었다.

그것은 세인트 노엘 학원에서 있었던 어느 날의 기억.

친구들과 함께한 그리운 나날. 정말로 많은 일이 있었다.

큰 위험이 몇 번이나 찾아왔고, 몹시 바쁘게 곳곳을 돌아다니는 나날이었다.

하지만 지금 와서 돌이켜보니 그 모든 게 애틋하게 느껴지는, 그런 소중한 하루하루였다.

당연히 인상적인 일도 많았지만…… 그래도 지금, 이 순간에 떠올린 기억은 평범한 날이었다. 정말로 사소한, 어떤 날의 기억이었다.

"어라? 미아 님, 점심을 드시러 가시나요?"

수업을 마치고 하품하며 교실에서 나오려고 한 그때 미아를 불러세우는 목소리가 들렸다.

그쪽을 돌아보자 별을 지닌 공작 영애들, 에메랄다와 루비였다.

"어머, 두 분. 무슨 일이신가요?"

고개를 갸웃거리는 미아를 향해 루비가 어깨를 으쓱하며 대답했다.

"실은 마침 타이밍 좋게 녹월의 공녀를 만났습니다. 모처럼 만났으니 점심을 함께 먹자는 이야기를 하던 참에 또다시 타이밍 좋게 미아 황녀 전하를 만나 뵈게 되었죠."

"이렇게 되었으니 미아 님도 같이 가시겠어요? 물론 안느 양도 같이 데려와도 괜찮습니다. 그렇죠? 니나."

이름을 불린 에메랄다의 메이드, 니나는 복잡해 보이는 표정으로 중얼거렸다.

"네. 전혀 문제없습니다. 제 이름 같은 건 기억하지 않으셔도 아무 문제 없는 것과 마찬가지로요."

"흐음, 이 면면으로 식사하는 건…… 후후, 확실히 드문 일이로군요. 그렇다면 갈까요?"

제국의 황녀와 별을 지닌 공작 영애 두 명의 오찬회. 특이한 조합이기는 하지만 그건 그거. 한창때의 영애가 셋이나 모였으니 떠들썩해질 수밖에 없었다. 때때로 메이드들에게도 화제를 건네며 식당의 요리도 즐기는 등 대단히 즐거운 런치 타임을 보낸 미아였다.

식사를 마치고 식당에서 나온 미아가 말했다.

"으음, 오늘은 오후 수업이 없었던 것 같은데요."

그렇게 화두를 던지자 충성스러운 메이드는 순간 생각에 잠기듯 고개를 기울인 뒤…….

"네. 그렇습니다."

"흠……."

미아는 가볍게 배를 문질렀다.

──과자를 조금 즐기는 정도라면 여유가 있겠군요. 마을로 나가 디저트라도…….

그런 생각을 하며 창밖을 보자…….

"어라…… 비?"

어느새 하늘이 회색으로 물들어 있었다. 당장에라도 비가 쏟아질 것 같았다.

"외출했다가 쏟아지면 귀찮아지겠네요. 으음, 어쩔 수 없죠. 식당에서 케이크라도……."

"미아 님."

그때였다. 앞쪽에서 라피나가 걸어오는 게 보였다. 티오나와 리오라, 클로에, 라냐도 같이 있었다.

"마침 잘 됐다. 지금부터 모여서 차를 마시자고 이야기했는데, 미아 님도 어때?"

"페르쟝의 다과도 있답니다."

"어머나! 기대되네요! 후후후, 권유해주셔서 감사합니다."

흡족하게 웃은 미아는 오후의 다과회를 즐겼다.

대화는 다양한 이야기로 꽃을 피웠다.

클로에의 책 이야기, 티오나의 가족 이야기, 리오라의 고향 숲 이야기, 라냐의 과일 이야기. 그걸 들으며 라피나는 싱글싱글 온화하게 웃었고 미아는 냠냠 과자를 즐겼다.

즐거운 시간은 순식간에 흘러가 아쉬움을 느끼면서도 미아는 방을 뒤로했다.

그 후 미아는 안느의 제안에 따라 학원 안을 가볍게 산책하기로 했다.

너무 많이 먹었다는 자각은 있었기에 저녁 전까지 위의 상태를 조절할 생각이었다.

안뜰을 따라 주변을 걷고 있었더니 또다시 앞쪽에서 아는 사람이 다가오는 게 보였다.

"어라, 아벨. 시온도? 혹시 지금부터 검술 훈련인가요?"

"그래, 맞아. 오후에는 수업이 없으니까 마침 잘 됐다고 생각했지."

아벨은 훈련용 목검을 들어 올렸다.

"꽤 오랜만에 하게 되었지만, 제대로 단련에 힘을 쏟으려고 해.

고국으로 돌아가면 이렇게 친구와 검을 겨루며 성장할 기회도 줄어들 테고."

그런 고지식한 시온의 대답에 미아는 흠칫했다.

──듣고 보니 이렇게 각국 분들과 당연하게 얼굴을 볼 기회는 어느 의미 귀중하네요. 세인트 노엘에서 보내는 6년은 긴 것 같으면서도 짧은, 아주 귀한 시간인 건지도 모르겠어요.

문득 그런 생각이 들었다.

──그렇다면 후회하지 않게, 미련이 남지 않게 하루하루를 보내야겠군요…….

그렇게 새로이 다짐한 순간.

"……그런데 미아 황녀 전하, 그…… 다음 검술 대회에 또 도시락을 직접 만드실 예정이 있으시다거나……?"

키스우드가 작은 목소리로 살그머니 물었다.

"아아, 도시락이요. 그래요. 그건 재미있었으니 또 모두 함께하고 싶어요."

모처럼 이렇게 매일 얼굴을 보고 있다. 다 함께 즐거운 일을 할 기회를 적극적으로 만들고 싶은 미아였다.

미아의 대답을 듣고 키스우드의 어깨가 축 내려갔다…….

"알겠습니다……. 그렇다면 그렇게 마음의 준비를 해두겠습니다……."

"어머나……. 벌써 몇 번이나 만들었으니 딱히 키스우드 씨가 도와주지 않아도……."

"마음의 준비를 해 둘 테니까! 부디 그때는 제게 말씀해주십시오! 절대로, 제가 모르는 곳에서 마음대로 하시면 안 됩니다. 아셨죠?!"

신신당부하는 키스우드. 그 박력에 자기도 모르게 고개를 끄덕인 미아였다.

그런 대화도 끝나고, 저녁까지는 아직 시간이 있었기에…….

미아는 방으로 돌아와 침대에서 뒹굴거리며 시간을 보내기로 했다.

……조금 전에 세인트 노엘에서 보내는 시간을 낭비하지 않겠다고 다짐했지만……. 인간이란 그리 쉽게 변하지 못하는 법이다.

미아가 방으로 돌아와 한숨 돌렸을 때…….

"미아 하…… 언니! 큰일이에요."

벨이 방 안으로 달려 들어왔다. 물에 빠진 생쥐였다.

"어머나, 벨. 무슨 일인가요? 그건……. 혹시 이렇게 비가 오는데 밖에서 놀고 있었다거나……?"

"아뇨, 세인트 노엘 학원을 탐험했던 것뿐이에요. 절대 놀았던 게 아니거든요."

엄숙한 표정을 짓는 벨을 보고 미아는 크게 한숨을 쉬었다.

"그렇게 젖은 상태로는 감기에 걸릴 겁니다."

"헤헤, 물에 젖어서 매력이 업! 되었어요."

과거의 자신 같은 소리를 하는 손녀딸을 보니 다시 한숨이 나왔다.

"정말이지, 그런 이상한 소리 하지 말고 우선 목욕을……. 흠,

저도 저녁을 먹기 전에 목욕하기로 할까요……."

미아는 안느에게 갈아입을 옷을 준비해달라고 부탁한 뒤 재빨리 일어났다.

그렇게 방에서 나왔을 때 문득 떠올라서…….

"혹시 벨, 리나 양도 같이 있었나요?"

"네. 같이 탐험하던 도중에 비가 쏟아져서……."

"그래요. 그렇다면 리나 양도 같이 목욕하러 가자고 하는 게 좋겠군요."

손녀딸과 놀아준다고 고생했을 슈트리나를 격려해줘야겠다고 마음먹은 미아였다.

그 후 합류한 슈트리나와 함께 즐거운 목욕 타임을 즐긴 미아는 벨에게서 탐험의 성과를 듣게 되었다.

그것은 평범한 세인트 노엘의 일상.

특별한 일은 아무것도 일어나지 않은, 하지만 특별한 날.

미아 안에서 반짝반짝 빛나는, 가치 있는 하루의 기억이었다.

"그런 적도 있었죠……."

문득 떠올린 어느 날의 기억을 이야기하자 안느는 절절히 고개를 끄덕였다. 하지만 그녀가 생각하는 날과 미아가 생각하는 날이 일치했을지는 알 수 없다.

그만큼 그날은 평범한 날이었다.

"어쩐지 무척 신기하네요. 오늘까지 전혀 떠올리지 않았는데, 어째서인지 떠오르다니."

아무것도 아닌, 사소한 하루.

하지만…… 미아는 깨달았다.

그 평범하고 사소한 하루에는 모든 게 갖춰져 있었다.

행복의 모든 조건이 갖춰져 있었다. 소중한 친구들도, 떠들썩하지만 평화롭고 사랑스러운 시간도……. 전부 다, 모두 모여 있었다.

그런 그리운 날, 세인트 노엘에서 보낸 나날을…… 잠시 추억한 뒤, 미아는 중얼거리듯이 말했다.

"안느. 저는 새삼 이렇게 느꼈어요. 세인트 노엘에서 보낸 그 나날은 더없이 소중하고, 저에게는 무척 가치 있는 나날이었다고."

"후후후, 네. 저도 무척 귀중한 경험을 했습니다."

안느의 대답에 미아는 고개를 한 번 끄덕였다.

"하지만 안느. 저는 그 시절로 돌아가고 싶지는 않아요. 왜냐하면 그건 어제도, 오늘도, 내일도…… 분명 같을 테니까……."

미아는 조용히, 하지만 분명하게 말했다.

그 눈부신 나날을 내일도 이어가겠다.

그것은 그 나날을 아는 벨이 과거에서 돌아왔을 때 실망하지 않기 위해.

그것은…… 그 평온한 나날을, 아직 만난 적 없는 자손에게 물려주기 위해.

지하 감옥에서 보낸 나날을, 대기근의 지옥을 아이들이 겪지 않기 위해.

그러기 위해 가치 있는 나날을 이어간다. 절대 끝나게 하지 않는다.

문득 벨의 얼굴을 보고 미아는 작게 웃었다.

"어라…… 후후후, 벨이 웃고 있네요."

미아는 자상하게 중얼거린 뒤 벨의 머리를 쓰다듬었다.

"잘 자요, 벨. 좋은 꿈을 꾸기를."

그것은 손녀와 할머니의 평온한 밤.

그것은 무척 흔하고, 평범하고, 평화롭고…… 가장 가치 있는
풍경이었다.

티어문 제국
이야기

후기

독자 여러분, 안녕하세요. 미아 루나 티어문이랍니다. 이번에는 후기가 절반으로 줄어드는 바람에 처음부터 제가 등장하게 되었는데…… 어라? 이거 작가의 태만 아닌가요……? 네? 분량? 네, 알고 있다니까요.

뭐 아무튼, 단편집은 재미있게 읽으셨나요?

작가에게 코멘트를 받았는데, 어디 보자. 본편보다 자유롭게 쓸 수 있는 만큼 단편집이 더 좋은 이야기가 많았을지도……? 이런 말을 해도 괜찮은 건가요?

그러고 보면 이번에는 인기투표 발표도 있었죠. 여러분, 투표 감사드립니다.

뭐, 결과는 말할 것도 없지만요. 당연하게도 제가 1위…… 인 건, 뭐 좋지만요. 2위에 흉흉한 게 끼어있는 듯한…….

이 위치면 저를 쫓아오는 것 같아서…… 어쩐지, 그, 목덜미가 싸늘해지는 듯한 느낌이 든단 말이죠. 착각일까요……?

신세 진 모든 분에게 감사 인사를 드립니다. 항상 저를 멋지게 그려주시는 Gilse님과 편집자 F님, 항상 신세 많이 졌다고 작가가 전해 달라네요.

그러면 평안하시길, 여러분.

또 다음 권에서 만나 뵙기를 빌어요!

티어문 제국
이야기

제4위 미아벨 루나 티어문

어엿하게 보면 될 용감한 왕녀 미아. 단편집에서도 대활약했습니다!

42 표

제3위 아벨 렘노

항상 늠름하시다니까요... 아벨이 2위여도 되지 않나요?!

108 표

제7위 디온 알라이아

흠칫흠칫 무릎이 떨립니다···· ······ 후로로··· 으하하!

30 표

제6위 슈트리나 에토와 옐로문(리나)

별을 잘 부탁드릴게요!

33 표

제5위 안느 리트슈타인

아무것도 되지 않은 제가 왜죠···?!

41 표

제10위 루드비히 휴이트

평민파 출신. 항상 한결같아요!

16 표

제9위 라피나 오르카 베이르가

정성을 다하면 안 되는 사람은 없어요!

18 표

제8위 에메랄다 에토와 그린문

다과회 거대파! 기대하고 있을게요!

19 표

⟨ Glise 선생님 ⟩

단두대는 항상 안정적으로 상위권이네요?!
새 후보가 늘어나도 미아의 인기는 항상 1위라니,
역시 제국의 예지입니다.

⟨ 오리노 미즈 선생님 ⟩

미아 님이 1위! 역시 미아 님입니다!
바로 뒤에서 '그' 녀석도 둘칫둘칫하고 있군요…… 축하해!

⟨ 오치츠키 선생님 ⟩

투표 감사합니다.
이번에는 벨과 슈트리나의 친구 콤비,
미아의 절친 에메랄다와 라피나의 약진,
더불어 미아의 단짝 단두대의
설마 했던 2위 입성 등
요동치는 순위 변동에 깜짝 놀랐습니다.
역시 친구는 좋은 법이네요!

많은 투표 감사합니다!!

Tearmoon Teikoku Monogatari Tanpensyuu~Dantoudai kara hazimaru hime no
gyakuten story~
by Nozomu Mochitsuki

Copyright © 2024 by Nozomu Mochitsuki
Original Japanese edition published by TO Books, Inc.
Korean translation rights arranged with TO Books, Inc.
Korean translation rights © 2025 by Somy Media, Inc.

티어문 제국 이야기 단편집 ~단두대에서 시작하는 황녀님의 전생 역전 스토리~

2025년 10월 15일 1판 1쇄 발행

저   자 모치츠키 노조무
일러스트 Gilse
옮 긴 이 현노을
발 행 인 유재옥
담당편집 정영길

이   사 조병권
편 집 2 팀 정영길 조찬희 박치우
편 집 3 팀 오준영 이소의 권진영 정지원
디자인랩팀 김보라 전세연
디지털사업팀 김지연 윤희진 장혜원
라이츠사업팀 김정미 이지현 유아현
영업마케팅팀 최원석 윤아림
물 류 팀 백철기
경영지원팀 최정연
인쇄제작처 ㈜코리아피엔피
발 행 처 ㈜소미미디어
등   록 제2015-000008호
주   소 서울시 마포구 토정로222, 502호 (신수동, 한국출판콘텐츠센터)
판매 및 마케팅 (070) 8822-2301

ISBN 979-11-384-4078-3 04830
ISBN 979-11-6507-670-2 (세트)

단두대에서 시작하는 황녀님의 전생 역전 스토리

티어문 제국 이야기

단 편 집

초판 한정
쇼트스토리 소책자

TEARMOON
EMPIRE STORY
WRITTEN BY
NOZOMU MOCHITSUKI

모치츠키 노조무 지음
Giise 일러스트

Collection of short stories

∽

번외편
황녀 전하가 꺼리는 사람

티어문 제국의 황녀, 미아벨 루나 티어문은 어릴 적 꺼리는 사람이 있었다.

교육 담당인 재상 루드비히——가 아니다.

공부를 싫어하는 벨이라도 그걸 가르쳐주는 루드비히는 그리 껄끄럽지 않았다. 항상 안경을 빛내며 성실하게 지도하는 루드비히였으나…… 이유는 몰라도 벨은 어딘가 친근함을 느꼈다.

혹은 유모 린샤도 아니었다. 때로는 엄하게, 또 놀려먹듯이 심술을 부리곤 하지만 그게 애정 표현이라는 걸 벨은 알고 있었다.

그 외에 메이드장 안느, 대작가 에리스, 슈트리나 할머니, 대장군 디온 등 벨 주변에는 다양한 어른들이 있었지만 다들 벨에게는 친절하고 애정을 쏟는 사람들처럼 느껴졌다.

하지만 그런 가운데 오직 한 명……. 벨이 다가가기 어렵다고 느끼는 인물이 있었다.

바로 별을 지닌 공작, 루비 에트와 레드문이었다.

제국 사대귀족, 통칭 '별을 지닌 공작'의 일각으로 레드문 공작가의 가주이자 흑월청 장관이기도 한 그녀는 말 그대로 제국 군사력의 상징.

곧게 뻗은 등과 항상 다부진 표정, 근육이 탄탄한 그 몸에 엄격한 분위기를 두른 그녀는 벨의 눈에는 어딘가 가까이하기 어려운 여성처럼 보였다.

게다가 벨의 사촌 동생들은 입을 모아 말했다.

"레드문 공작의 남편은 괴물 같은 남자야."

"괴물이라고요……?"

"그래. 미아 할머니의 젊은 시절부터 모셨던 역전의 전사인데, 황실에 걸맞지 않은 나쁜 아이는 와드득 잡아먹혀."

"와…… 와드득?"

눈이 휘둥그레진 벨을 놀리듯이 사촌 동생들이 말을 이었다.

"그런 괴물 같은 남자를 휘어잡고 있으니까 루비 님은 분명 무시무시한 분이실 게 틀림없어."

아무런 근거도 없는 그 말이 어린 벨에게는 진실처럼 들리고 말았다.

그래서 벨은 루비를 껄끄러워했다.

어느 날까지만…….

그날 여섯 살의 벨은 백월 궁전 안을 산책하고 있었다.

모험…… 은 아니다. 산책이다. 지금은 아직…….

아장아장 복도를 달리던 그녀가 모퉁이를 돌았을 때였다.

"꺅!"

누군가와 부딪쳐서 엉덩방아를 찧은 벨이 당황하며 올려다보자,

"이런, 미아벨 황녀 전하. 실례했습니다."

붉은 머리카락의 여성…… 별을 지닌 공작 루비가 그곳에 서 있었다. 재빠르게 무릎을 꿇은 루비가 손을 내밀었다.

쭈뼛거리며 그 손을 붙잡고 일어나는 벨. 루비는 한 번 더 무릎

을 꿇어 벨과 눈높이를 맞추고는 엄하게 말했다.

"그렇지만 복도에서 달리시면 안 되죠, 벨 황녀 전하. 제국의 다음 세대를 짊어지실 귀한 분이신데 무슨 일이 일어나면 어떡합니까."

"네, 넵! 죄, 죄송합니다……."

긴장해서 몸이 딱딱해지면서도 힘껏 머리를 숙여 사과한 벨은 바로 도망치는 자세에 들어갔다. 하지만…….

"벨 황녀 전하……."

이름을 불리는 바람에 움찔 튀어 올랐다.

"왜, 왜 그러시죠……?"

주춤주춤 돌아보자 루비가 무시무시한 얼굴로 바라보고 있었다.

"외람되지만 벨 황녀 전하께서는 언젠가 제국의 정점에 서실 분입니다. 그렇게 살금살금 몸을 움츠리며 걸으시면 되겠습니까. 당당히, 가슴을 펴고 걸으십시오."

"네, 네에……."

"그리고 쉽게 사과하셔도 안 됩니다. 전하께서 스스로 생각하고, 잘못이 있다고 판단했을 때 비로소 사과하셔야죠. 하지만…… 생각하지도 않고 사과해서 그 자리를 벗어나려고 하는 행위는 삼가셔야 합니다. 그건 제국의 예지 미아 황제 폐하의 손녀이신 황녀의 도리가 아닙니다. 아셨습니까?"

벨은 고개를 끄덕끄덕 움직였다.

그러자 루비는 겨우 얼굴을 풀고는 그 자리를 뒤로했다.

루비의 등을 멍하니 배웅한 후 벨은 작게 중얼거렸다.

"루비 님, 역시 좀 무서워……."

"뭐가 무섭다고?"

뒤에서 날아온 목소리에 펄쩍 뛰어올랐다. 주춤주춤 돌아보자 그곳에 서 있던 사람은 블루문 공작 사피아스였다.

항상 조금 가벼운 미소를 지은 그 남자는 벨에게 껄끄러운 상대가 아니었다. 굳이 따지라면 때때로 맛있는 과자를 주는 좋은 사람이라는 인식이었다.

"사피아스 님……. 사실…… 저 레드문 공작이 무서워서요……."

"어……? 레드문 공작이라면…… 루비 에트와 레드문 말이야? 그녀가 무섭다고……?"

벨의 이야기를 들은 사피아스는 눈이 휘둥그레졌다가…… 다음 순간, 웃음을 터트렸다!

"아하하하, 그, 그녀가 무섭다니. 그것참, 정말. 후후후후."

참을 수 없다는 듯 크게 터져 나오는 폭소.

"어, 어째서 웃는 거예요?"

부루퉁해져서 얼굴이 퉁퉁 부은 벨을 보고 사피아스는 눈꼬리의 눈물을 훔쳤다.

"아, 아니, 너무 생각지도 못한 말을 듣는 바람에. 후후후."

"어머, 뭘 그렇게 경망스레 웃고 있는 거죠? 블루문 공작."

그런 사피아스 뒤에서 다가온 사람은 그린문가의 배후의 지배자로 이름 높은 여성, 에메랄다 에트와 그린문이었다.

오늘은 월광회 날. 사대공작가가 미아 황제와 함께 즐기는 다과회 날이므로 다들 백월 궁전에 모여 있었다.

"아아, 에메랄다구나. 마침 잘 왔어."

"흐음, 마침 잘 왔다? 벨 황녀 전하와 무슨 이야기를 하셨길래?"

"그래, 실은 벨 황녀 전하께서 레드문 공작을 아주 무서운 사람이라고 생각하는 모양이야."

"뭐……? 루비 양을?"

에메랄다는 멍하니 입을 벌렸다가 이어서 벨에게 시선을 부었다. 그러고는 잔뜩 찡그린 벨의 얼굴을 보고는 역시나 웃음을 터트렸다.

"후후후, 그건…… 크나큰 오해랍니다."

"오, 오해…… 라고요?"

벨은 에메랄다—— 할머니의 친척이자 절친한 친구인 이 여성을 신뢰한다. 굳이 따지라면 사피아스보다 더 믿는다.

그러니 만약 에메랄다가 그렇게 말한다면 그건 사실일 것이다. 하지만…….

"흐음. 그렇다면 그런 벨 황녀 전하께 옛날이야기를 하나 해드릴까. 이건 아무에게도 말하면 안 돼."

사피아스는 검지를 입술 앞에 세우고 장난기 있게 윙크한 뒤 이야기하기 시작했다.

루비와 그 남편, 바노스의 결혼식에서 일어난 어떤 사건에 대하여…….

제도 루나티어에는 백월 궁전과도 견줄 수 있는 대성당이 존재한다.

블레스드문 대성당이라고 불리는 이 건물은 대대로 황제 혈족의 결혼식을 담당해온, 제도에서 가장 엄숙하고 화려한 장소였다.

그날 그 블레스드문 대성당 안은 수많은 사람으로 넘쳐났다. 심지어 그 면면도 참으로 쟁쟁했다. 티어문 제국의 중진만이 아니라 각국의 유력 귀족과 고위 군인의 모습도 드문드문 보였다.

"흐음, 역시 레드문가의 결혼식. 참으로 성대하군요."

그렇다. 오늘 이곳에서 루비 에트와 레드문과 황제전속 근위대장 바노스가 결혼식을 올린다.

슬그머니 성당 안을 둘러본 미아는 저도 모르게 감탄을 흘렸다.

"그나저나…… 루비 공녀, 결국 해냈군요……."

무심코 중얼거림이 나왔다.

그녀의 사랑이 시작될 무렵부터 그 행방을 계속 지켜봤던 미아였기 때문에 특히나 감개무량했다.

"대귀족가의 영애와 평민의 사랑……. 우후후, 정말 소설 같다니까요."

눈꺼풀 뒤로 수많은 추억이 되살아났다.

세인트 노엘에서 치른 승마 대결, 황녀 전속 근위대 부대장으로서 노력하는 루비의 모습, 힐데브란트와의 약혼 소동과 레드문 공작의 사병단이 참석한 승마대회…….

즐거운 기억을 하나하나 떠올리며 미아는 흐뭇하게 웃었다.

"하지만 저조차 이런 느낌이 들 정도니까, 루비 공녀는 분명 긴장하고 있을 거예요. 조금 살펴보러 갈까요……."

그런 생각에 미아는 루비가 있는 대기실로 향했다.

대기실 근처까지 가자, 무언가 소란스러운 목소리가 들렸다.
"어머? 무슨 일 있나요?"
문을 열고 대기실에 들어가자, 웨딩드레스를 입은 루비가 살려 달라는 듯이 말을 걸었다.
"실은…… 바, 반지가 없습니다."
"네? 반지가……?"
그 말에 아무리 미아라도 입이 떡 벌어졌다.
"서, 설마 그건, 레드문 공작가의 루비 공녀와 바노스 대장이 결혼하는 걸 반대하는 과격파의 암약이 있었다거나…… 그런 건 가요?"
말도 안 되는 억측은 아니었다.
루비는 이래 보여도 제국 사대귀족, 영광스러운 별을 지닌 공 작가인 레드문가의 장녀다. 심지어 현 레드문 공작 만사나는 아 무래도 루비에게 레드문가의 가주 자리를 물려줄 생각이라는 소 문조차 있었다.
그런 루비와 사작이라고 해도 평민 출신인 바노스가 혼례를 올 린다. 레드문 파벌의 사람들은 물론이고 문벌귀족 중에도 끼어들 고 싶은 사람들이 있을 것이다.
그런 자들이 루비의 결혼을 반대하기 위해 반지를 훔쳤다 면……?
──크, 큰일이에요! 루비 공녀의 사랑을 훼방 놓다니…… 루

비 공녀가 악귀가 되어버릴 거예요!

레드문가의 무투파 영애 루비. 어린 시절부터 고이 간직해온 사랑이 결실을 이루는 되는 날을 망치려고 들다니, 분명 가만히 있지 않을 것이다.

순식간에 흉흉해진 사태에 당황하는 미아였지만…… 문득 루비의 얼굴을 보고 고개를 갸웃거렸다.

어째서인지 루비는 화를 내지 않고 있었다. 오히려 잔뜩 풀이 죽어 어깨를 늘어뜨리고는…….

"그게, 그……."

머뭇머뭇, 주저주저, 말을 꺼내지 못하고 있다……. 그때 루비의 뒤에서 노령의 메이드가 조심조심 앞으로 걸어 나왔다. 오랫동안 레드문가에서 일한 베테랑 메이드다.

"실은 어젯밤 루비 님께서 만약 손가락에 안 맞으면 어떡할지 걱정하셔서, 오늘 결혼식 연습을 위해 반지를 끼셨는데요……."

"앗, 잠깐, 안 돼……!"

당황하는 루비를 향해 베테랑 메이드는 냉정한 표정으로 담담하게 말했다.

"루비 아가씨, 실례지만 솔직하게 말씀드리고 도와달라고 요청하는 게 낫다고 봅니다."

"그, 그건 그렇지만……. 그래도……."

"후후후, 딱히 부끄러워하지 않아도 괜찮아요. 루비 공녀. 확실히 결혼식 전날은 마음이 설레기 마련이죠. 예행연습을 한다고 해도 전혀 이상하지 않답니다."

본인의 결혼식에서 완전히 똑같은 짓을 했던 미아 황제가 근엄하게 고개를 끄덕였다. 바로 옆에서는 에메랄다도 고개를 끄덕이며 루비의 행동에 이해심을 보였다.

뭐 그렇지. 해보게 되지…… 이런 느낌이었다. 하지만…….

"그 후 소소한 기쁨의 댄스를……."

"기쁨의 댄스?!"

덧붙이는 듯한 베테랑 메이드의 말에 미아는 입을 떡 벌렸다.

아무리 미아라고 해도 결혼식 전날에 신이 나서 춤을 추거나 하진 않았다. 에메랄다 쪽을 보자 희한하다는 얼굴로 고개를 갸웃거리고 있다. 그녀도 루비에게 공감하지 못한 모양이다.

"반지를 낄 때 잘 들어가지 않으면 어떡하나 걱정되어 조금 크게 만든 게 뼈아픈 실책이었습니다."

작게 중얼거리듯 루비가 사정을 설명하자 사피아스가 의아해하며 물었다.

"아니, 하지만 방 안에 떨어트렸다면 찾는 것도 그리 어렵지 않을……."

"……발코니."

"어……?"

"발코니에서…… 그, 별하늘 아래에서 춤을……. 그, 그래서, 그게…… 팔을 휘둘렀을 때 쏙 빠져서, 휙 하고……."

"휙……."

미아의 뇌리에 밤하늘을 가로지르는 별똥별이 되어 날아가는 반지가 떠올랐다. 반짝반짝, 참으로 아름다운 광경이었다.

"그, 그렇게, 잃어버려서……. 아, 아침까지, 가문 사람들을 총동원해서 정원을 뒤졌지만……."

"그렇군요……. 아니, 하지만 그것도 이상하군요. 아무리 레드문 가의 정원이 넓다고 한들 사용인들과 함께 꼼꼼히 수색하면 찾아낼 수 있을 거예요. 그렇다면……."

미아는 대기실 안에서 스슥 눈을 굴렸다. 테이블 위에 쿠키가 놓여 있는 걸 기민하게 발견한 미아는 그걸 와삭, 와삭……. 뇌에 당분을 공급한 뒤…….

"누군가가 가져갔다고 생각해야 하지 않을까요? 혹은 무언가…… 동물 같은 거라도……."

"아! 그러고 보면…… 동틀 무렵에 까마귀가 정원을 어슬렁거렸습니다!"

베테랑 메이드가 증언했다! 미아는 턱을 손으로 감쌌다.

"흐음, 까마귀라……. 그렇다면 마침 잘 아는 전문가가 회장에 와 계시죠……. 실례지만 누가 대성당에 가서 라피나 님의 메이드 모니카 양을 데려와 줄 수 있을까요?"

부름을 받은 까마귀 전문가, 바람까마귀 출신 모니카는 설명을 듣고 진지한 얼굴로 팔짱을 꼈다.

"그렇군요. 충분히 가능성이 있습니다. 까마귀는 빛나는 물건을 모으는 습성이 있으니까, 반지를 가져갔다고 해도 이상하지 않죠."

"그, 그럴 수가!"

당장에라도 울어버릴 듯한 루비의 반응에 사피아스가 절레절레 고개를 저었다.

"진정해. 오늘의 주역이 그런 표정을 지으면 안 되지. 반지는 다른 걸 준비하면 그만이잖아. 만약 레드문 가에 마땅한 것이 없다면 우리 블루문가에서 적절한 반지를 준비해줄 수 있는데……."

"그래요, 그런 거라면 저도 협력할 수 있어요. 우리 그린문가에는 해외에서 들여온 반지도 여럿 있으니, 사이즈가 맞고 보기에도 좋은 것이 있을 테죠. 시급히 가져오게 해서……."

"하, 하지만, 그건 바노스 대장이 골라준 소중한 반지인데……."

툭 굴러나온 중얼거림에 그 자리에 있던 모두가 입을 다물었다. 경악한 나머지…… 말문이 막혔다!

보통 대귀족가의 영애가 끼는 결혼반지라 하면 가문에서 대대로 전해 내려오는 가보를 사용하는 편이다. 새로 장만한다고 해도 어용상인에게 맡기는 일이 대부분이다.

결혼 상대가 골라준다는 건 평민, 혹은 연애 소설에서나 볼 수 있는 비현실적인 시추에이션이지만…….

"모, 모처럼 마련하는 거니까, 바노스 대장 마음에 드는 게 좋을 것 같아서……. 그래서 가게에 가서, 골라달라고 하고……. 바노스 대장의 월급 석 달 치 값의 반지를 사서, 그래서……."

거기까지 말한 루비는 바로 말을 멈추고 도리질했다. 고개를 들었을 때, 그 얼굴에는 비통한 각오가 보였다.

"아니……. 포기하자."

결연한 얼굴로 말했다.

"원인을 따지면 내 책임, 내 잘못이야. 바노스 대장의 반지를 끼는 것 자체가 내가 억지를 부린 결과였으니. 나는 결혼만 할 수 있다면 돼. 이 일은 깨끗하게 포기하자."

뭐……. 그야 그렇겠지. 그 자리에 있던 모든 사람이 생각했다.

확실히 전부 루비 책임이고, 애초에 루비가 억지를 부린 것이고, 아무튼 바노스와 결혼만 할 수 있다면 루비의 사랑은 이뤄지는 셈이니…….

하지만 미아는…… 그런 루비의 체념을 정정당당하게 부정했다.

"아뇨, 루비 공녀. 포기하는 건 아직 일러요."

루비의 이야기를 듣는 동안 미아는 계속 생각했다.

──모처럼 이뤄지는 대귀족 영애와 평민의 극적인 러브스토리의 결말이 체념과 타협의 결혼식이라니, 감동이 깨져버리잖아요……! 기왕이면 환하게 웃는 클라이맥스와 대단원을 보고 싶다고요!

그렇기에 미아는 주장했다. 아직 포기할 때가 아니라고.

"확실히 당신에게도 잘못은 있었죠. 하지만 당신의 잘못은 그 부분이 아니에요. 당신의 실수는 오직 하나. 자기 힘으로…… 레드문가의 사용인까지만 동원했다는 점이죠."

"네…………?"

살짝 눈물이 맺힌 눈동자로 바라보는 루비를 똑바로 마주 바라보며 말했다.

"당신은 저와 마찬가지로 친구에게 부탁해야 했어요. 그것이 가장 반성해야 하는 부분이랍니다."

"친구……."

"그래요. 하지만 다행히 그 실수는 당장에라도 만회할 수 있어요."

미아는 대기실 안을 둘러보았다.

"누가 저와 루비 공녀의 소중한 친구를 불러와 주실 수 있을까요? 소중한 승마 친구를요."

그렇게 찾아온 사람은 마찬가지로 루비의 결혼식에 초대받았던 훠 후이마였다.

한차례 설명을 들은 후이마는,

"뭐야, 그런 일로……."

아주 시원스러운 어조로 그렇게 말했다.

"내 전투늑대, 우투라면 그 정도쯤은 어렵지 않지."

가슴을 펴고 당당하게 말하는 후이마 옆에서 우투가 워웅 하고 자신만만하게 울었다.

"하, 하지만 날아갔으니 냄새도 쫓을 수 없는 게 아닌지……."

"까마귀의 냄새를 추적시키면 돼. 조금 시간이 필요하지만……."

후이마의 말에 미아는 고개를 크게 끄덕였다.

"그렇다면 제가 시간을 벌겠습니다. 증인인 황제가 가지 않으면 결혼식은 시작할 수 없으니까요."

"미아 폐하! 그런 일이라면 제가……."

"신부가 악역이 되면 안 되죠. 이번 일은 고귀한 황제 폐하가 억지를 부렸다고 밀어붙이는 게 좋겠어요."

장난스럽게 웃은 후 미아는 후이마 쪽을 보았다.

"후이마 양, 죄송하지만 잘 부탁드려요."

후이마는 가슴을 펴고,

"내 친구, 루비의 경사스러운 날에 나와 우투가 활약할 기회를 마련해줘서 감사하다고 해야겠군."

득의양양하게 웃으며 대답했다.

"그, 그래서 어떻게 되었죠?"

흥미진진하게 물어보는 벨을 향해 사피아스는 부드러운 미소를 지으며 말했다.

"후이마 양의 전투늑대는 정말 대단하더라. 레드문 공작의 저택 근처에 있는 까마귀 둥지를 하나하나 뒤져서 얼마 지나지 않아 반지를 찾아냈거든."

"그랬군요. 다행이다……."

휴우 한숨을 내쉰 벨은 끄으응 신음했다.

"그나저나 결혼식 전날에 소중한 반지를 잃어버리다니……."

그건 벨이 상상조차 하지 못했던 루비의 덜렁거리는 모습이었다.

"그런 루비 님이 지금은 그렇게 엄격한……."

"엄격…… 하게 보이도록 행동하고 있긴 하지만, 아무래도 집에서는 아직도 바노스 님에게 어리광을 부리고 있다던데요? 피곤한 날에는 팔베개를 베기도 한다나."

"파, 팔베개요?"

"그래요. 뭐, 사랑하는 그이의 팔베개를 베는 건 저도 마찬가지지만, 루비 양이 팔베개라니 조금 의외라서 재미있죠?"

에메랄다는 쿡쿡 웃었다.

"그러니까, 뭐……. 귀여운 면도 있는 분이니 너무 무서워하지 않았으면 좋겠네요."

"그래. 황녀이신 벨 님과 우리 사대공작가의 사람이 사이가 불편한 건 바람직하지 않지. 가능하다면 너무 무서워하지 말고 대화해보는 게 어떨까."

사피아스는 자상하게 웃으며 벨의 머리를 쓰다듬었다.

얼마 후…….

벨은 루비와 마주칠 기회가 있었다.

"아, 루비 님……."

벨은 문득 그 손에 낀 반지에 시선이 멈췄다. 그건 작고 붉은 보석이 박힌 은백색의 심플한 반지였다.

"아, 그게 결혼식 전날에 잃어버리셨다는……."

"네……?"

루비의 눈이 확 커졌다.

그걸 보고 벨도 입을 확 눌렀다.

"……실례지만, 벨 황녀 전하. 대체 누가 그런 이야기를 했습니까?"

"네? 아, 아뇨, 그게…… 그냥 얼핏 소문으로……."

"소문이라……. 흠, 그렇단 말이죠."

루비는 바로 눈치챈 건지 미간을 찡그렸다.

"혹시 미아 폐하께서 깜빡 말씀하셨나……?"

"네? 아, 아닙니다. 미아 할머니와는 관련 없어요!"

허둥지둥 대답하자 루비는 생긋 웃었다.

"그렇군요, 대충 알았습니다. 미아 폐하가 아니라면 그 두 사람이군요. 확실해……. 그래, 그렇단 말이지. 비밀을 퍼트렸겠다……. 하하하. 좋아, 그 두 사람에게는…… 아주 단단히 말해두어야겠어……."

중얼중얼 중얼거린 후 루비는 벨의 눈을 똑바로 바라보았다.

"아, 그런데 벨 황녀 전하……. 지금 상황에서 제가 굳이 말씀드릴 필요는 없다고 생각하지만……."

"헉. 네. 당연히 말하지 않겠습니다."

그렇게 호언하는 벨이었지만 루비는…… 어째서일까, 어딘가 의심스러워하는 얼굴이었다.

"지금의 벨 황녀 전하는 아주 믿을만한 사람으로 보이는데, 몇 년 뒤의 모습을 알고 있으니 영 믿음이 안 가는군……."

"네……?"

어리둥절해서 고개를 갸웃거리는 벨을 향해 루비는 쓰게 웃었다.

"아무것도 아닙니다. 거듭 말씀드리지만, 아무쪼록 그 일은 비밀로 해주십시오."

"네. 후후후. 저와 루비 님, 둘만의 약속이네요."

벨은 기뻐하며 웃었다. 루비의 비밀을 알고 아주 조금, 그녀에게 친근감을 느꼈기 때문이다.

그래서 어린아이가 하듯이 새끼손가락을 내밀었다.

그런 황녀 전하의 모습에 루비는 절레절레 고개를 내저었다.

"네. 그렇군요. 약속입니다."

그러고는 새끼손가락을 걸었다.

번외편
달의 요정관에서

제도 루나티어의 경제특구, 신월지구 한 곳에 '달의 요정관'이라는 술집이 있었다.

고급 가게는 아니다. 그리 큰 가게도 아니지만, 아주 평범하고 어디서나 볼 수 있는 가게 내부엔 사람으로 득시글거렸다.

……가게 밖으로 흘러나올 정도로 열기가 넘쳐났다.

그곳에 모인 건 제국의 뼈대를 떠받치는 유능한 문관들. 미아 황제의 개혁과 치세를 뒷받침하는 열광적인 미아 지지자 집단이었다.

현자 갈브의 제자들, 성 미아 학원의 졸업생들, 그 외 미아 지지자도 섞여 있는 그 집단은 참으로 통일성이라고는 찾아볼 수 없었다.

그리고 그런 집단 속에 숨듯이 술집 한구석에 놓인 테이블에 수상한 단체가 있었다.

다들 후드로 얼굴을 가리고 소곤소곤 속삭이듯이 대화하는 것이 몹시 수상하다!

하지만 가게 안에 있는 누구도 그자들을 주목하지 않았다.

미아 황제의 개혁에는 다양한 인재가 필요하다. 대놓고 얼굴을 드러낼 수 없는 사람도 있을 것이다. 게다가 술집의 주인은 루드비히의 동문인 유능한 남자다. 신뢰할 수 있는 주인이 인정하는 인물이라면 의심할 필요가 없다…….

그런 공통인식이 있었기 때문이다.

그렇게 사람들 사이에 숨은 후드 무리, 그 리더인 묘령의 여성…… 달빛 같은 머리카락에 푸르고 맑은 눈동자를 지닌 그녀——말하지 않아도 다 아는 우리의 여황제, 미아 루나 티어문은 주변을 살피며 흠, 하고 소리를 냈다.

"설마 이런 모임이 정기적으로 열리고 있었다니, 전혀 몰랐네요."

그런 미아의 말에 옆에 앉은 슈트리나가 고개를 끄덕였다.

"네. 리나도 소문으로는 들은 적이 있었지만, 설마 이렇게 대규모 집회가 열렸을 줄은……."

"그러게. 아, 저기는 흑월청의 참모잖아……. 군부에도 열성적인 지지자가 있다니, 역시 대단하십니다. 미아 님."

루비 에트와 레드문이 그렇게 중얼거렸다. 가게 안을 둘러보면서 '아아, 저 녀석도 있었나……' 하며 황당해하고 있었다.

"사실은 이런 자리에 폐하를 모셔 오는 건 피하고 싶었습니다……."

황제전속 근위대의 기사, 세리스가 그런 쓴소리를 흘렸다. 이번에는 호위로서 특별히 동석하고 있었다.

멤버는 이 넷뿐이었다.

웬일로 이번에 미아 옆에는 든든한 충신 안느의 모습은 없었다. 어떤 사정으로 이번에는 동행시키지 않았다.

"그나저나 대체 무슨 생각을 하시는 겁니까? 미아 폐하의 충신인 루드비히 님을 조사하고 싶으시다니……."

루비가 조금 목소리를 죽이며 물었다.

"설마 모반의 우려가 있으니 조사한다고 하시는 건 아니죠?"

눈썹을 찌푸리는 루비를 보고 미아는 쓰게 웃었다.

"당연하죠. 만약 그가 모반을 일으킨다면 제가 아주 잘못된 통치를 하고 있다는 증거입니다. 저는 제 행동을 돌이켜보고 개선해야 하겠죠."

어깨를 으쓱하며 고개를 저었다.

"하지만 지금은 루드비히가 절 포기할 정도로 폭군이 된 자각은 없답니다."

"그렇다면 대체 어째서……?"

"흐음, 그게 말이죠……."

미아는 팔짱을 끼고 잠시 신음한 뒤 입을 열었다.

"공인으로서 루드비히의 인격에는 의심할 여지가 없습니다. 게다가 개인으로서도 제가 아는 한 인격자죠. 진심으로 믿는다고 해도 과언이 아니에요. 하지만……."

거기서 미아의 얼굴이 날카로워졌다.

"이번 일은 사정이 별개랍니다. 그렇게 쉽게, 관성적으로 그를 믿을 수 없어요. 어떤 사안에서 루드비히가 적합한 인물인지 가늠할 필요가 있죠."

그 말에 무언가 떠올랐다는 얼굴이 된 사람은…… 슈트리나였다!

"혹시 누군가에게 루드비히 님을 혼담 상대로 소개하시려는 건가요?"

손가락을 세워 뺨에 기대고 고개를 살짝 갸우뚱하는 슈트리나의 의문에 미아는 놀라며 감탄했다.

"역시 리나 양. 바로 알아차렸군요. 대충 그런 느낌입니다."

그렇다……. 미아가 나선 이유는 어떤 소문을 들었기 때문이다. 그건 바로…… 소중한 충신 안느와 그 루드비히가 연인 관계가 아니냐는 소문이다!

──안느는 꼭 행복해져야만 하니까요. 그 상대로서 루드비히가 걸맞은 사람인지…… 제대로 가늠해 봐야죠.

"아……. 그래. 그런 거군요……."

루비도 이해한 건지 팔짱을 끼고 고개를 끄덕였다.

"그건 확실히, 가신을 신뢰하는 것과는 조금 다른 시점이 필요하겠군요. 공인으로서, 전사로서, 개인으로서 모두 뛰어난 인재는 제 남편 바노스 정도일 테니……. 후후후."

물 흐르듯이 자연스럽게 남편 자랑을 시작하는 루비였다. 러브 러브다!

뭐, 아무튼…….

"그래서 술집인 거군요. 술이 들어가면 솔직하게 말해버리기도 하니까요. 소극적이고 고지식한 남성의 솔직한 심정을 듣기 위해서는 술집으로 끌어들이는 게 가장 좋죠."

근위병, 세리스는 무언가 짐작 가는 바가 있는 건지 고개를 주억거렸다.

그때였다.

"실례합니다."

가게 주인이 요리를 가져왔다.

테이블 위에 놓이는 접시는 황월 토마토 스튜였다.

"오호라, 이건……."

"폐하께서 좋아하는 음식이라고 듣고 준비했습니다."

"하지만 이건 사흘 정도 푹 끓여야만 하는 것 아니었나요?"

주방장이 그런 말을 했었던 기억이…… 하며 고개를 갸웃거리는 미아를 보고 주인은 유능한 전문가의 미소를 지으며 대답했다.

"네. 발타자르에게 오신다는 이야기를 미리 들었습니다."

방심이 보이지 않는 그 대답에 미아는 고개를 끄덕였다.

"그런 거였군요. 그렇다면 바로……."

모처럼 따뜻한 스튜를 내어주었다. 식을 때까지 내버려 둔다는 매정한 짓은 할 수 없다. 미아는 다정한 황제 폐하다.

만약을 위해 슈트리나가 먼저 스튜를 먹고 고개를 끄덕일 때까지 기다린 뒤, 미아는 스튜에 숟가락을 넣었다.

스윽 들어 올린 숟가락 안에는 노란빛이 도는 감자. 그것을 보고 미아는 짧게 감탄한 뒤 그대로 입으로.

뜨겁다! 흐, 흐, 숨을 뱉고 감자를 입 안에서 굴리며 그 뜨거움조차도 즐겼다.

"후우, 뜨끈뜨끈하군요. 게다가 이건…… 후후후. 주인장, 대단한데요? 주방장과는 또 조금 다른 맛이 있어요. 이 살살 녹는 감자의 식감이 아주 좋아요."

주방장의 스튜에는 감자가 들어가지 않았다.

씩 웃는 미아를 보고 술집의 주인은 깊이 머리를 숙였다.

"칭찬해주셔서 영광입니다. 질 좋은 페르쟝 감자가 들어왔기에 스튜로 만들어 보았습니다."

"그렇군요. 게다가 잘게 썬 버섯도 넣었네요."

미아는 놓치지 않았다.

씹은 순간 탱탱하게 느껴지는 식감. 금방 부스러지는 감자와는 다른 맛있는 탄력……. 황월 토마토의 상큼한 산미와 자극적인 향신료의 풍미와 어우러져 중후한 맛을 연출하고 있었다.

"역시 루드비히의 동문이에요. 요리 실력도 뛰어나군요."

"감사합니다."

부드럽게 웃은 뒤 주인은 그 자리를 떠났다.

그럼 한 입 더…… 하며 스튜에 숟가락을 넣으려고 한 그때…….

"미아 님……. 루드비히 님이 오신 것 같습니다…….."

"아아, 드디어 왔나요……."

그렇게 중얼거리며 미아는 가게 입구로 시선을 주었다. 몇 명의 남자들과 함께 실내로 들어온 그를 보고 후드를 한층 깊이 눌렀다.

참고로 미아에게 이 가게의 정보를 알려준 사람은 그의 오랜 친구 발타자르였다.

그는 미아 엘리트 집회야말로 루드비히의 진정한 모습을 볼 수 있는 장소라며 호언장담했다.

"루드비히의 뒷조사…… 말씀입니까?"

미아에게서 상담을 들은 발타자르는 처음 표정이 험악해졌다.

"제 친구에게 무언가 의심스러운 점이라도……?"

"아뇨, 충신으로서의 그는 진심으로 신뢰합니다. 다만 개인으로서…… 예를 들어, 실은 여성 관계가 복잡하다거나 어린아이를 싫어한다거나…… 그런 부분은 없을까요? 아 그러고 보면 선크랜드의 파티에서는 술병을 쥐고 있었는데, 의외로 술버릇이 안 좋다거나 그런 부분이 있는 건 아닌가요?"

"술병을 쥐었다고요? 아니, 그 녀석은 그렇게 과음하는 남자가 아닙니다만……."

의아한 얼굴로 갸우뚱하는 발타자르의 반응에 미아는 고개를 저었다.

"아무튼 제가 알고 싶은 건 그가 결혼 상대로서, 남편으로서 적합한 인물인지, 그런 부분입니다."

"남편…… 아, 그렇군요. 즉 미아 폐하의 지인을 루드비히의 결혼 상대로 생각하고 계시는 거죠?"

그제야 이해가 간 건지 발타자르는 쓰게 웃었다.

"정확하게는 이미 교제하는 사이인 듯하다는 소문을 들었답니다. 뭐, 당사자끼리 서로 좋아한다면 제가 간섭하는 것도 지나친 참견일 테지만……. 그래도 저에게는 소중한 사람이니 할 수 있는 일은 하고 싶거든요."

만약 루드비히의 사생활이 터무니없이 파탄이 나 있다면 미아가 무어라 해줄 필요가 있을 것이다. 지금까지는 가신의 사생활은 자유롭게 내버려 두었던 미아이지만, 이번만큼은 그럴 수 없다. 헤어지라고 할 마음은 없어도 개선하라는 충고 정도는 할 생각이었다.

"그런 거라면 딱 좋은 장소가 있습니다. 술집입니다."

"오호라……? 그건 술에 취했을 때 본심이 드러난다는 이유인가요?"

"네. 그것도 물론 있기는 하지만…… 그 이상으로, 미아 폐하의 공적을 칭송하는 자리……. 예를 들어 미아 여제파의 비밀 집회라면 루드비히의 입이 아주 가벼워질 겁니다."

자신만만하게 가슴을 펴는 발타자르의 대답에 미아는 미심쩍어서 눈썹을 찡그렸다.

"비밀 집회……? 저를…… 칭송한다고요?"

"네. 미아 폐하의 말씀, 자비롭고 사려 깊은 행위를 이야기할 때 루드비히는 말이 아주 많아집니다."

"……그, 저는 딱히 제 평판을 구구절절 듣고 싶은 게 아니라……."

"미아 님의 공적을 이야기하다가 본인의 사생활도 깜빡 나불나불 뱉어버릴걸요."

"……나불나불."

순간 제국의 예지의 두뇌가 이래도 괜찮은 건지 걱정이 되는 미아였다.

"아, 입에 담으면 안 되는 정보는 말하지 않으니 안심하십시오."

"그, 그래요……. 그런 거라면, 뭐……."

애초에 공적이라는 것도 잘못된 평가가 많으니 입에 담으면 안 되는 정보처럼 느껴지긴 하지만…… 미아는 열심히 웃었다.

"그렇다면 루드비히가, 그, 동료와 술을 마시는 자리에 몰래 따라가면 많은 이야기를 들을 수 있다는 거군요."

"저희가 회합에 쓰는 술집이 있습니다. 몰래 이야기를 들으실 수 있도록 주인에게 말해두겠습니다."

"그건 고맙지만…… 괜찮은 건가요? 친구를 팔아버리는 셈인데."

그렇게 말하자 발타자르는 어깨를 으쓱했다.

"사실 저도 걱정하던 참이었습니다. 슬슬 그 녀석도 가정을 꾸리는 게 좋을 것 같아서요……"

"흠……. 그렇군요……. 참고로 당신은 어떤가요? 발타자르 경. 누구 좋은 분은 있으신가요?"

그렇게 묻자 발타자르는 쓰게 웃고는…….

"하하하, 아쉽게도 제 마음을 사로잡는 영애와 만난 적이 없어서요……"

농담조로 말하며 어깨를 으쓱했다.

"어머, 그럴 마음만 있다면 제가 누군가를 소개해드릴 수도 있는데요……?"

"아, 그, 그게. 어…… 생각해보겠습니다."

살짝 더듬거리며 대답하는 독신주의자 발타자르였다.

그렇게 그가 소개해준 가게가 바로 이 달의 요정관이었다.

"그나저나 참 즐거워 보이네요……"

가게 안은 떠들썩하고 활기로 넘쳐났다.

문관들의 얼굴에는 다들 웃음이 번져 있고, 분위기는 하염없이 쾌활했다.

옆 테이블에서는 신월지구의 경제적 발전에 대해 밝은 논의가 벌어지고 있다. 그 옆에서는 얼마 전에 열린 미아 탄신제를 두고 내년에는 어떤 것을 할지 격론이 오가고 있었다.

그런가 하면 그 옆 테이블에서는 미아 여제전 이야기를 열심히 주고받으면서 미아의 각종 선언을 두고 그것이 세계에 주는 영향에 대해 즐겁게 대화하고 있다.

그리고 안쪽 테이블에 앉은 루드비히도 참으로 즐거워 보이는 웃음을 지으며 환담하고 있다. 참으로, 참으로 기분이 좋아 보였다.

그걸 본 루비가 턱을 살짝 매만지며 말했다.

"즐겁게 술을 마실 줄 아는 사람은 결혼 상대로서 바람직하죠. 장점입니다."

그런 루비의 말에 미아는 문득 바노스를 떠올렸다.

그 호걸도 술을 잘 마시는 모양이다.

한때 몸집이 큰 거구를 좋아하던 루비였지만, 지금 그녀의 남성 평가 기준은 바노스와 겹치는 요소가 얼마나 있냐에 달린 모양이었다.

별로 참고가 되지 않을 것 같지만…… 그래도 미아는 일단 고개를 끄덕였다.

"뭐, 그럴지도 모르겠네요……."

확실히 식사하면서 죽상을 하는 것보다는 저렇게 즐겁게 웃는 사람이 더 매력적일 테고…….

그때였다.

얼굴이 벌건 남자가 느릿느릿 일어나 커다란 목소리로 말했다.

"야, 루드비히! 나는 확신했어!"

그대로 그는 루드비히의 테이블까지 성큼성큼 걸어가더니…….

"확신했어. 미아 폐하는 틀림없이 이 제국을 구하기 위해 신이 내려주신 하늘의 사자야. 아니면 지혜와 미를 관장하는 여신의 화신이 틀림없어."

굉장한 착각을 확신하고 있었다!

가슴을 펴고 큰 소리로 주장하는 남자의 말에 미아는 눈썹을 찡그렸다.

"저분, 많이 취한 모양이에요. 흠……. 걱정되네요."

루드비히에게 너무 과격한 사람과 어울리지 말라고 말하는 게 좋을지도 모른다는…… 생각을 하고 있을 때…….

"그래……."

고개를 크게 끄덕인 루드비히는…….

"너도 드디어 그 경지에 도달했군."

무언가 깨달음을 얻은 듯한 말투로 안경을 슥 올렸다.

"사실 나도 미아 폐하를 만나 뵙고 그 지혜를 엿보는 순간 그렇게 생각했다. 그분은 하늘이 내려주신 진정한 예지(叡智). 달의 여신의 화신이라는 것도 온전히 틀린 말은 아니지."

틀린 말이 아니란다! 루드비히도 충분히 굉장한 착각을 하고 있었다!

──이, 이건 역시 사생활이 불안해 보이는데요……? 취했다고 하지만 저런 망언을…….

"아, 루드비히. 술 왔다. 우선 한 잔 마시자."

아직 술은 한 모금도 들어가지 않았다! 전혀 취하지 않았다! 완벽한 맨정신이었다!

"……괜찮은 건가요? 저 안경…….'

무심코 그런 중얼거림이 나오고만 미아였다.

──저런 망언을 늘어놓으면 안느도 기가 막히는 게 아닐까요…….

그런 걱정이 들었지만…….

"무언가 이상한 말을 했습니까?"

"네?"

호위 세리스가 몹시 진지한 얼굴로 그렇게 물었다.

"아, 실례합니다. 하지만 루드비히 님의 말씀은 딱히 놀랍지 않은 내용이라고 생각했기에…….'

그 대답에 미아는 순간 눈을 부릅떴다가…….

"아, 네, 뭐……. 그렇네요."

적당히 고개를 끄덕였다.

전속 근위대원은 본래 충성심이 깊은 자들. 이곳에 모인 사람과 비슷한 감수성을 지녔어도 이상한 건 아닐지도 모른다. 아니, 찾아보면 근위대 대원이 두세 명쯤은 끼어있을 것 같은 느낌마저 든다……. 알고 싶지 않으니까 찾지도 않을 거지만…….

아무튼, 세리스가 이렇게 말하는 것도 놀랍지 않은 일이라며 스스로를 타이르는 미아였지만…….

"그렇죠. 저는 미아 폐하를 인연을 맺어주는 사랑의 천사라고 생각한 적이 있습니다. 아니, 지금도 반 이상은 그렇게 생각합니다."

미아 덕분에 사랑이 이뤄진 사람, 루비였다.

바노스와 결혼까지 할 수 있게 된 것은 순전히 미아 덕분이라고 굳게 믿는 루비는 아직도 그 사실에 고마워하며 미아에게 확고한 충성을 바치고 있다.

"그, 그렇…… 군요. 호호호."

미아는 어색한 미소를 지으며 슈트리나에게 시선을 주었다. 그러자…….

"아무리 그래도 리나는 아니라고 보는데요. 미아 님은 그런 신적인 존재가 아닙니다."

냉정한 얼굴로 고개를 저었다.

아무래도 슈트리나만큼은 애정을 유지하고 있는 것 같다며 조금 안심하는 미아였지만…….

"미아 폐하께서는 모든 사태를 상정하고 모든 준비를 완벽하게 갖추는, 미래를 예측하고 수많은 예비 계획을 세워두시는 뛰어난 지혜를 가진 분이라고 생각하니까요. 그렇죠? 미아 폐하."

어째 다른 방향으로 무겁기 짝이 없는 신뢰를 보내고 있었다!

──우리나라 정말 괜찮은 거예요?

무심코 진심으로 걱정하고 마는 황제 미아 루나 티어문이었다.

뭐, 이건 넘기고…….

"그런데 요즘 들어 한층 더 즐겁게 일하고 있지 않아? 루드비히. 미아 폐하의 즉위가 그렇게 기뻤어?"

놀리는 듯한 동기의 말투에 루드비히는 작게 고개를 숙이고,

"그래, 감개무량하지……."

짧게 대답했다.

"하하하, 그건 그래. 아무튼 스승님에게 배운 것을 여한 없이 발휘할 수 있는 자리를 마련해주셨으니까. 심지어 그게 이 나라를 더 좋은 방향으로 이끌기 위해, 아니, 이 대륙 전체를 개선하기 위해서잖아. 특히 오랫동안 미아 폐하를 모신 너는 감회도 한층 크겠지."

그렇게 말하며 웃는 남자를 향해 루드비히는 작게 고개를 젓고는 잔을 기울이며 중얼거렸다.

"물론 그렇지만……. 뭐라고 해야 하지……. 조금 다른 듯한……."

취기가 돌기 시작한 걸까……. 루드비히는 살짝 풀린 눈으로 말을 이었다.

"계속 하고 싶었던 일을 하고 있다는 건 확실하지만……. 뭔가, 조금 달라……. 조금 더, 훨씬 오래전에 꿈꾸었던…… 미아 폐하 밑에서 일하는 것을, 그분의 치세를 뒷받침하는 것을…… 이룬 것 같은 느낌……."

묘하게 지리멸렬한 말에 주변 사람들은 쓰게 웃었다.

하지만 단 한 명……. 미아만큼은 그 말이, 그 목소리가 다른 뜻으로 들렸다.

그것은 지금은 이제 없는, 망할 안경의 본심.

그 혁명기, 자신을 도와주고 가르쳐주고 이끌어준 그의…… 결코 듣지 못했던 마음의 목소리.

그 위기를 극복해낸 뒤, 그가 상상했던 광경……. 그것이 지금 이 제국에서 실현되었다고……. 루드비히는 그렇게 보고 있다고……. 그런 느낌이었다.

"하지만, 그 뭐냐. 너도 미아 폐하를 지지하는 중신이 될 거라면 반려를 얻어서 가정을 꾸려야지."

"맞아. 네가 재상 자리 정도엔 앉아주는 게 우리도 더 일하기 쉬워져서 좋거든."

주변 남자들이 놀리면서 말했다.

그 말에 떠올렸다.

분명 벨이 있는 미래에서 루드비히는 재상이 된다고 들었다.

──흐음. 재상 루드비히. 그 아내라면 나름 행복할지도 모르겠네요. 그렇다면 뭐…… 인정해줄 수도 있죠…….

거기까지 생각한 순간 미아는 깨달았다.

본래 자신에게 선택지는 거의 없었다.

안느의 사랑을 방해할 수도 없고, 루드비히의 마음을 비난할 수도 없다. 게다가 미아에겐 그 두 사람보다 더 잘 어울리는 한 쌍은 떠오르지 않았다.

이전 시간축에서, 혁명과 그 뒤에 이어진 어두운 시간에 빛을 비춰준 사람들. 그 두 사람에게 어울리는 상대는 그 두 사람 본인 말고는 상상할 수 없었다…….

──흠, 이제야 깨닫다니, 저도 참 둔감하네요.

미아는 스스로에게 쓴웃음을 보내며 스튜를 한 그릇 더 주문했다.

"완전히 헛고생이었지만, 오늘은 맛있는 스튜를 먹었으니까 수확이 있었던 셈 칠까요⋯⋯."

참고로 애초에 그 소문⋯⋯ 안느와 루드비히가 연인이라는 건 사실 이 시점에서는 단순한 소문에 불과했다.

소극적이고 답답한 두 사람의 관계를 진전시키기 위해 앞으로도 미아가 종종 팔을 걷어붙이게 되지만. 그건 여기서는 생략하기로 한다.

Tearmoon Teikoku Monogatari Tanpensyuu~Dantoudai kara hazimaru hime no
gyakuten story~
by Nozomu Mochitsuki

Copyright © 2024 by Nozomu Mochitsuki
Original Japanese edition published by TO Books, Inc.
Korean translation rights arranged with TO Books, Inc.
Korean translation rights © 2025 by Somy Media, Inc.

티어문 제국 이야기 단편집 ~쇼트스토리 소책자~

2025년 10월 15일 1판 1쇄 발행

저　　　자 모치츠키 노조무
일 러 스 트 Gilse
옮 긴 이 흰노을
발 행 인 유재옥
담당편집 정영길

이　　　사 조병권
편 집 2 팀 정영길 조찬희 박치우
편 집 3 팀 오준영 이소의 권진영 정지원
디자인랩팀 김보라 전세연
디지털사업팀 김지연 윤희진 장혜원
라이츠사업팀 김정미 이지현 유아현
영업마케팅팀 최원석 윤아림
물 류 팀 백철기
경영지원팀 최정연
인쇄제작처 ㈜코리아피엔피
발 행 처 ㈜소미미디어
등　　　록 제2015-000008호
주　　　소 서울시 마포구 토정로222, 502호 (신수동, 한국출판콘텐츠센터)
판매 및 마케팅 (070) 8822-2301

ISBN 979-11-384-4078-3 04830
ISBN 979-11-6507-670-2 (세트)